प्रतिनिधि कहानियाँ

राजकमल चौधरी

संकलन एवं सम्पादक
देवशंकर नवीन
नीलमाधव चौधरी

राजकमल पेपरबैक्स

पहला पुस्तकालय संस्करण
राजकमल प्रकाशन प्राइवेट लिमिटेड द्वारा
1995 में प्रकाशित

राजकमल पेपरबैक्स में
पहला संस्करण : 2009
पाँचवाँ संस्करण : 2024

राजकमल पेपरबैक्स : उत्कृष्ट साहित्य के जनसुलभ संस्करण

राजकमल प्रकाशन प्रा.लि.
1-बी, नेताजी सुभाष मार्ग, दरियागंज
नई दिल्ली-110 002
द्वारा प्रकाशित

शाखाएँ : अशोक राजपथ, साइंस कॉलेज के सामने, पटना-800 006
पहली मंजिल, दरबारी बिल्डिंग, महात्मा गांधी मार्ग, प्रयागराज-211 001
1, अनमोल सोराबजी संतुक लेन, धोबी तलाव, मरीन लाइंस, मुम्बई-400 002
वेबसाइट : www.rajkamalprakashan.com
ई-मेल : info@rajkamalprakashan.com

बी.के. ऑफसेट
नवीन शाहदरा, दिल्ली-110 032
द्वारा मुद्रित

मूल्य : ₹ 199

PRATINIDHI KAHANIYAN
Representative Stories of Rajkamal Chaudhary
Edited by Deo Shankar Navin

ISBN : 978-93-267-1705-7

राजकमल चौधरी

जन्म : 13 दिसम्बर, 1929 को अपने ननिहाल रामपुर हवेली में। पितृग्राम महिषी (सहरसा, बिहार)। इंटरमीडिएट आर्ट्स में नामांकन, किन्तु उसे छोड़कर भागलपुर आकर इंटरमीडिएट कॉमर्स में प्रवेश। मारवाड़ी कॉलेज, भागलपुर से 1955 में आई.कॉम.। 1953 में गया कॉलेज से बी.कॉम। लेखन की शुरुआत भागलपुर से ही हो गई थी। शिक्षा पूरी करने के बाद अधिकतर कलकत्ता में रहे। हिन्दी और मैथिली की कई पत्रिकाओं का सम्पादन किया। अन्तिम वर्षों में पूरी तरह स्वतंत्र लेखन। 19 जून, 1967 को पटना के अस्पताल में लम्बी बीमारी के बाद निधन।

प्रकाशित कृतियाँ : हिन्दी में : *अग्निस्नान, शहर था शहर नहीं था, नदी बहती थी, ताश के पत्तों का शहर, मछली मरी हुई* (उपन्यास); *बीस रानियों के बाइस्कोप, एक अनार : एक बीमार* (लघु उपन्यास); *मुक्ति-प्रसंग, कंकावती, इस अकाल वेला में, स्वरगन्धा, ऑडिट रिपोर्ट, विचित्रा* (कविता-संग्रह); *मछली जाल, सामुद्रिक एवं अन्य कहानियाँ* (कहानी-संग्रह); राजकमल चौधरी रचनावली (आठ खंड में)।

मैथिली में : *आदिकथा, पाथरफूल, आन्दोलन* (उपन्यास); *स्वरगन्धा, कविता राजकमलक* (कविता-संग्रह); *एकटा चंपाकली विषधर, कृति राजकमलक* (कहानी-संग्रह)।

अनूदित कृतियाँ : मूल बांग्ला से शंकर के उपन्यास *चौरंगी* और वाणी राय के उपन्यास चोखे *आमार तृष्णा* का हिन्दी अनुवाद।

परमादरणीया शशिकान्ताजी

के

कर-कमलों में

भूमिका

कहानी पहले कही और सुनी जाती थी। फिर लिखी, छपी, पढ़ी जाने लगी। धीरे-धीरे वाचिक परम्परा विरल होने लगी और लिखित परम्परा परवान चढ़ने लगी। प्रकाशन माध्यमों के विस्तार के बाद साहित्य की इस नीर-क्षीर विवेकी (?) विधा ने अपने कई तरह के रंग-ढंग दिखाए; हिन्दी साहित्य में तो इस विधा ने बहुत महीनी से अपने आचरण प्रस्तुत किए हैं। वरना, स्वातंत्र्योत्तर हिन्दी कहानी में इतने आन्दोलन आए, उसके गठन, स्वरूप और शैली में इतने मोड़ आए, थोड़ी तटस्थता से देखने का विवेक यदि रखा जाता तो इन हर मोर्चों पर राजकमल चौधरी आलोचकों को सबसे आगे खड़े मिलते।

कहानी पर लिखते हुए नामवर सिंह कहते हैं, "...एक समर्थ कहानीकार किस प्रकार जीवन की छोटी-से-छोटी घटना में अर्थ के स्तर-स्तर उद्घाटित करता हुआ उसकी व्याप्ति को मानवीय सत्य की सीमा तक पहुँचा देता है। ऐसे अर्थगर्भत्व को मैं सार्थक समझता हूँ।" सन् 1958 में राजकमल की पहली कहानी हिन्दी में प्रकाशित हुई। मैथिली साहित्य में वे कवि और कहानीकार के रूप में तब तक स्थापित हो चुके थे। यूँ उनकी अप्रकाशित चीजों से तय होता है कि प्रकाशन से पूर्व वे हिन्दी में भी स्तरीय लेखन करते रहे थे। इसके बाद अबाध गति से वे जीवनपर्यन्त भिन्न-भिन्न विधाओं में लिखते रहे।

नामवर सिंह का कहना एकदम माकूल है कि "कविता में जो स्थान लय का है, कहानी में वही स्थान कहानीपन का है। कहानीपन से रहित गद्य रचनाओं के बारे में भी यही बात लागू होती है।...जिस प्रकार कविता में अर्थ-व्यंजना अथवा वस्तु-व्यंजना से भिन्न लय की कल्पना नहीं की जा सकती, उसी प्रकार कहानी में भी वस्तु-व्यंजना से भिन्न कहानीपन की कल्पना करना खतरनाक है... ।" और इन दोनों कसौटियों पर तथा कहानी सम्बन्धी अन्य मान्य कसौटियों पर भी जब रामकमल चौधरी के कहानी-लेखन पर विचार करते हैं, तो तय होता है कि राजकमल अपने दौर के सर्वाधिक महत्त्वपूर्ण कहानीकार हैं। स्वातंत्र्योत्तर

काल के लगभग दशक-भर समय बीतते-बीतते उन्हें आलोचक मान्यता देने लगे। अनेक तरह के पूर्वग्रहों और अहंकारों से आक्रान्त अकादमिक आलोचकों की नज़र में राजकमल साहित्य पर नहीं पड़े—यह स्वाभाविक है। और पाठकों का आलम यह है कि सामाजिक शिष्टाचार-निर्माण जिस वर्ग के नागरिक करते हैं, राजकमल की कहानियों में उसी वर्ग के नागरिकों को अत्यन्त व्यंग्यात्मक ढंग से नंगा किया गया है। स्वाभाविक है कि वे इनके साहित्य को अश्लील घोषित करते हुए समाज में अपाठ्य कह दें। लगभग एक दशक तक राजकमल ने सक्रिय लेखन किया, जिनमें से कुछ इनके जीते-जी और शेष मृत्युपरान्त, पत्रिकाओं में छपता रहा। संकलित होकर राजकमल की रचनाएँ पाठकों के सामने नहीं आ सकीं। शायद यह भी एक कारण है जिससे—पाठकों और आलोचकों ने समान रूप से राजकमल की कहानी-कला को लगभग भुला दिया।

नई कहानी के दौर के कहानीकारों में निर्मल वर्मा, राजेन्द्र यादव, कमलेश्वर, भीष्म साहनी, मन्नू भंडारी, अमरकान्त, मोहन राकेश प्रभृति कहानीकारों के नाम बड़े आदर से लिए जाते हैं। कहानी की अन्तर्वस्तु एवं शिल्प में इन लोगों ने जो नवीनता लाई, वह नई कहानियों को समृद्ध मान्यता दिलाने में पूरी तरह सफल हुई। लेखन में एक नई शुरुआत हुई। छोटी-छोटी बातों को लेकर लिखी गई कहानियाँ अपने शिल्प के कारण ही बड़ी बात के रूप में पाठकों के सामने उपस्थित हुईं। 'परिंदे', 'चीफ की दावत', 'डिप्टी कलक्टरी', 'जानवर और जानवर'...ऐसी ही कहानियों में से हैं। नामवर सिंह का कथन : "कभी उसने अत्यन्त मार्मिक प्रसंग-खंड की संवेदनीयता का सहारा लिया, तो कभी किसी झकझोर देनेवाले विचार-स्फुलिंग का। इस तरह नए कहानीकार ने अपने अभीष्ट विचार की अभिव्यक्ति के लिए अत्यन्त प्रभावशाली तथा साभिप्राय घटना-प्रसंग का उपयोग किया, जिसकी सारी शक्ति आद्योपान्त व्याप्त उद्‌देश्य में है। ऐसी कहानियों में अन्त तक जाते-जाते सम्पूर्ण कथानक एक सारगर्भी विचार के रूप में झंकृत हो उठता है। यह साभिप्राय घटना-प्रसंग सर्वथा कल्पित अथवा अवश्विसनीय भी हो सकता है और अत्यन्त वास्तविक भी। घटना-प्रसंग जितना ही वास्तविक होगा, कहानी उतनी ही ज़ोरदार होगी।" हू-ब-हू राजकमल पर लागू होता है। यह बात अलग है कि नामवर सिंह ने यह राजकमल के लिए नहीं लिखा। राजकमल का घटना-प्रसंग इतना वास्तविक, इतना ज़ोरदार, इतना नया साबित हुआ कि उनकी रचना-शैली का संयोग पाकर कहानियाँ पाठकों के मन में रच-बस गईं, छोटी-छोटी बातें बहुत बड़ी-बड़ी बातें साबित हो गईं।

उच्च-मध्यम वर्ग और निम्न-मध्यम वर्ग के वैयक्तिक, आत्मिक, पारिवारिक,

सामाजिक अस्मिता के भिन्न-भिन्न पहलू; उनके आत्मस्थापन और जीवन-संघर्ष की आन्तरिक समस्याएँ, उनकी पीड़ा, उनकी मानसिक दशा, खंडित मानवमूल्य, मानवीय सम्बन्धों की विकृतियाँ, विद्रूप आदि की रहस्यमय गाँठ राजकमल की कहानियों में खुलती हैं, जो समाज के एक विशेष वर्ग के लिए आग्राह्य हैं और एक विशाल वर्ग को चौंका देनेवाली घटना। वस्तुतः इस सन्दर्भ में राजकमल ने अलग से कुछ नहीं किया। किया सिर्फ़ इतना ही कि समाज में फैली उद्दाम विकृतियों पर करीने से रखी चादर को बड़ी खीझ के साथ खींच दिया। इस अनावरण के क्रम में जो वर्ग नंगा हुआ, उसके लिए राजकमल का आग्राह्य हो जाना कौन-सा आश्चर्यजनक है! समकालीन जनजीवन की विकृतियों का यही अनावृत रूप है राजकमल की कहानियाँ। 'जलते हुए मकान में कुछ लोग', 'जीभ पर बूटों के निशान', 'भूगोल का प्रारम्भिक ज्ञान', 'जैसे एक काँच की दीवार,' 'खामोश घाटियों के साँप', 'पिरामिड', 'सुरमा सगुन बिचारै जा', 'एक चम्पा-कली : एक विषधर' (मैथिली कहानी) आदि कहानियाँ इन्हीं विकृतियों के चित्र हैं।

राजकमल की कहानियों पर लिखते हुए सुरेन्द्र चौधरी का मत है, "राजकमल अपनी कहानियों में काले पत्थर की खुरदरी बदशक्ल मूर्तियाँ गढ़ता रहा—मगर इन्हें उसने खँडहरों से नहीं निकाला था, समकालीन जीवन से निकाला था और उसकी मंशा कतई उन्हें संग्रहालय की चीज़ बनाने की नहीं थी। वह इनकी ज़िन्दगियाँ वापस देना चाहता था। उसकी यह रचनात्मक पीड़ा थी, दानवीय चेष्टा थी।"

समकालीन जनजीवन से निकाले गए इन काले पत्थरों को अपनी ज़िन्दगी वापस देने की इसी दानवीय चेष्टा में लिखी गई सौ के आसपास हिन्दी कहानियाँ तथा अड़तीस मैथिली कहानियाँ मुट्ठी-भर लोगों द्वारा रचे गए व्यूह में अपनी अस्मिता के लिए संघर्ष करते विशाल जनसमुदाय की चकित मुखाकृति प्रस्तुत करती हैं।

पैनी निगाह, अद्वितीय प्रतिभा, आकर्षक रचनाकौशल, सूक्ष्म जीवन-दृष्टि ही राजकमल की रचनाशीलता के उपस्कर थे; विद्रोहपूर्ण साहब उनका सम्बल था और तब फिर उनकी यथार्थनुभूति पक्की क्यों न हो, अभिव्यक्ति ईमानदार क्यों न हो! सृजनशील जीवन का अधिकांश समय राजकमल ने महानगरों में और भ्रमण में बिताया। इस क्रम में कास्मोपॉलिटन संस्कृति और उस संस्कृति के अनुकूल जीवन बिताते लोगों को नज़दीक से देखने का अवसर उन्हें मिला। अर्थात् ठेठ ग्रामीण परिवेश में संस्कार निर्मित हुए और मिश्रित संस्कृति वाले

परिवेश में बौद्धिक जीवन बीता। परिवेशजन्य इस दीर्घ यात्रा में राजकमल ने सर्वशोषित मजदूर वर्ग से लेकर एरिस्टोक्रैट समाज तक का अवलोकन किया। उन्होंने देखा कि एक तरफ जीवनरक्षा के लिए एक रोटी नहीं है, लेकिन मानवता का बड़ा-सा संसार है तो दूसरी तरफ सभ्यता के नाम पर वहशीपन है, सम्बन्ध के नाम पर नीचता है, भौतिक सुख, की सारी सुविधाएँ हैं, पर मानवीय अर्थ का लोप है। एक तरफ स्त्रियाँ एक चीज़ की सुरक्षा हेतु सारा कुछ बेच देती हैं; सारा कुछ गँवा देती हैं, दूसरी तरफ स्त्रियाँ एक चीज़ पाने के लिए सारा कुछ बेच देती हैं; सारा-का-सारा परिवेश स्त्रीदेह, अर्थतंत्र और ऐश्वर्य के तिकोन पर दौड़ रहा है—ऐसे परिवेश में, ऐसे माहौल में राजकमल का चुप रहना अथवा शिष्टोक्ति में अपनी व्यथा कहना अथवा सामाजिक शिष्टाचार, श्लीलता-अश्लीलता की सीमा का ध्यान रखते हुए अरण्यरोदन करना कैसे संभव था?

इन्हीं स्थितियों को लेकर राजकमल का कहानीकार एक अलग रास्ते का चयन करता है, जो कई मायने में अपने दौर के अन्य कहानीकारों से आगे की बात करता है। उन दिनों की कहानियों की तरह बातें यहाँ भी बहुत छोटी-छोटी होती हैं; प्रस्तानबिन्दु पर घटना-प्रसंग अत्यन्त छोटे-छोटे दिखते हैं, जहाँ कई बार पूरी कहानी का कथानक कई स्थितियों का, कई मनोवृत्तियों का एक कोलाज हो जाता है; लेकिन कथा-समाप्ति आते-आते वह ऐसी अर्थगर्भित बातें कह जाती हैं, ऐसा प्रभाव छोड़ जाती हैं कि पाठकों के मस्तिष्क में झकझोर देनेवाला विचार-स्फुलिंग कौंध जाता है; भोथरी हो गई मानवीय संवेदनाओं पर ऐसा असरदार खरोंच लगता है कि वे चौंक उठते हैं; एक तेज झटके के साथ मोहभंग होता है और इस तरह यह ईमानदार एवं प्रभावकारी कहानीकार अपना मोहभंग पाठकों तक पहुँचा देता है।

राजकमल स्वयं स्वीकारते हैं कि कहानी में मूल वस्तु शिल्प ही है। दरअसल है भी यही बात। प्रभाव की सीमा शिल्प पर ही निर्भर करती है। अन्यथा घटना-प्रसंग तो अखबारों में छपते हैं और उन प्रसंगों में कई बार कथ्य की भरमार रहती है। शिल्प ही ऐसी चीज़ है जो 'भूगोल का प्रारम्भिक ज्ञान' अथवा 'स्टिल लाइफ़' अथवा 'जलते हुए मकान में कुछ लोग' आदि कहानियों को अर्थगर्भित करती है। एक उपेक्षा कर जानेवाली (जैसा कि आम लोग कहते हैं) बात पर, उस प्रसंग पर लिखी गई कहानी किस ऊँचाई को प्राप्त करती है, यह इन कहानियों में देखा जा सकता है। 'चन्नरदास' एवं 'किरतनिञा' जैसी मैथिली कहानियाँ भिन्न-भिन्न हैं—यह शिल्प की ही देन है। राजकमल की लेखनी में भाषायी जादूगरी थी, जो पल-पल शिल्प-निर्माण करती थी और राजकमल के

शब्द ब्रह्म होने का प्रमाण देती थी। इनके प्रयोग के बल पर कई जगह शब्दों को नया अर्थ मिलता है। व्यंग्य राजकमल की लेखनी का मौलिक धर्म था।

विडम्बना यह होती रही है कि राजकमल की रचनाशीलता को सदा लोग उनके व्यक्तित्व के बारे में फैली भ्रान्तियों से जोड़कर देखते रहे हैं, जिनमें से अधिकांश भ्रान्तियाँ उन्होंने खुद ही फैलाई थीं। जरूरत है राजकमल की कहानियों के तटस्थ अनुशीलन की। मैथिली और हिन्दी, दोनों भाषाओं के अपने दौर से काफी आगे के कथाकार राजकमल चौधरी की कहानियाँ जन-जीवन के नेपथ्य तक की विकृतियों पर प्रकाश डालती हैं, उन विद्रूपताओं पर उँगली रखती हैं जो हमारे कल के लिए भयानक खतरा साबित होंगी।

यह कहने में कोई हिचक नहीं होनी चाहिए कि राजकमल चौधरी अपने समय से आगे के कहानीकार थे–हिन्दी में भी और मैथिली में भी। नग्न यथार्थ का चित्रण ही इनकी कहानियों का मूल स्वर है।

सुरेन्द्र चौधरी के अनुसार उनकी ''कहानियों में गढ़ी हुई व्यवस्था नहीं है। कथा स्वयं आवश्यकतानुसार रूप ग्रहण कर लेती है जिससे वह सहज बनी रहती है। प्रारम्भ, मध्य, चरम सीमा या उतार-चढ़ाव उनमें नहीं हैं। राजकमल की कहानियाँ गति का भ्रम नहीं गढ़तीं। उनमें एक अजीब-सा ठहराव होता है।'' जीवन के यथार्थ भोग से अपने सृजन को एकमेक रखनेवाले राजकमल अपने अनुभव के दायरे में जितने स्पष्ट थे, उनकी समझ भी उतनी स्पष्ट दिखती है। कभी उथल-पुथल, कभी शान्त गति की अनियमितता अथवा फार्मूलेबाजी उनकी कहानियों में नहीं हुई, इसका मूल कारण यह स्पष्ट समझ भी है। और परिवेश के प्रति सचेत और सजग रहना भी इसी समझ का द्योतक है कि महानगर में रहकर भी जब मैथिली भाषा में कहानी लिखते हैं तो कहानी का पूरा-पूरा माहौल मैथिली संस्कार से भरा रहता है। हिन्दी और मैथिली की उनकी कहानियों में एक फ़र्क़ यहाँ से किया जा सकता है कि इनकी हिन्दी कहानी के पात्र जहाँ टूटी-बिखरी मनोदशा में अर्थतंत्र के जाल में फँसते जाते हैं, तनाव की स्थिति में जहाँ करीब-करीब विक्षिप्तता की ओर बढ़ते जाते हैं, एक अजीब-सी खीझ उनके मन में उठती रहती है, वहीं मैथिली में उनके पात्र अपनी विडम्बनाओं के लिए किसी समझौतापरक रास्ते की तलाश करते रहते हैं। सामाजिक शिष्टाचार पर उन्हें इतना भरोसा है कि शायद वह पत्थर की अहिल्या हो और शिष्टाचार नाम से कोई 'राम' आनेवाले हों, जो उसका उद्धार कर देंगे।

जो भी हो, सीमित स्थान में राजकमल की कहानियों पर विस्तृत विचार तो किया नहीं जा सकता, उसके विशाल पाठक वर्ग की नज़र में यह संकलन

जा ही रहा है। संकलन में चयन का आधार राजकमल की कहानियों के भिन्न-भिन्न एटीच्यूड हैं। अर्थतंत्र की विडम्बनाओं से लेकर स्त्रीदेह-समर्पण तक की विभिन्न स्थितियों को पूर्ण कलात्मकता से प्रस्तुत किया गया है। मैथिली के सशक्त कहानीकार होने के नाते उनकी कुछ मैथिली कहानियाँ भी ली गई हैं, जो एक तरफ तो राजकमल की जीवन-दृष्टि का प्रमाण हैं और दूसरी तरफ मैथिल परिवेश-चित्र भी और मैथिली कथा-साहित्य की ऊँचाई का प्रतीक भी। 'साँझ का गाछ' मूल रूप से कहानीकार का अपना जीवन-दर्शन ही है। 'सुरमा सगुन बिचारै ना' एवं 'ननद भौजाई' राजकमल की सबसे विवादास्पद कहानियों में से हैं। आम तौर पर तो श्लीलता-अश्लीलता, सेक्स-चित्रण के नाम पर ही रचना को विवाद के घेरे में रखा जाता है। हिन्दी में 'गाँजा मिलानी', 'बाहर आँखों में एक सूरज', 'सामुद्रिक' आदि जैसी अनेक कहानियाँ हैं। यद्यपि प्रेमचन्द कहते हैं कि "सेक्स सुई है, उससे सीने का भी काम लिया जा सकता है और चुभाने का भी!" लेकिन दूसरे अर्थों में सच्चाई यह है कि सेक्स सृष्टि का कारण है, जीवन की सच्चाई, देह की जरूरत है। जीवन की सच्चाई और जीवन की आवश्यकता धन भी है अर्थात् अर्थतंत्र। राजकमल के समाज में इस अर्थ-तंत्र और इस देह-तंत्र में कैसा ताल-मेल या कैसा द्वन्द्व चलता रहता है—ये कहानियाँ उसका पर्दाफाश करेंगी। राजकमल की जीवन-दृष्टि में कहानी लिखने के लिए कोई भी प्रसंग, कोई भी घटना वर्जित नहीं रही, वातावरण के बिखरे कथासूत्रों को जिस तल्खी के साथ राजकमल ने महसूस किया, उसी तीक्ष्णता से अपनी कहानियों में व्यक्त किया है, जो मन में बिजली की भाँति कौंध-सी जाती है। जीवन और लेखन को समान धरातल पर रखकर चलनेवाले राजकमल के बारे में नामवर सिंह का कथन सच है कि "राजकमल चौधरी ने यह दिखा दिया कि वे वैसी ही ज़िन्दगी जी भी सकते हैं, जैसी कि वे कहानियों में खींचते आए हैं।" उम्मीद है कि ये कहानियाँ पाठकों के मन में एक नई उत्कंठा जगाएँगी।

आज जब यह चयन प्रकाशन हेतु जा रहा है, कई नाम याद आते हैं। नाम गिनाकर उनके सहयोग को सीमित करना अनुचित होगा। परमादरणीय जगदीश चतुर्वेदी, प्रिय भाई सुरेश शर्मा, अशोक अग्रवाल की मदद से इस चयन में बल मिला। इनका आभार मानना इनकी मदद को छोटा करना होगा। प्रत्यक्ष अथवा परोक्ष रूप से जिनका भी सहयोग प्राप्त हुआ है, उनके प्रति आभार प्रकट करता हूँ। प्राणप्रिय मित्र तारानन्द वियोगी एवं प्यारे अनुज सूर्यनाथ का सहयोग सराहनीय है।

—देवीशंकर नवीन

अनुक्रम

भूगोल का प्रारम्भिक ज्ञान

'आप पी. सी. सरकार का जादू देखने जाएँगी?...आरे से लड़कियों को चीरना, इन्दरजाल, स्पूटनिक का तमाशा...आप जा रही हैं?'—मैंने रमा की माँ से पूछा। वह बरामदे में ताड़ के पत्तों की चटाई डालकर दिसम्बर के पहले हफ़्ते में, सुबह की शर्मीली धूप का आनन्द ले रही थी। मुझे अपनी उसी लापरवाह अदा में, नीले रंग के हाफ़पैंट और टी-शर्ट में,...पुराना गुलूबन्द बाँधे हुए देखकर वह मुस्कुराने लगी।

तकिया बगल में खींचकर, मेरी तरफ़ करवट हो गई। बोली, "रमा ट्यूशन पढ़ने गया है।...लड़का हिसाब में बेहद कमज़ोर है! तुम उसे मदद क्यों नहीं करते?" रमा का पूरा नाम है—रमावल्लभ नारायण सिंह। लेकिन, वह हमारे स्कूल का सबसे खूबसूरत और सबसे जनाना लड़का है। हम लोग, यानी हम दोनों दसवें क्लास के 'बी' सेक्शन में हर एक दिन एक ही डबल-डेक्स पर बैठते हैं। हिन्दी-शिक्षक, मथुरा बाबू ने दोनों को एक नाम भी दिया है—जुगल-जोड़ी! एक दिन टिफिन में मुझे अपने पास बुलाकर, मथुरा बाबू ने कहा, रमा को 'सी' सेक्शन में डाल रहे हैं! तुम्हें कोई ऐतराज तो नहीं?"

सभी जानते हैं, रमा को 'डी' सेक्शन में भी डाला जाएगा तो मेरे लिए कोई फ़र्क़ नहीं पड़ेगा। मैं लापरवाह किस्म का लड़का हूँ। रमा के लिए या किसी भी अच्छी और खूबसूरत चीज़ के लिए मुझे कोई लालच नहीं है। 'फुटबॉल' और 'हॉकी' के खेल को छोड़कर, मुझे किसी खेल का कोई लालच नहीं।

रमा ने 'सी' सेक्शन में जाने की बात सुनी तो वह सभी लड़कों के सामने, मेरे पास आकर रोने लगा, उसकी शिकायत यह थी कि मैं उसके साथ नहीं रहा, तो क्लॉस के लड़के उसे तंग करेंगे, किसी अश्लील काम के लिए!

मैं टकटकी लगाकर रमा की माँ को देखता रहा। सुबह ही बादामी धूप में उसकी समूची देह किरणमाला की तरह चमक रही थी। दाईं तरफ से उसकी साड़ी

काफी ऊपर सरक गई थी। उसकी जाँघों के भूरेपन और तन्दुरुस्ती ने मुझे बाँध लिया था। मेरी अपनी माँ ज्यादातर बीमार रहती है। लगता है, छूने-भर से भहरती हुई बिखर जाएगी।...रात में, देर-देर तक वह खाँसती रहती है और दुनिया, परिवार, ईश्वर और पिताजी के नाम बुरा-भला बकती रहती है। शायद इस 1944 साल की भयानक सर्दी वह पार नहीं कर पाएगी।

"इतने गन्दे क्यों रहते हो तुम?...सावित्री तुम्हारे कपड़े नहीं धो देती है? बालों में तेल क्यों नहीं डालते?" मुझे उसी लापरवाह अदा में खड़े देखकर, रमा की माँ ने पूछा। मैंने सत्रहवीं दफ़ा तय किया, मुझे बत्तीस-पैंतीस साल की इस लम्बी-चौड़ी भारी-भरकम औरत के नंगे टखनों की ओर नहीं देखना चाहिए। रमा की असली माँ का नाम है—मनमोहिनी देवी! हमारे पड़ोस में रहती हैं। रमा के पिताजी पुलिस-इन्स्पेक्टर थे। रजौली-नीमाँटर के डाकुओं का मुकाबला करने में मारे गए। मनमोहिनी देवी अपनी एकमात्र सन्तान के साथ अकेली रहती हैं। अपना मकान है, गाँव में थोड़ी पुश्तैनी जायदाद भी है। पिताजी अक्सर कहते हैं, "रमा की माँ ने जितना दुःख सहा है...कोई दूसरी औरत होती, तो गले में फाँसी लगाकर मर जाती या फिर, कोठे पर बैठ जाती! इन्सपेक्टर साहब रोज दो बोतल दारू पीते थे। और दो सेर गोश्त अकेले खा जाते थे। हमेशा कर्ज़ से लदे रहे!...यह तो रमा की माँ थी, जो किसी तरह घर-संसार चला लेती थी।"

लेकिन चर्चा होने पर मेरी माँ सावित्री देवी कुछ दूसरी ही बातें कहती हैं—ऐसी बातें, जिन्हें मैं दसवीं क्लास की पढ़ाई के बावजूद समझ नहीं पाता हूँ। सावित्री देवी के विचार से, तो वह अपने सुहाग की रक्षा जरूर कर लेती! "सती स्त्री अपने सतीत्व के प्रभाव से...! हमारी मनमोहिनी तो नए जमाने की स्त्री है, विधवा होकर भी पान-तम्बाकू खाती है, रंगीन साड़ियाँ पहनती है, और...।" मेरी माँ अपना कोई वाक्य पूरा नहीं कर पाती।

मैं उसके सामने आ खड़ा होता हूँ, तो वह रमा की माँ के बारे में कोई बात नहीं करती। चुप हो जाती है। उसे मालूम है, कि रमा मेरा दोस्त है। उसे मेरे बारे में कई बातें मालूम हैं, क्योंकि वह मेरी माँ है...

मेरी क्लॉस में पढ़ने वाले कई लड़के होमो-सेक्सुअल थे। ऐसे लड़के ज़्यादातर शिक्षकों के प्रियपात्र होते हैं। रमा स्वभाव और स्वरूप से लड़कीनुमा होकर भी अपने शिक्षकों को पसन्द नहीं था। शायद इसलिए कि वह शहर का लड़का था, उसके पिताजी पुलिस-विभाग में थे,...और वह अपने सहपाठियों और अपने शिक्षकों की आँखें पहचानता था।

कोई आदमी उसके बारे में क्या सोच रहा है, यह समझ लेने में उसे एक मिनट का वक्त भी नहीं लगता था। जहाँ तक मुझे स्मरण है, वह अपनी इस समझदारी का नाजायज़ फायदा उठाना भी जानता था। अमीर घरों के लड़कों से वह रुपए-पैसे ठग लेता था...मगर इसे 'ठगी' नहीं कह सकते थे, क्योंकि रमा बेहद डरपोक लड़का था, जबकि किसी को ठग लेना एक साहस का काम है! रमा मेरे सिवा सारी दुनिया से डरता था। मुझ पर उसे भरोसा इसीलिए था कि मैं दूसरे लड़कों से उसकी रक्षा करता था। इस भरोसे के कारण वह अक्सर दूसरों से लड़ाई कर बैठता था। लेकिन मेरे परोक्ष में नहीं।...मेरे परोक्ष में एक बार ग्यारहवें दर्जे के दो लड़कों ने उसे बहुत परेशान किया था। तब से वह शाम के बाद कभी अकेला अपने घर से नहीं निकलता था। वैसे वह दुबला-पतला, कमज़ोर लड़का नहीं था। वह सुडौल और तन्दुरुस्त था। स्कूल की 'फुटबॉल' टीम में हम दोनों 'सेन्टर' के सबसे अच्छे खिलाड़ी थे। फुटबॉल के साथ रमा की तरह तेज दौड़ने वाला दूसरा कोई खिलाड़ी मैंने देखा नहीं। मगर गोल-पोस्ट के पास गेंद ले जाकर भी वह खुद गोल नहीं कर पाता था।... मैंने सैकड़ों बार रमा को पाँवों से गेंद सँभाले हुए, गोल-पोस्ट के पास हताश खड़ा देखा है!

हल्की-सी एक ठोकर से फुटबॉल अन्दर जा सकती थी, लेकिन रमा के पाँवों में इतनी भी ताकत नहीं है, वह हताश हो गया है।...ऐसे मौकों पर मैं उससे फुटबॉल छीनकर गोल में डाल दिया करता था। लोग कहते थे, "आज जुगल-जोड़ी ने हाफ टाइम के बाद पाँच गोल किए!" लोग बहुत कुछ कहते थे।

मुझे रमा के साथ रहने में बुरा भी नहीं लगता था और अच्छा भी नहीं लगता था। एन. सी. सी. के कैम्प में या इसी तरह कहीं और जाने पर दो-एक बार मैंने कभी गुस्से में आकर और कभी दूसरे लड़कों पर रौब जमाने के लिए, रमा के साथ भद्‌दा काम किया जरूर था। लेकिन उसके प्रति या किसी भी और लड़के या लड़की के प्रति मेरे मन में आकर्षण नहीं था। मुझे मार-पीट करना, खेल-तमाशा देखना और 'फुटबॉल' ज़्यादा पसन्द था। कई बार मैं रमा को भी आठ-दस तमाचे जड़ देता था और उसके घर जाना बन्द कर देता था।

तब, उसकी माँ मुझे मनाने के लिए हमारे घर आती थी। मेरी माँ कई बातों में मनमोहिनी देवी से डरती हैं। उसके सामने कभी निन्दा नहीं करतीं।... अपनी माँ का यह दोहरा रूप देखकर मुझे खुशी होती है।

अचानक मनमोहिनी देवी ने हाथ बढ़ाकर मेरे गले से गुलूबन्द खींच लिया। जिस तरह महाभारत के महारथी कर्ण के पास कवच-कुण्डल था, मेरे पास मेरी मौसी का बुना हुआ यह गुलूबन्द है। कई मुसीबतों में यह ऊन के लाल-पीले लच्छों का गुलूबन्द मेरी रक्षा करता है। लड़ाई-झगड़ों में मदद करता है, किसी की टाँगें फँसाने में, किसी की गर्दन लपेट लेने में...

गुलूबन्द छिन गया, तो मुझे लगा कि मैं बिल्कुल नंगा हो गया हूँ। शर्मीली लड़कियों की तरह मैंने दोनों हाथों से अपनी गर्दन ढकने की व्यर्थ चेष्टा की।... मैं पिछले चार-पाँच दिनों से नहाया नहीं था। लगातार गुलूबन्द लपेटे रहने के कारण मेरे गले के इर्द-गिर्द मैल की पर्तें जम गई थीं। अचानक मेरी खुली हुई गर्दन पर सूरज की लाल किरणें तैरने लगीं। मुझे महसूस हुआ, मेरी गर्दन और पुट्ठों पर छोटे-छोटे कीड़ें रेंग रहे हैं, और एक साथ हजारों फफोले उग आए हैं।...मैं छटपटाता हुआ, दोनों पंजों से अपनी गर्दन मलने लगा, मैल खुरचने लगा और 'धप्प' से चटाई पर बैठ गया, रमा की माँ के पाँवों के पास! वह मेरी हालत देखकर हँस रही थी, लेकिन, मुझे चटाई पर आकर गिरते हुए देखकर, उसका सारा हँसना बन्द हो गया। "अरे, क्या हो गया?...क्या हो गया?"– पूछती हुई, वह उठ बैठी और मुझे अपनी तरफ़ खींच कर, मेरा सिर और मेरा आधा धड़ अपनी गोद में डालकर मुझे सहलाने लगी।

मैंने अपनी आँखें बन्द कर लीं। मैंने उससे कहा, "नहीं, कुछ नहीं हुआ।" और उसी तरह अपनी गर्दन और अपनी पीठ खुजलाता रहा। लेकिन, अन्दर-ही-अन्दर मैं हँस रहा था। मेरे ओठ भिंचे हुए थे, मेरा चेहरा काल्पनिक दर्द से सिकुड़ गया था, और मैं अन्दर-ही-अन्दर मनमोहिनी देवी की घबराहट देखकर हँस रहा था। लेकिन यह स्पष्ट है, मैंने छटपटाने का और 'धप्प' से चटाई पर बैठ जाने का नाटक किया था। आठ-दस साल की उम्र से ही मुझे ऐसे छोटे-बड़े नाटक करने पड़े हैं।

मुझसे कोई गिलास टूट जाता है तो मैं इस उम्र में आकर भी दसवें दर्जे का सबसे बदमाश और सबसे तेज़-तर्रार लड़का होकर भी माँ के सामने खड़ा होकर रोने लगता हूँ। रोने का नाटक नहीं करूँ तो माँ कोई अश्लील और हद दर्जे तक ग्राम्य मुहावरा कहेगी, और पिताजी अपने कमरे में बुलाकर पूरे सवा दो घंटे तक अनुशासन, चरित्र-संगठन, और आदर्श ब्रह्मचर्य के विषय में अपना लम्बा और उबा देने वाला उपदेश-भाषण करते रहेंगे। एम. स्माइल्स के चरित्र सम्बन्धी लोगों की पूरी किताब हमारे पिताजी को जबानी याद है। अपने भाषण के बाद, वे हमेशा उस अंग्रेज लड़के की क़हानी दुहराते हैं, जो अपने पिता की आज्ञा मानकर, जहाज

के एक कोने में खड़ा हो गया था, और आग लगने पर भी अपनी जगह से एक तिल नहीं हिला था। "इस लड़के को अपना आदर्श बनाओ!"

"...सच्चरित्रता ही मनुष्य का सबसे महान आभूषण है!...रोज रात में सोने से पहले यह स्मरण करो कि आज तुमने कितने काम अच्छे किए है; कितनी गलतियाँ की हैं!" फ्रेम में मढ़कर दीवार पर लटका देने लायक ऐसे सन्त-वचन, पिताजी मेरी हर ग़लती पर कहा करते थे। मैं अपनी माँ के मुहावरों और अपने पिताजी के वचनों से बेहद डरता था। इसीलिए मैंने अपनी सुरक्षा के लिए यह नाटकीय पद्धति अपनाई थी।...मेरी माँ, सावित्री देवी का सबसे प्रिय मुहावरा था--"पतिबरता चूल्हा जरे, रण्डी तीर्थ जाए" (पतिव्रता स्त्रियाँ चूल्हा फूँकती मर जाती हैं, और वेश्याएँ तीर्थव्रत करती हैं!) और यह मुहावरा अक्सर वे अपनी सहेली और पड़ोसिन मनमोहिनी देवी के लिए इस्तेमाल करती थीं। मेरी माँ को मुहावरे गढ़ने में कमाल हासिल है। अपनी पड़ोसिन को वाक्-युद्ध में पराजित करने में उसे अपने मुहावरों से काफ़ी मदद मिलती है। पिताजी पर भी इनका प्रयोग करने में वे कभी चूकती नहीं।

इसीलिए, जब मेरा गुलूबन्द छीनकर रमा की माँ उसे अपनी नाक में सटाकर सूँघने लगी तो मैं घबड़ा गया, क्योंकि मेरा गुलूबन्द बदबूदार है, पसीने और गर्द में डूबा हुआ। मुझे लगा, यह बदबू सूँघकर वह 'कै' करने लगेंगी और मेरा गुलूबन्द मेरे मुँह पर फेंककर, मुझे यहाँ से भाग जाने को कहेंगी।...

इसी डर से थरथराते हुए, मैंने छटपटाने का नाटक किया।

मनमोहिनी देवी ने गुलूबन्द मेरे मुँह पर फेंका नहीं, उल्टे मुझे अपनी गोद में डालकर मेरा माथा और मेरी गर्दन सहलाने लगी। फिर बोली, "क्यों फूलबाबू, क्या हुआ?...किसी कीड़े-पतिंगे ने तो नहीं काट लिया?" मैं अपनी आँखें बन्द किए हुए था और उसके बेडौल और बड़े-बड़े स्तन मेरी नाक के ऊपर झूल रहे थे। मैंने कनखियों से उनकी तरफ देखने की कोशिश की, लेकिन मैं कुछ भी देख नहीं सका। मेरी आँखें खुल नहीं पाईं।

'फूलबाबू' मेरा पुकारने का नाम है। स्कूल के रजिस्टर में पाँच शब्दों और आठ संयुक्ताक्षरों का जो नाम मेरे बारे में लिखा गया है, वह मुझे कभी याद नहीं रहता! याद रहता है--'फूलबाबू!' इस फूलबाबू ने चौदह, साढ़े चौदह की इस उम्र में आकर भी, किसी औरत को इतने करीब से नहीं देखा है।...रमा की माँ मेरे चेहरे पर मेरी छाती के ऊपर पत्थर की एक बड़ी चट्टान बनकर झुकी हुई थी। मैं अपने नाम के बारे में सोच रहा था। फूलबाबू...रमावल्लभ

...प्रियदास-बाबू : डाक्टर का लड़का, कामिनीदास : 'भूषण-भवन का लड़का, चाँदमल—हम लोग अपने स्कूल की 'फुटबॉल' टीम के सबसे अच्छे खिलाड़ी थे। और पढ़ाई-लिखाई से कोई मतलब नहीं रखते थे। मैंने सिगरेट पीना शुरू नहीं किया था, लेकिन दूसरी सारी बुरी आदतें मुझमें रमा के कारण और चाँदमल के कारण आ गई थीं। चाँदमल अपने घर से रुपए-पैसे चुरा लाता था। हमारे लिए समस्या हो जाती थी कि हम इतने सारे पैसे खर्च कैसे करें?...एक बार हमारे स्कूल का चपरासी, जो एक तरह से हमारी 'फुटबॉल' टीम का मैनेजर भी था, हमें अपने साथ ताड़ी पीने के लिए कमालपुर ले गया। उस दिन चाँदमल के पास बीस-पच्चीस रुपए थे। 1944 ईसवी में पच्चीस रुपयों की रकम बहुत बड़ी रकम होती थी।

ताड़ी पीने के बाद, सुखलाल चपरासी ने चाँदमल से दस रुपए माँग लिये और कहा, "मालिक, आप लोग यहाँ बैठिए!...हम तुरन्त आते हैं।" सुखलाल की बात सुनकर, कामिनीदास मुस्कुराने लगा। हम चारों दोस्तों में उम्र में सबसे बड़ा वही था। उसकी सुखलाल से गहरी दोस्ती थी। सुखलाल के साथ, पहले भी वह कई बार कमालपुर कस्बे में आया था। कामिनीदास समझ रहा था कि दस रुपए माँग कर सुखलाल चपरासी कहाँ गया है,...इसीलिए वह हँस रहा था और हम तीनों दोस्त चुप थे।...एक छोटी-सी पहाड़ी की छाँव में ताड़-खजूर के जंगल से घिरी हुई यह बस्ती, कमालपुर, पासियों और मुसहड़ों की बस्ती है। पहाड़ी की छाँव में दूर-दूर बनी हुई फूस- खपरैल-बाँस की झोंपड़ियाँ... काली-कलूटी औरतें और नंग-धड़ंग बच्चे...। मैदानों में सूअरों की जमात घूम रही है। हमारी झोंपड़ी के पास तीन-चार कुत्ते, देसी कुत्ते बैठे हुए हैं। अँधेरा नहीं हुआ, लेकिन अब ज्यादा देर नहीं है।

ताड़ी के नशे में आकर चाँदमल कहता है, "अब ग्यारह रुपए बच गए हैं मेरे पास। रमा ये रुपए तुम रख लो!" रमा मेरी तरफ देखता है। चाँदमल ने दस रुपए का नोट रमा के हाथ में ठूँस दिया। एक रुपया अपनी जेब में वापिस रखकर बोला, "एक रुपया रिक्शे वाले को देना होगा।" रमा ने नोट मेरी तरफ बढ़ा दिया। कामिनीदास एक बंगला गाना गाने लगा। 'ओ-गो-वधू-सुन्दरी, कॅबे आसिबे जामिनी, मधु-जामिनी (ओ वधु-सुन्दरी, कब आएगी यामिनी, मधु-यामिनी।) ...चाँदमल रमा की ज़ाँघ पर सिर रखकर और उसकी कमर के ईद-गिर्द अपनी बाँहें लपेटकर सो गया। उसकी हरकत से मुझे गुस्सा तो आया जरूर, लेकिन ज्यादा ताड़ी पीने की वजह से मेरा पेट फूल गया था, मेरे हाथ-पाँव शिथिल हो रहे थे...मुझे उस वक्त यह इच्छा नहीं हुई कि इस पैंतालीस

सेर वजन के भारी लड़के की टाँग पकड़कर खींच लूँ, और इसकी लाश घसीटता हुआ कमालपुर कस्बे से पैदल पटना जंक्शन चला जाऊँ।...लेकिन मेरी मुद्रा देखकर, आप ही रमा ने चाँदमल को नीचे धकेल दिया।...असली घटना चाँदमल के बेहोश हो जाने के बाद शुरू हुई।

थोड़ी देर बाद सुखलाल चपरासी, मुँह में सिगरेट दबाए हुए, झोंपड़ी के अन्दर चला आया। उसके पीछे-पीछे अन्दर चली आई, अठारह-बीस साल की एक औरत। वह मेरे ठीक आमने-सामने बैठ गई और एक-एक कर हम लोगों को पहचानने की कोशिश करने लगी। सुखलाल ने कहा, "फूलबाबू, यह झोंपड़ी इसी औरत की है। यानी, इसी के घरवाले की। जात के पासी हैं ये लोग।"

सुखलाल धीमे-धीमे मुस्कुराने लगा। वह और आगे बढ़ी और खुद ही गिलास उठाकर, ताड़ी ढालने लगी। दो-तीन गिलास ताड़ी वह एक साथ पी गई। इसके बाद उसने सुखलाल से एक सिगरेट की फरमाइश की।

अचानक रंगमंच पर इस नायिका की अवतारणा देखकर, मैं घबड़ा गया था। मैं कुछ-कुछ समझ रहा था कि यह औरत यहाँ क्यों लाई गई है! लेकिन मैं सशंकित था। दस रुपए का वह नोट मैंने अपनी हाफ-पैंट की जेब में रख लिया था और सावधान हो गया था। सुखलाल ने कहा, "ताड़ी का पैसा दे दिया है। कुल दस रुपए में सब काम हो गया। बिरिछिया पासिन को,...यानी इस औरत को पूरे सात रुपए दिए हैं। डेढ़-डेढ़ रुपया फी आदमी आप लोग, और एक रुपया हमारे वास्ते! क्यों भाई, मंजूर है? न?"

"मंजूर कोई नहीं होगा!...सरकारी स्कूल का पढ़न्तु बाबू लोग आया है, मंजूर कोई नहीं होगा!" बिरिछिया पासिन ने गिलास में बची ताड़ी पीकर हँसते-शर्माते हुए कहा। इसके बाद वह झोंपड़ी में एक किनारे पत्ते बिछाने लगी।

मनमोहिनी देवी ने मेरा हाथ सहलाते हुए कहा, "चलो, अन्दर घर में चलो! तुमको तेल लगाकर नहला देती हूँ। चलो, घर में चलो!"

...मैं उठकर, अपने पाँवों पर खड़ा तो हो गया, लेकिन मैं झिझकने लगा। रमा की माँ को इस आग्रह ('अन्दर घर में चलो') में साँप की तरह झूमते हुए देखकर, मुझे अचानक कमालपुर की उस झोंपड़ी और उस झोंपड़ी में ताड़ के कच्चे पत्ते बिछाकर बिस्तरा बनाती हुई, बिरिछिया पासिन की याद हो आई।

याद आते ही मुझे लगा कि मैं बरामदे में कूदकर सामने के मैदान में भाग जाऊँगा, और दूसरे दिन सड़क पर खड़ा होकर चीखने लगूँगा, 'बचाओ! मुझे बचाओ!'...नहीं, 'बचाओ-बचाओ' चीखने की बात, बहुत हद तक ग़लत है।...

यों, यह सच है कि बिरिछिया-पासिन के पहले, मुझे किसी भी स्त्री के साथ भोग करने का कोई व्यक्तिगत अनुभव नहीं हुआ था। लेकिन अपनी माँ और अपने पिताजी के अतिरिक्त, मैंने अपने ममेरे भाई और ममेरी भाभी को ये सारे भद्दे काम करते देखा था। ममेरे भाई का नाम था भवानन्द! और वह उम्र में मुझसे दुगुना था। ननिहाल में मैं उसी के कमरे में सोता था और मेरी भाभी भी सबके सो जाने के बाद, उसी कमरे में आती थी।...शुरू-शुरू में लगता कि वे दोनों झगड़ा या मार-पीट कर रहे हैं। लेकिन बाद में एक दिन मुझे लगा कि वे दोनों कहीं कुछ कर रहे हैं, जो काम हिन्दी-शिक्षक मथुरा बाबू ने रमा के साथ करने की कोशिश की थी।

भवानन्द और मेरी ममेरी भाभी, दोनों उस समय जानवरों की तरह गुर्राते थे, उछलते-कूदते थे, और एक-दूसरे को भद्दी-से-भद्दी गालियाँ देते हुए लगभग कुश्ती लड़ने लगते थे। बगल के कमरे में सोई हुई मेरी बूढ़ी नानी ऐसे मौकों पर जोर-जोर से खाँसने लगती थी।...एक बार पानी बरस रहा था। बिजली की चमक बार-बार कमरे के अन्दर आने लगी तो मैंने देखा, बिजली की चमक में जो देखा था, जो कुछ देखा, उसे न कहना ही बेहतर है। मैंने डर से अपनी दोनों आँखें बन्द कर ली थीं। मुझे यही अनुभव हुआ था कि मेरी भाभी भवानन्द की छाती पर चढ़कर उसकी हत्या कर रही है। बाद मैं मैंने शिवशंकर भोलेनाथ की छाती पर चढ़ी हुई जगन्माता कालिका का चित्र देखा था।...यह पहला अनुभव अभी मेरे दिमाग पर उसी तरह अंकित है!

उसी तरह अंकित है भवानन्द भाई की हत्या कर दिए जाने का भय।... बिरिछिया पासिन कहती है, "सुखलाल, बाहर में जाकर खड़ा हो जाओ। कहीं हमारा आमदी (आदमी) आ गया, तो...!" सुखलाल खुश होता हुआ, कमरे से बाहर चला जाता है। कामिनीदास लालच-भरी निगाहों से बिरिछिया की ओर देख रहा है। वह पहले भी 'रक्त' चाट चुका है। वह स्वाद मालूम है उसे!...चाँदमल नींद में है, खर्राटे भर रहा है। रमा अब सारा खेल समझ रहा है, लेकिन वह डर गया है, और अपनी जगह से उठ कर, मेरी बगल में आ जाना चाहता है।

"पहिले कौन आएगा?" बिरिछिया उठकर खड़ी हो जाती है। अँगड़ाई लेती है। फिर अपनी साड़ी उतार, वह एक किनारे चौपहल करके रख देती है।... अँधेरा अब तक नहीं हुआ है। डूबते सूरज की अन्तिम किरणों में यह औरत बेहद काली, 'सिलहुत' की तरह और बेहद बदसूरत दिखती है।

साड़ी के नीचे वह लाल रंग का हनुमानी लँगोट पहने हुए थी। उसने फिर सवाल दुहराया।...रमा मेरी बगल में आकर चुप बैठ गया था। मैं खुद घबरा

गया।...अब क्या किया जाए? कामिनीदास बोला, "फूलबाबू?...फूलबाबू, हम पहले चले जाएँ?"

बिरिछिया पासिन जब तक अपने लाल लंगोट की लगाम उतार चुकी थी। 'काली घोड़ी लाल लगाम'; अचानक यह मुहावरा (अपनी माँ से सुना हुआ) मुझे याद आया।...मुझे तीव्र इच्छा हुई कि मैं अपने मुँह में उँगलियाँ डालकर, 'कै' करने लगूँ...और अपने पेट की सारी ताड़ी इस औरत की नंगी देह पर उगल दूँ। फिर बेहोश हो जाऊँ। लेकिन इसी वक्त बिरिछिया ने कहा, "ऐ बाबू? तुम्हारा नाम फूलबाबू है? तुम्हीं आओ पहिले!"

रमा ने दोनों हाथों से मेरी बाँह कस ली, जैसे बिरिछिया पासिन मुझको नहीं उसी को बुला रही हो।...सुखलाल चपरासी ने अन्दर झाँककर, जल्दी-जल्दी किस्सा खत्म कर लेने का इशारा किया।

मेरी माँ सावित्री देवी,...ममेरी भाभी,...राजवल्लभ, ...बिरिछिया पासिन,...और अब मनमोहिनी देवी ने मेरा बायाँ हाथ दबाते हुए कहा, "पलंग पर बैठ जाओ तुम!...शरमाओ नहीं! जैसे रमा मेरे लिए बेटा है, वैसे ही तुम भी हो मेरे लिए।" इतना कहकर उसने अपनी कमर से मुझे सटाकर, मेरा माथा सूँघा, और मेरे गाल थपथपाने लगी। मैंने अपना गाल छुड़ाने की कोशिश की और उससे एक कदम परे हटकर, कहा, "आप माँ से कह देंगी तो वह मुझे पी. सी. सरकार का जादू देखने के लिए जरूर जाने देंगी।...आप जाएँगी?...आप, हम और रमा?"

मनमोहिनी देवी मेरी बात सुनकर हँसने लगी। जैसे पागल औरतें हँसती हैं...जैसे, भवानन्द भाई की छाती पर चढ़कर मेरी ममेरी भाभी हँसती थी,... जैसे बिरिछिया-पासिन ने आलू के बोरे की तरह मुझे अपनी बाँहों में समेटते हुए कहा था, "हाय रे, हाय! कैसा प्यारा नाम है–फूलबाबू! फूलबाबू! तुमको हम हवाई जहाज की सैर कराते हैं।"...मनमोहिनी देवी हँसती हुई पलंग पर एक तरफ बैठ गई। फिर बोली, "जहाँ कहोगे, ले जाऊँगी तुम्हें। पी. सी. सरकार का जादू क्या चीज है...मैं तुम्हें हवाई जहाज पर बिठाकर अपने साथ विलायत ले जाऊँगी। वहाँ बड़े-बड़े जादूगर हैं, जो तुम्हें एक मिनिट में पच्चीस-छब्बीस साल का रौबीला, मज़बूत बुलन्द नौजवान बना देंगे, चलोगे मेरे साथ?...चलोगे?... च....लो...गे...?'

मैं चीखने लगा, " नहीं जाऊँगा।...नहीं-नहीं जाऊँगा।" लेकिन मेरे गले से आवाज नहीं निकली। मैंने बेहोश होकर धरती पर गिर जाने का नाटक करना चाहा। मगर जैसे किसी ने मुझे इस्पात खम्भे से बाँध दिया हो। मैं हिल भी नहीं

सका। बर्फ बनकर, मैं जम गया।...कछुए की गर्दन की तरह सिकुड़ गया। मेरी ऐसी पतली हालत थी कि मैं उलटकर रमा की ओर देख भी नहीं सकता था।... शर्म,...आश्चर्य और आतंक। सिवाए इसके अब उपाय क्या है कि आँखें बन्द कर ली जाएँ, और गुज़र जाने दिया जाए अपने सिर के ऊपर से बरसाती नदी का पानी!!

मैं यह कहना भूल गया था कि मैं दरअसल, रमा से भी ज्यादा डरपोक लड़का हूँ। रमा के अन्दर इतना साहस तो जरूर था कि वह उठ खड़ा हुआ, और झोपड़ी से बाहर भाग गया। रुका नहीं।...मुझमें इतनी ताकत भी नहीं रह गई थी।... मैं डर गया था।

यह डर मेरे रक्त में है। यही रक्त मुझे आक्रमण करने की क्षमता भी देता है। मैं डरता हूँ, तो भाग खड़ा नहीं होता। अवसर आने पर आक्रमण करने की कोशिश करता हूँ। 'फुटबॉल' का खेल इसी सिद्धान्त के अनुसार खेला जाता है। पराजित होने की सारी सम्भावनाओं के बावजूद, भागना नहीं चाहिए।... अवसर की तलाश करनी चाहिए। लेकिन इस सिद्धान्त को मान लेने के बाद भी यही सच है कि मैं डरपोक लड़का हूँ, और अपना डर छिपाने के लिए ही, 'फुटबॉल' में और स्कूली शैतानियों की तरह-तरह की कलाबाजी और बहादुरी दिखाता हूँ।

रमा को मैं क्लास के दूसरे लड़कों से इसीलिए बचाता रहता हूँ कि अन्दर-ही-अन्दर यह फफोला पकता रहता है–'मैं डरपोक हूँ।' मुझे दुनिया की हर चीज से डर लगता है।...रमा मेरे साथ रहता है तो मैं खुश होता हूँ। मुझे ऐसा लगता है कि मैं डरपोक नहीं हूँ, क्योंकि यह रमा है, जो मेरे ही सहारे स्कूल जाता है और मेरे ही सहारे 'फुटबॉल' खेलता है।

मगर रमा मेरे पास नहीं था। मैं अकेला था, और 'लबनी' (मुठिया लगा मिट्टी का लोटा) में बची हुई ताड़ी अपने गिलास में ढालता हुआ कामिनीदास पर और सुखलाल चपरासी पर बहुत गुस्सा आया। इन्हीं दोनों ने मुझे इस 'प्रेत-लीला' में पटक दिया है...अब क्या किया जाए? हे भगवान्! अब क्या करें? मुझे महसूस हुआ कि मेरी पीठ में शीशे के टुकड़े धँस गए हैं।

मैं उसी एक छन में, आतंक से, क्रोध, घृणा, ग्लानि, पीड़ा और आक्रोश से भर उठा। मैंने तय किया, 'अब जान बचानी ही होगी।' यह तय कर लेने के बाद मैंने अपना समूचा शरीर ढीला कर लिया, अपनी साँस मैंने रोक ली, और मैंने नाटक शुरू कर दिया।

आदमी कैसे बेहोश होता है? कैसे धीरे-धीरे डूबता हुआ, 'सिंक' करता हुआ मर जाता है! कैसे उसका वजन, उसकी देह का कालापन, उसकी आँखों का ज़हर बढ़ने लगता है! यह सब मुझे मालूम था।

जब और कोई नाटक नहीं चल पाता है तो मैं मर जाने का नाटक करता हूँ। जो नाटक, कालिका महारानी के नीचे लेटे हुए, शिवशंकर भोलेनाथ ने किया था!... मेरी आँखें पथरा गईं, मेरी साँस बन्द हो गई, मेरे हाथ, पाँव, बाँहें, घुटने,...मेरे शरीर का पूरा व्याकरण ठंडा पड़ गया, मरे हुए काले साँप की तरह। मेरे शरीर का व्याकरण...मेरा लिंग, वचन, सन्धि, समास, सारा कुछ।

मनमोहिनी देवी मुझे होश में लाने की और गरम करने की लगातार कोशिश करती रही। उसने कहा, "घबराओ नहीं, फूलबाबू, मैं तुम्हें मालिश कर देती हूँ... महा भृंगराज कम्पनी का सुगन्धित तेल लगा देती हूँ।"

लेकिन साँप मर चुका था : ...मैंने पलंग पर पड़ा गुलूबन्द उठाकर अपनी गरदन में लपेट लिया।

जीभ पर बूटों के निशान

मैं इधर दो-चार महीने से ग्रीनउड होटल नहीं जाता हूँ। सो उस दिन बेतरह जी उदास था, तो शशि ने कहा "जाओ, ज़रा बाहर घूम आओ। तबीयत बहल जाएगी।" जेब में पैसे थे, इसीलिए, मन उत्साहित हुआ और मैं टैक्सी लेकर ग्रीनउड चला आया। ग्रीनउड कलकत्ता की रातों का एक प्रसिद्ध तीर्थस्थान है। खजुराहो, अजन्ता, एलोरा, जगन्नाथपुरी की तरह ही ग्रीनउड की सीढ़ियों पर, दरवाज़ों पर, छज्जों पर, बरामदों में, दीवारों से सटकर अप्सराएँ खड़ी रहती हैं। भावभंगिमा में शारीरिक अभिव्यक्तियों को पुष्ट-परिपुष्ट करती हैं। फ़र्क़ यही है कि अप्सराएँ जीवित नहीं, मात्र प्रस्तरमूर्तियाँ-चित्र हैं, जबकि ये अप्सराएँ जीवित हैं सदेहा; सप्राण।

मुझे जॉन स्टेनबेक, विलियम सरोयाँ, फाकनर आदि कई नए-पुराने लेखकों के कई नए-पुराने उपन्यासों की याद आई। ईस्ट *ऑव एडन* की वे सारी लड़कियाँ याद आईं जो बाकायदा वेश्यालयों में रहती थीं और अपने शरीर को वैसी ही पूँजी मानती थीं जैसी किसान अपने खेतों को और मजदूर अपने हथौड़े को मानता है। बहुत सारी लड़कियाँ आईं, जो उपन्यास-कहानियों में, मैनहट्टन की अँधेरी स्याह गलियों में होनोलुलू और न्यूयॉर्क और वाशिंगटन के होटलों-बारों में बिखरी हैं, फैली हैं, बुझ रही हैं। और इन लड़कियों को देखकर मुझे बहुत गुस्सा आया। ये लड़कियाँ एमिल ज़ोला की हैं। ये लड़कियाँ बाल्ज़ाक और मोपांसा की हैं, ये लड़कियाँ तोल्सतोय, दोस्तोएवस्की, गोर्की, कुप्रिन की हैं, ये लड़कियाँ मंटो की हैं, मेरी हैं, हम सब की हैं–।

ये लड़कियाँ। शीशे का सफेद गिलास बियर का भरकर मैं एक ही घूँट में खाली कर गया और ये लड़कियाँ मुझे परेशान करने लगीं। मुझे उस आर्थिक व्यवस्था से नफरत होने लगी, जो ऐसी लड़कियाँ गढ़ती हैं, खाद दे-देकर पनपाती हैं, उगाती हैं।

पर अपने इस गुस्से पर मुझे हँसी आने लगी। मैं बियर के गिलास से सिर

ऊपर उठाकर, एक सिगरेट जलाने लगा और बार-बार मुस्कुराने लगा और इस मुस्कुराहट में, मैं इन लड़कियों को भूल गया। मुझे अपनी शशि की याद आई। मेरी पत्नी, जो दस रुपये का एक नोट मेरी जेब में डालकर मुझे घूमने बाहर भेज देती है, ताकि मैं अपना सिरदर्द दूर कर सकूँ या जब देर से रात को घर लौटता हूँ तो शशि नाराज़ भी होती है।

मुझे शशि का गुस्सा अच्छा लगता है। उसकी नींद से भरी आँखें, उसके थके हाथ-पाँव, उसकी उखड़ी बातें मुझे अच्छी लगती हैं। शशि मुझ पर गुस्सा न करे तो शायद मेरा जीवन बहुत भारी हो जाएगा, क्योंकि शशि की आँखें सोफिया लौरेन की तरह वहशी नहीं हैं। उसका शरीर मर्लिन मुनरो की तरह गुदाज नहीं है, वह बालों को हल्का झटका देकर, निगाहें टेढ़ी करके, होंठ सिकोड़कर, दबी आवाज में बातें करना नहीं जानती है। उसमें पागल बना देनेवाला हुस्न नहीं है, बेहोश कर देनेवाली अदाएँ नहीं हैं, क्योंकि वह बीवी है, हिन्दुस्तानी बीवी है, जो खाना पका सकती है, थके पाँव दबा सकती है, पंखा झल सकती है, मगर चेहरे पर बहुत सारा प्यार बिखराकर, साँसें गरम कर, नथुने फाड़कर, कन्धे फैलाकर, आँचल बिखराकर, यह नहीं कह सकती है कि उसे मुझसे प्यार है, बहुत-बहुत।

इसीलिए शशि पर कोई गीत नहीं लिखा जा सकता, कोई कहानी नहीं लिखी जा सकती, कोई उपन्यास नहीं रचा जा सकता, अब तक रचा भी नहीं गया है। रचना के नायिका-पद के लिए चाहिए कोई परकीया राधा, रावण द्वारा हर ली जानेवाली सीता या फिर तरह-तरह की कुण्ठाओं, तरह-तरह की यौन प्रवृत्तियों, तरह-तरह की दमित वासनाओं वाली कोई आधुनिक भद्र कन्या।

इसीलिए बियर के गिलास के साथ शशि की याद मुझे बड़ी बेतुकी और अव्यावहारिक लगी और मैंने टेबल के इर्दगिर्द देखना शुरू किया। हॉल अब तक भर चुका था और कोने की टेबल पर मेरा एक दोस्त बैठा हुआ था, सी.एफ. कान्त।

कान्त हाल ही का मेरा दोस्त है। एक दिन इंडिया कॉफ़ी हाउस में बैठा हुआ, मैं अपने दोस्तों को हिप्नॉटिज़्म और प्लेंचेट के झूठे कारनामे बता रहा था कि किस तरह मैंने मिस्टर भाटिया की बीवी को नज़रबन्द हिप्नोटाइज करके पूछ लिया कि रात को ग्यारह के बाद वह किस क्लब में जाती है, और किस तरह जॉर्ज बर्नार्ड शॉ को प्लेन्चेट पर बुलाकर उनसे एक शानदार इंटरव्यू लिया, और किस तरह...

तभी बगल की टेबल पर अकेले बैठे हुए एक मद्रासी सज्जन ने मुझसे

अचानक पूछा, "आप भाई साब नॉवेलिस्ट हैं क्या?"

बाद में पता चला कि मि. सी. एफ. कान्त एक बंगाली फिल्म कम्पनी के पब्लिसिटी ऑफीसर हैं और विख्यात अभिनेत्री वासन्ती देवी उनके पड़ोस में रहती हैं। और कान्त साब तभी से मेरे दोस्त हो गए हैं और अक्सर यहाँ-वहाँ टकरा जाते हैं।

कान्त साब अपनी रम की बोतल और गिलास उठाकर मेरी टेबल पर उठ आए और बैठते हुए बोले, "हाय, बियर क्यों पीता है ब्वाय? बोतल इधर लाओ, रम और बियर का कॉकटेल बना देता है।"

"नो, कान्त साब," मैंने एतराज़ किया। मगर कान्त साब एतराज़ की बात नहीं समझते हैं। उन्होंने दोनों बोतलें पास खींच लीं और एक आँख दबाकर, मुस्कुराए। मुस्कुराने से उनके आबनूसी चेहरे पर पॉलिश आ गई। पॉलिश इसलिए भी आई कि उनकी बगल से एंग्लो-बर्मी लड़की गुज़री, जिसने नंगी पीठ वाली ब्लाउज़ पहन रखी थी। जाने-अनजाने कान्त साब ने अपना एक पाँव थोड़ा आगे बढ़ा दिया, और उसके पाँवों को हल्का-सा धक्का लगा। उसने घूमकर पाँव के मालिक को देखा और पहले गुस्सा हुई और फिर मुस्कुराई, शरीर को थोड़ा और काव्यात्मक बनाकर आगे बढ़ गई।

"इन बारों में आनेवाली सारी लड़कियाँ आवारा होती हैं।" मैंने किसी नीतिवादी दार्शनिक की तरह गम्भीरतापूर्वक कहा।

"माई डियर कमल बाबू, तुम यहाँ एक भी शरीफ लड़की ढूँढ़ निकालो तो मैं तुम्हें सिटी फादर की तरफ से सोशियालॉजी यानी समाजशास्त्र में डॉक्टरेट की डिग्री दिलवा दूँगा...जी हाँ, क्या समझे?"...कान्त साब ने बोतलों की शराब गिलासों में मिलाते हुए उत्तर दिया। पूरे हॉल में सिगरेट का धुआँ, तरह-तरह की शराबों की मिली-जुली गन्ध, रेडियोग्राम पर बजता हुआ गाना।

हू हू हू हू हू हू विल गिव मी ए पेनी।
हू हू हू
माई नेम इज़ स्वीटी स्वीटी जैनी,
हू हू हू
कम टु मी हेव्न द नाइट इज़ डार्क एंड रेनी...
हू हू हू...

फूटते हुए ठहाके और शोरगुल बढ़ता जा रहा था। बिना पीठ वाली ब्लाउज़ दूर की एक खाली टेबल पर बैठ गई थी और कोकाकोला पी रही थी।

पहली बार मैंने अनुभव नहीं किया। दूसरी बार भी समझा नहीं। तीसरी

बार मुझे पता चला गया कि वह लड़की या वह औरत या वह लड़की बनी हुई औरत, बार-बार कोकाकोला की बोतल की आड़ से कान्त को अपनी जीभ दिखा रही है। कान्त पहले से ही उसकी यह हरकत देख रहा था, फिर भी मैंने उसका ध्यान खींचा, "तुम्हें जीभ क्यों दिखा रही है?"

"पता नहीं।" कान्त ने मेरी बात पर ध्यान दिए बगैर ही कहा, क्योंकि वह तन्मयता से उसके सफेद दाँत पर सुर्ख दिखते हुए अधर और बार-बार अन्दर-बाहर आती हुई जीभ देख रहा था। मगर यह सिलसिला अधिक देर तक चला नहीं। एक मोटा-तगड़ा जहाजी छोकरा जीभ वाली औरत की टेबल पर आकर बैठ गया। कान्त उदास हो गया और बोला, "चलो कमल बाबू, यहाँ कुछ नहीं रखा है। डान्स ग्यारह बजे शुरू होगा। आना होगा तो उस बखत आएगा। अभी चलो। बाहर में घूमेगा।..."

काउंटर पर बिल चुकाकर हम दोनों सड़क पर आ गए।

चौरंगी रोड और भवानीपुर की जंक्शन पर, बस-स्टैंड के पास एक भद्र युवती खड़ी थी। उसके हाथों में तीन-चार मोटी-पतली किताबें थीं और दृष्टि में आलस और थकान, उदासीनता और निरीहता भरी थी। मैंने सिर्फ़ उसका चेहरा देखा, क्योंकि मुझे और कुछ देखना पसन्द नहीं आता है। पसन्द नहीं आता है, क्योंकि मैं धार्मिक व्यक्ति हूँ और हमारा धर्म हमें सौन्दर्य में डूबने की इजाज़त नहीं देता है। सो, मैंने फ़क़त उसका चेहरा देखा। चेहरे पर सूखे हुए, सफेद-सफेद ओठ थे और ओठों के फैलाव में सारी दुनिया समा सकती थी। चेहरे पर छोटी-छोटी आँखें थीं, और उनके कोरों पर काजल की लकीरें चारकोल पुती सड़कों की तरह थीं, जिन पर चढ़कर एक गैरमामूली किस्म के डाकबँगले में पहुँचा जा सकता था। कान्त महाशय बोले, "प्लीज, थोड़ा यहीं रुको। मैं सिगरेट लेकर आया।"

मैं रुक गया। काजल की सड़कों ने मुझे देखा और ओठों के फैलाव खुश होने लगे। मैं मस्तूल-टूटे जहाज़ की तरह उनमें डूबने लगा। डूबने के एहसास ने मुझे बहुत शरमा दिया। मैं शरमाने की चेष्टा कर ही रहा था कि उस भद्र युवती के सफेद-सफेद ओठों के बीच से एक लम्बी और पतली जीभ बाहर निकली, जो बिल से बाहर निकले साँप की तरह लपलपाकर फिर भीतर घुस गई। बात साफ़ थी कि साँप मेरी ओर आना चाहता था। बात साफ़-सुथरी हो या गन्दी हो, मगर मैं उस वक्त बात समझा नहीं, क्योंकि मैं देहरादून जिले के उस पहाड़ी इलाके का रहनेवाला हूँ, जहाँ लड़कियाँ जीभ नहीं दिखाती हैं, वही चीज़ दिखाती हैं, जिन्हें दिखाए बग़ैर काम नहीं चलता।

मैं तेज़ी से फुटपाथ क्रॉस कर गया और सिगरेट के स्टॉल पर चला गया जहाँ कान्त महाराज बहस कर रहे थे कि दो आने, तेरह नए पैसों से बनते हैं, बारह नए पैसों से नहीं।

रास्ते में चलते हुए, मैंने कान्त से भद्र युवती की बाबत कहा तो वह ठहाके मारकर हँसने लगा। फिर मेरी पीठ थपथपाता हुआ बोला, "यार कमल, तू पहाड़ पर क्या रहता है! तुम इत्ता-सा बात नहीं समझता? यह सब तो जंगल-पहाड़ का ही तरीका है। अभी तलक कित्ता मुलुक में आदमी हाथ नहीं मिलाता, टा-टा, बाइ-बाइ, नहीं बोलता, सिर्फ़ जीभ दिखाता है। जानवर लोग को स्टडी किया है तुम! गाय को देखा है? वह अपना बछड़ा को कैसे लव करता है? उसको अपनी जीभ से चाटता है। जीभ दिखाना तो लव दिखाने का मैनर है न! तुम नहीं जानता?"

मैंने कान्त को कोई उत्तर नहीं दिया। बियर और रम का मिला-जुला नशा मुझे गुलाम बनाने की कोशिश में था। 'बसुश्री' सिनेमा तक कान्त मुझे लेक्चर पिलाता रहा कि लव किसे कहते हैं और लव एक बड़ा भारी आर्ट है और जीभ से बढ़कर लव की अभिव्यक्ति दूसरे माध्यम से नहीं हो सकती है।

अकस्मात्, एक पतली-सी गली के सिरे पर आकर, वह रुक गया और एक सिगरेट जलाकर बोला, "भाई जान, हमारा तो घर आ गया। थैंक यू शाम ठीक-ठीक बीत गई। फिर कभी मिलेगा।...अच्छा! टा-टा!" और मेरे उत्तर की प्रतीक्षा किए बगैर वह अपनी गली में घुस गया, जैसे उसे कोई खास बात याद आ गई हो।

मैं अकेला ही आगे बढ़ा। कालीघाट आ गया। इच्छा हुई मन्दिर की तरफ जाकर बंगाली टेराकोला स्थापत्य-कला की बारीकियाँ देखूँ। इच्छा हुई कि भागते हुए भक्तों, दर्शनार्थियों का पीछा करती हुई भिखारियों की जमात का अध्ययन करूँ। इच्छा हुई कि कालीमाई की मूर्ति के सामने जाकर खड़ा हो जाऊँ, जिसके विषय में हिन्दी के एक जनकवि ने सिर्फ़ इतनी-सी जिज्ञासा प्रकट की थी, "कालीमाई की जीभ तो विशुद्ध सोने की लगती है।" इच्छा तो हुई, मगर कालीमाई की जीभ की याद आते ही ग्रीनउड में एंग्लो-बर्मी युवती की जीभ, बस-स्टैंड पर खड़ी भद्र बंगाली युवती की जीभ याद आई और मैं डर गया।

मैं डर गया और चुपचाप एक सिनेमा हाउस के बरामदे में खड़ा होकर, फिल्म 'आमि तोमि भालोबासा' के पोस्टर देखने लगा। बारह-तेरह साल की एक लड़की भी पोस्टर देख रही थी और पोस्टर में अधलेटी अभिनेत्री को

देख-देखकर यों ही शरमा रही थी। मुझे पास देखकर उसका शरमाना रुक-सा गया। वह बहुत शुभ तरीके से मेरी तरफ चेहरा उठाकर देखने लगी।

कहीं उसके ओठों का फैलाव भी चौड़ा नहीं हो जाए और मुख-विवर से तक्षक का प्रादुर्भाव न हो जाए, यह सोचकर मैं वहाँ से खिसक गया। अब मेरा नशा घटता जा रहा था। सिर का भारीपन बढ़ता जा रहा था। मैं बगल की सीढ़ियों पर चढ़कर, सिनेमा हाउस की दूसरी मंजिल पर पहुँच गया। यहाँ एक प्रसिद्ध रेस्तराँ है, जहाँ लड़कों से अधिक संख्या में लड़कियाँ बैठती हैं। लड़कियों में जाने की इच्छा मेरी नहीं थी, मगर मुझे कॉफी पीनी थी, मेरा सिर घूम रहा था। लग रहा था कि दिमाग फट गया है।

कॉफी का प्याला आने पर मैंने सिगरेट जलाई और सोचने लगा कि मुँह में जीभ होने का क्या उद्देश्य है, क्या लाभ है, क्या उपयोगिता है। जीभ का काम है बोलने में, भोजन करने में, हिलते दाँत तोड़ने में, बच्चों को डराने में, उदाहरण कालीघाट की कालीमाई। मगर यहाँ तो जीभ का एक दूसरा ही उपयोग हो रहा है। जीभ साक्षात् दूती बन गई है...महाभारत-युग में गोपिकाएँ राधा की दूती थीं, अब राधाओं की जीभ ही राधाओं की दूती है।

सामने की टेबल पर दो युवतियाँ बैठी थीं। दोनों हमउम्र थीं, एक ही रंग की साड़ी और एक ही रंग की ब्लाउज़ पहने थीं और बहन जैसी लगती थीं। मुझे लगा कि एक साथ ही वे दोनों मुझे अपनी-अपनी जीभ दिखा रही हैं। जैसे मैं कोई डॉक्टर हूँ और उनकी जीभ पर फोड़े उग आए हों।

दूर एक कोने में दो-तीन लड़कों के साथ एक तीस-बत्तीस की प्रौढ़ा बैठी थी और मुगलाई पराँठा खा रही थी। पहले तो मुझे लगा कि उसके ओठ सूख रहे हैं और वह जीभ फेरकर उन्हें तर कर रही है, मगर बाद में मुझे वहाँ से निगाहें हटा लेनी पड़ी।

मेरी पीठ की तरफ एक टेबल पर पति-पत्नी बैठे थे। पति की गोद में तीनेक साल का एक बच्चा था। पत्नी की निगाहों में बड़ी निश्चिन्तता थी और इसे अनुभव करके मुझे शान्ति मिलने लगी। मैं देर तक देखता रहता कि किस तरह पिता चम्मच से बच्चे को चाय पिला रहा है। मैं देर तक देखता रहा, फिर पत्नी मुस्कुराई और मेरी आँखों में देखने लगी और पति की नज़रें बचाकर अपनी नाक से जीभ सटाने लगी। मैं उसकी यह हरकत गौर करने लगा तो उसने अपना गोल मुखड़ा थोड़ा आगे कर लिया और शरमाकर ओठ सिकोड़ लिए और पूरी जीभ मेरी सीध में करके हिलाने लगी।

मैं जैसे पागल हो गया। पति और बच्चेवाली महिला की जीभ मुझे एक

शेषनाग से भी बड़ी लगी, जिससे क्षीरसमुद्र मन्थन के वक्त सुमेरु पर्वत को बाँधा गया था।

मैंने कॉफी की आखिरी घूँट लेकर प्याला खाली कर दिया और बैरे के आने का इन्तज़ार करने लगा। तभी मैंने देखा कि मिस्टर सी. एफ. कान्त एक मद्रासी लड़की के साथ अन्दर घुस रहा है। लड़की बहुत कीमती 'करोला-साड़ी' और गहरे पीले रंग की ब्लाउज़ पहने थी और उसके जूड़े में मोतियों के फूलों की मोटी-सी वेणी थी। कुल मिलाकर लड़की चौदह-पन्द्रह की थी और उसका शरीर कह रहा था कि वह कत्थक या भरतनाट्यम नाचने के लिए ही बनी है।

कान्त महाराज दरवाजे पर खड़े बैरे से कुछ ज़रूरी बातें कर रहे थे और वह लड़की आगे बढ़ी आ रही थी। जब उसने देखा कि मैं बेवकूफ की तरह उसे देखता जा रहा हूँ तो उसे अपने शरीर की बनावट पर बहुत घमंड हुआ और उसने अपने कन्धों को हल्का-सा झटका दिया तो साड़ी का पल्लू जमीन पर सरक आया। वह झुककर पल्लू उठाने लगी, हम दोनों की निगाहें टकराईं और उसने बहुत ही सभ्य-संस्कृत-प्रकृत तरीके से मुझे अपनी खूबसूरत-सी जीभ दिखाई।

तभी कान्त साहब ने मुझे देखा और मेरी तरफ आता हुआ, वहीं से चीखा, "हल्लो कमलबाबू, तुम भी यहाँ आ गया?"

मेरी ही टेबल पर बैठते हुए और साथ वाली लड़की के लिए कुर्सी सीधी करते हुए उसने कहा, "वाह! हम फिर मिल गए। वाह! बैठो सरोजा, बैठ जाओ! यह हमारा दोस्त है, कमलबाबू! और यह हमारा सिस्टर है, सरोजा..."

सरोजा इस इंट्रोडक्शन से तनिक भी झिझकी नहीं, शरमाई नहीं, आराम से पाँव और 'करोला' साड़ी फैलाकर, कुर्सी पर बैठ गई और अपने शब्दों में शराब घोलकर बोली, "आपसे मिलकर खूब खुशी होता है...।"

मैं पागल हो गया। मुझे लगा कि कान्त महाशय की बहन सरोजा नहीं है। मुझे लगा कि पति और बच्चेवाली पत्नी नहीं है। मुझे लगा कि माँ नहीं है, बहन नहीं है, बीवी नहीं है। कोई नहीं है, कोई नहीं है, सिर्फ़ एक विशाल समुद्र है और रात है और अँधेरा है और ज्वार की महाकाय लहरों से भी बड़ी-बड़ी जीभ मेरी नाव से टकरा रही हैं और नाव में और मेरे कलेजे में जगह-जगह छेद हो गया है...।

मैं पागल हो गया, मगर मैंने जेब से छुरी निकालकर सरोज की जीभ काट नहीं ली। मैं सिर्फ़ मुस्कुराया और बोला, "सरोजा बहन, आपसे मिलकर बड़ी

प्रसन्नता हुई!" और मैं इन्तज़ार करने लगा शायद सरोजा फिर जीभ दिखाए।

शाम को थका-माँदा ऑफिस से सीधा घर लौटा तो मेरा सिर ज़ोरों से दर्द कर रहा था। मैंने शशि से कहा, "कुछ पैसे हों तो मुझे दो। सिर भारी है, आज बहुत खटना पड़ा। जरा कॉफी हाउस में घूम आता हूँ।"

शशि, पहले तो देर तक गौर से मेरा चेहरा देखती रही कि वाकई मेरा सिर दर्द कर रहा है या नहीं। फिर बोली, "पैसे नहीं हैं! कुल दस का एक नोट है और अभी सैलरी मिलने में एक हफ्ता बाकी है! नोट भुना लोगे तो दो ही दिन में सारे पैसे उड़ जाएँगे। बेकार कहाँ जाओगे। तुम जब तक *नवभारत टाइम्स* पढ़ो, मैं चाय बना देती हूँ। क्यों ठीक है न?"

मैंने कोई उत्तर नहीं दिया। सिर्फ़ सौ रुपये में पूरा महीना चला लेनेवाली इस होशियार गृहस्थिन की बात पर मुस्कुराया। शशि ने मेरी मुस्कुराहट देख ली, और पूरी जीभ बाहर निकालकर मुझे चिढ़ाती हुई, हँसती हुई बाहर चली गई। शशि की यह अदा, जीभ दिखाकर भाग जाने की यह मासूम अदा मुझे बहुत प्यारी-प्यारी लगी, क्योंकि मैंने देखा था, शशि की जीभ पर बूटों का एक भी निशान नहीं था।

जलते हुए मकान में कुछ लोग

इस बात में शक की कोई गुंजाइश नहीं। वह मकान वेश्यागृह ही था। मन्दिर नहीं था। धर्मशाला भी नहीं। शमशाद ने कहा था—तुम्हें कोई तकलीफ नहीं होगी। सोने के लिए धुला हुआ बिस्तरा मिलेगा। सुबह वहीं नहा-धो लोगे, चाय पीकर चले आओगे। मैंने कहा था—ठीक है। सेल्समैन को और क्या चाहिए! कहीं रात काट लेने की जगह। कोई कमरा। कोई भी औरत। और, अन्त में नींद।

औरत बुरी नहीं थी। मगर, एकदम टूटी हुई थी। बोली—फालतू पैसे हों, तो देसी रम की बोतल मँगवाओ। सारा दिन इस औद्योगिक नगर में चक्कर काटने के बाद मैंने पाँच हजार रुपयों का बिजनेस कर लिया था। कमीशन के लगभग तीन सौ रुपये मेरे बनते थे। रम की बोतल मँगवाई जा सकती थी। रम की बड़ी बोतल और सामने के पंजाबी होटल से मुर्गे का शोरबा। औरत खुश हो गई। मेरे गले में बाँहें डालकर मचलने लगी। कहने लगी—तुम दिलदार आदमी हो। ज़रा रात ढल जाने दो, तुम्हें खुश कर दूँगी। मैं ठंडी औरत नहीं हूँ। एक बार गरम होऊँगी, तो तुम्हीं परेशान हो जाओगे...।

औरतें इस मकान में और भी थीं। मगर शमशाद ने कहा था—दूसरी के पास मत जाना। उसका नाम दीपू है, दीपू। पंजाब की है। उसी के पास जाना। और मैं दीपू के पास आ गया था। मैंने कहा था—शमशाद ने तुम्हारे पास भेजा है। मैं न्यूबिल्ट कम्पनी का सेल्समैन हूँ। कल सुबह कलकत्ते चला जाऊँगा। रात-भर रहना चाहता हूँ। मगर, पैसे मेरे पास ज़्यादा नहीं हैं।

कौन शमशाद? कश्मीरी होटलवाला? वह खुद क्यों नहीं आया? ज़रूर परले मकान की कलूटी मेम के पास गया होगा। अब उसी के पास जाता है—दीपू ने एक लम्बी उसाँस लेकर उत्तर दिया था, और मेरे द्वारा मिले हुए बीस रुपये मकान मालिक को देने चली गई थी। फिर लौटकर बोली थी—फालतू पैसे हों, तो देसी रम की बोतल मँगवाओ। कुल आठ रुपये में आ जाएगी।

शराब और औरत यहाँ सस्ते में मिलती हैं। देखो न, मैं बैठती तो रात-भर के पचास रुपये लोग खुशी से दे जाते। मैं मेहनती औरत हूँ। कायदे से काम करना जानती हूँ। तुम ज़रा भी शर्म मत करो। समझ लो, अँधेरे में हर औरत हर मर्द की बीवी होती है। अँधेरे में शर्म मिट जाती है। रंग, धर्म, जात-बिरादरी, मुहब्बत, ईमान, अँधेरे में सब कुछ मिट जाता है। सिर्फ़ कमर के नीचे बैठी हुई औरत याद रहती है।

मगर रात के बारह भी नहीं बजे होंगे कि पुलिस आ गई। मकान का मुख्यद्वार अन्दर से बन्द था। मालिक ने खिड़की से झाँककर देखा होगा, पुलिस ही है। वह दीपू के कमरे के पास आया। बोला—दीपू पुलिस आ गई है। ग्राहक के साथ भागो! वह दीपू जैसी दूसरी औरतों के कमरों के पास गया। ग्राहक के साथ भागना होगा। कहाँ? दीपू बोली—नीचे अण्डरग्राउण्ड में। चलो, वहीं पिएँगे, और तबीयत खुश करेंगे। घबड़ाओ नहीं, पुलिस ज़्यादा देर नहीं रुकेगी। दीपू नंगी थी, और मैं भी लगभग प्राकृतिक अवस्था में ही था। उसने एक चादर लपेट ली, और बोली—चलो गिलास उठा लो! जल्दी करो!

चारों तरफ घना अन्धकार है, और नंगी फर्श पर बैठे हुए हम लोग रोशनी का इन्तजार कर रहे हैं। रोशनी कब आएगी? दीपू अपनी देह से चादर उतार कर फर्श पर बिछाती है। दीवार टटोलकर बोतल और गिलास किनारे रखती है। फिर पूछती है—और कौन-कौन आया है? चन्द्रावती, तुम भी आई हो? अँधेरे में कहीं कुछ नहीं दिखता है। अपना हाथ-पाँव तक नहीं। और इस अँधेरे में दीपू की आवाज चाँदी की सफेद तलवार की तरह चमकने लगती है—बोलते क्यों नहीं? यहाँ की आवाज ऊपर नहीं जाती है। और अब तो मालिक पुलिसवालों को रुपये दे चुका होगा। अब क्यों डरते हो? बोलते क्यों नहीं? और कौन है यहाँ?

कौन? दीपू रानी? तू भी आ गई? कैसा गाहक है तेरे पास? बोतल लेकर आया है? भाई, एक औंस मुझे भी देना। यहाँ बड़ी सर्दी है। देगी तो?—कोई दूसरी औरत अँधेरे की परतें तोड़ती है। मुझे लगता है, कमरे में प्रेत-छायाएँ रेंग रही हैं। कमरे में टहलता हुआ कोई आदमी मेरी जाँघ पर पाँव रख देता है। और, डरकर उछल जाता है—मैंने समझा कोई जानवर है।

जी हाँ, जानवर ही है! आप खुद को क्या समझते हैं? आदमी? हुजूर, यहाँ जानवर ही आते हैं। आदमी नहीं! आप हैं कौन?—दीपू हँसने लगती है। तब कमरे में टहलता हुआ वह आदमी सिगरेट के लिए माचिस जलाता है। वह ओवरकोट डाले हुए है। सिर पर हैट नहीं है। पाँवों में जूते नहीं। बड़ी-

बड़ी घनी मूँछें हैं। चेहरे से फरिश्तों जैसा भाव टपकता है। मैं पूछता हूँ—आप कौन हैं?

मैं यहाँ की एक फैक्टरी में इंजीनियर हूँ। अकेला आदमी हूँ, वक्त काटने के लिए यहाँ चला आया। क्या पता था, वक्त इस तहखाने में कटेगा—वह दुबारा माचिस जलाता है, और इस कमरे के दूसरे मुसाफिरों को देखने लगता है। छोटा-सा कमरा है। दीवारें नंगी हैं। फर्श सीलन से तर। अपनी ही बाँहों में सिर डाले हुए, एक दुबली-पतली लड़की एक कोने में बैठी है। हरी लुंगी और सफेद कमीज पहने हुए एक बूढ़ा आदमी बीच कमरे में चुपचाप खड़ा है। चन्द्रावती एक विद्यार्थी जैसे दिखते हुए कमसिन लड़के की गोद में सिर डाले लेटी हुई है। वह लड़का चन्द्रावती का माथा सहला रहा है। माचिस की तीली बुझ जाती है। इंजीनियर कमरे में चक्कर काटता रहता है। उसके जूतों की भारी और सख्त आवाज अँधेरे में गूँजती रहती है। कमरे के बीच में खड़ा बूढ़ा आदमी कहता है—मेरे रुपये भी चले गए। मेरी औरत भी उधर ही रह गई। मेरे पास शराब भी नहीं है। सिगरेट भी नहीं। पता नहीं, पुलिस कब तक ऊपर शोर मचाती रहेगी।

ऊपर वाकई आग लगी हुई है। छत जैसे टूट जाएगी। पुलिस शायद कमरों की तलाशी ले रही है। शायद, ऊपर रुकी हुई औरतों को तमाचे लगा रही है। शायद, मकान-मालिक को हंटर मार रही है। कुछ पता नहीं चलता है। सिर्फ़, लगता है, ऊपर कोई दौड़ रहा है, और चीख-पुकार मची हुई है।

विद्यार्थी दिखता हुआ कम उम्र लड़का बड़ी महीन आवाज में चीखता है—माचिस जलाओ।...मेरी पैंट में कोई कीड़ा घुस गया है। माचिस जलाओ...। मगर, कोई माचिस नहीं जलाता। इंजीनियर चुपचाप टहलता रहता है। दीपू मेरे करीब खिसक आती है, और दीवार पकड़कर बोतल और गिलास ढूँढ़ती है। गिलास टूट जाता है। जरा-सी ठोकर से गिलास टूट जाता है। मैं फर्श टटोलता हुआ, गिलास के बड़े टुकड़े किनारे हटाने लगता हूँ। शीशे के टुकड़ों की आवाज में बड़ा ही कोमल संगीत है। दीपू बोतल खोलकर दो घूँट शराब गले में डालती है, फिर बोतल मुझे थमाकर खाँसने लगती है। पुरानी खाँसी। शायद दमा है। चन्द्रावती कहती है—अकेले-अकेले पीने से यही होता है...

दूँगी, बदजात! तुम्हें भी दूँगी। इस तरह गालियाँ मत निकाल—दीपू चीखती है, फिर खाँसने लगती है। सर्दी से जमे हुए अपने पाँव मैं सीधा करने की कोशिश करता हूँ। दाएँ पाँव की उँगलियों में रबर की कोई चीज़ फँस जाती है। पाँव ऊपर खींचकर उसे उठाता हूँ। इस तहखाने में भी रबर की यह चीज लाना लोग नहीं

भूल सके। इस अँधेरे में भी नहीं भूल सके। मैं मुस्कुराता हूँ। मुस्कुराने के बाद रम की बोतल गले में उतारने की कोशिश करता हूँ। पता नहीं, अब कितनी शराब बची है। चन्द्रावती अँधेरे में लड़खड़ाती हुई आती है, और हँसती हुई मेरी गोद में गिर पड़ती है। दीपू समझ गई है कि चन्द्रावती ही है। कहती है–देख चन्द्रा, शराब, पियेगी, तो इस बाबू को खुश करना पड़ेगा। यह बाबू हमारी ही जात का है। हम चमड़ा बेचते हैं, यह भी चमड़े से बने खेलकूद के सामान बेचता है...

हाय रे, तुम तो एकदम नंगे हो–चन्द्रावती खिलखिलाने लगती है। मैं खुश होकर बोतल उसके हाथ में थमा देता हूँ। वह खुश होकर दीपू के हाथ में बोतल थमा देती है। बोतल खाली हो चुकी है, और मेरा सिर चकराने लगा है। रबर की वह चीज़ अब तक मेरी उँगलियों में पड़ी है। मेरा सिर घूम रहा है। दुर्गन्ध से मेरी नाक फटी जा रही है। किस चीज की दुर्गन्ध? लगता है, आसपास कई चूहे मरे पड़े हों। चन्द्रावती बहुत जरा-सी औरत बन गई है। मैं उसकी ब्लाउज़ के अन्दर हाथ डालता हूँ। अन्दर जैसे कुछ नहीं है। सिर्फ़ माँस का झूलता हुआ एक टुकड़ा। मगर, उसकी जाँघों की पकड़ बेहद मजबूत है। मैं नफ़रत में भरकर दूर खिसकना चाहता हूँ। लेकिन खिसक नहीं पाता। मेरी दोनों टाँगें उसकी जाँघों के बीच कैद हैं। बेहद मोटी जाँघें! भारी कमर। दीपू कहती है–सिर्फ़ मिलिटरीवाले इस इन्द्री के पास आते हैं। हरामजादी लोगों को तोड़कर रख देती है। क्यों मिस्टर सेल्समैन, क्या हाल है?

मैं सिकुड़ जाता हूँ। चन्द्रावती ताकत लगाती है, मैं सिकुड़ जाता हूँ। लगता है, मेरी जाँघों के बीच कोई मरा हुआ चूहा चिपक गया हो। शराब ने मुझे और भी सर्द बना दिया है। तभी बीच कमरे में खड़ा बूढ़ा आदमी चीखने लगता है–साँप! मुझे साँप ने काट खाया है! रोशनी जलाओ...मुझे साँप ने काट लिया, रोशनी करो...रोशनी...

मगर रोशनी नहीं होती है। इंजीनियर के जूतों की आवाज रुक जाती है। मगर माचिस नहीं जलती। चन्द्रावती के साथ आया हुआ लड़का गरजता है–माचिस जलाओ! इंजीनियर साहब माचिस जलाओ। मुझे साँप काट लेगा...मैंने एक बार एक साँप को मार दिया था। साँप मुझसे बदला लेगा...मुझे बचाओ। मुझे बचा लो...

मगर इंजीनियर पर कोई असर नहीं होता। वह कहता है–मेरे पास दो सिगरेट हैं, और माचिस की कुल दो तीली हैं, जब सिगरेट पीने की ख्वाहिश होगी, तभी माचिस जलाऊँगा।

अँधेरे में इंजीनियर की सिगरेट का सिरा चमकता है। उसकी घनी मूँछें

चमकती हैं। वह एक किनारे दीवार के सहारे टिका खड़ा है। और वह बूढ़ा चीख रहा है। और वह लड़का चीख रहा है। और चन्द्रावती कहती है—बूढ़े को मरने दो। कब्र में नहीं गया, यहाँ ऐश करने चला आया। और दीपू कहती है—रबर का साँप होगा। आठ नम्बर कमरेवाली सुलताना पिछली पुलिस-रेड में अपने साथ यहाँ रबर का साँप ले आई थी। हम लोग खूब डर गए थे। सुलताना का गाहक तो डर के मारे बेहोश हो गया था।

रबर का साँप नहीं, सच्चा साँप है! मेरे पाँव से खून बह रहा है। जहर ऊपर चढ़ रहा है। जहरीला साँप है। सबको काटेगा। सबको काट लेगा—बूढ़ा आदमी चीखता रहता है, और फर्श पर गिरकर छटपटाने लगता है। दीपू हँसती है—साला, डर से छटपटा रहा है...अरे अब्बाजान, बूढ़े आदमी हो, मर ही गए तो क्या बिगड़ जाएगा...क्यों बे चन्द्री क्या करती है? जल्दी खलास क्यों नहीं करती? बेचारे ने आठ की शराब मँगवाई है, बीस रुपये कैश दिए हैं, मुर्गे का गोश्त तो ऊपर ही पड़ा रह गया...जरा बेचारे को मौज-पानी लेने दे। दो-एक कसरत मैं भी करूँगी। जल्दी कर चन्द्री, मैं अब गर्म होती जा रही हूँ।

अब इंजीनियर माचिस जलाकर दूसरी सिगरेट सुलगाता है। बूढ़े के पाँव में गिलास का टुकड़ा गड़ गया है। वाकई खून बह रहा है। बूढ़ा फर्श पर पाँव पटककर चीख रहा है—मैं कोयले का स्टॉकिस्ट हूँ। मर गया तो लोग गोदाम तोड़कर सारा कोयला उठा ले जाएँगे...बेटा मेरा आवारा निकल गया है। घर-दरवाज़े तक बेचकर रंडियों को दे देगा...मुझे बचाओ...बाहर जाने दो। मुझे इस तहखाने से निकालो...।

विद्यार्थी दिखते हुए लड़के ने माचिस की रोशनी में दीवार के सहारे चुपचाप और अकेली लड़की को देख लिया है। वह खिसकर उसके पास जा रहा है। लड़की डरी हुई और खामोश है। लड़का शायद, चन्द्रावती के अभाव को पूरा करना चाहता है। इंजीनियर माचिस बुझा देता है, और सीने की सारी ताकत लगाकर सिगरेट के कश खींचता रहता है। शराब की खाली बोतल दीपू की जाँघों के बीच दबी पड़ी है। लकड़ी के कुन्दों की तरह मोटी-मोटी जाँघें। चन्द्रावती ने मेरी गर्दन में अपनी बाँहें फँसा दी हैं, और मुझे हिलाती हुई कह रही है—ए मिस्टर, थोड़ा होश तुम भी करो...अकेले मैं क्या करूँ? थोड़ी ताकत लगाओ।

मगर मुझे लगता है, कि मैं अब बेहोश हो जाऊँगा। यह घुटन, यह ठंडी फर्श, इंजीनियर की सिगरेट का धुआँ, मरे हुए चूहों की दुर्गन्ध, बूढ़े आदमी की चीख-पुकार, दीपू की जाँघों में अटकी हुई बोतल...मुझे लगता है कि मैं अब बेहोश हो जाऊँगा। अचानक बोतल दूर फेंककर दीपू चीखती है, तू हट

जा चन्द्रावती, तू अब रास्ता छोड़। मैं इस बाबू को बताती हूँ...चल, परे हट, साले को कच्चा चबा जाऊँगी...

और रम की खाली बोतल दीवार के सहारे बैठी उस लड़की के पास गिरती है। बड़ी ही पतली आवाज में वह चीखती है—मैं मर गई। मेरा सिर फट गया... मैं मर गई।

वह लड़का शिकारी कुत्ते की तरह उछलकर उसके पास पहुँच जाता है। इंजीनियर फिर कमरे में टहलने लगा है। उसके जूतों की आवाज बड़ी भयावनी है। चन्द्रावती फर्श पर गिरी हुई हाँफ रही है। दीपू मेरे ऊपर चढ़ी है, और मुझे झकझोर रही है। मैं धीरे-धीरे सो जाता हूँ। शायद बेहोश हो जाता हूँ। शायद मर जाता हूँ। मर जाने के सिवा, अब और कोई उपाय नहीं रह गया है।

वेणी संहार

सीता को लगा, वह ऐसा एक नाटक देख रही है, जिसमें मध्ययुग के डाकुओं ने घोर जंगल में किसी राजकन्या को पेड़ के तने से बाँध दिया हो, और राजकन्या के निरीह क्रन्दन से जंगल में आग लग गई हो।

सीता को लगा, वह मध्ययुग की राजकन्या है। उसे पेड़ में बँधी छोड़कर डाकू भाग गए हैं, और अब जंगल की भयानक आग उसी की ओर बढ़ती आ रही है। जंगल जल रहा है। चीखते-चिंघाड़ते हुए जानवर तेज छलाँगें लगाते हुए भाग रहे हैं। धुआँ है, शोर है, अँधेरा है और सीता को केन्द्र बनाकर चारों ओर से आग की सुर्ख लपटें उड़ती चली आ रही हैं।

वह पेड़ के तने से बँधी है। बन्धन बहुत मजबूत है। वह चाहकर भी अपनी देह छुड़ा नहीं सकती है। प्राण-भय से भागते हुए वन-पशुओं की तरह सीता जंगल से भागने की कोशिश भी नहीं कर पाती है।

जंगल के किनारे बसे हुए एक हाई-स्कूल के क्वार्टर में सीता रहती है। आज रविवार है। दोपहर का खाना-पीना कर लेने के बाद, जंगल के बरामदे की आधी धूप आधी छाया में—ताड़ के पत्तों की बनी चटाई पर लेटकर कल के अखबार पढ़ते रहना, और हल्की तन्द्रा में डूब जाना सीता को अच्छा लगता है।

हल्की तन्द्रा धीरे-धीरे गहरी नींद बन जाती है, मगर आज नहीं। रविवार को नहीं। पता नहीं, त्रिलोकनाथ कब क्या माँग बैठें। कब पुकार लें। कब कह दें—दिन में सोना नहीं चाहिए, सीता! स्वास्थ्य पर बुरा प्रभाव पड़ता है...उठो, इधर आओ।

अपनी सेहत की बात सुनने से सीता को नफ़रत है। हर बात सुन सकती है। त्रिलोकनाथ का हर उपदेश पी सकती है। सिर्फ़ यह एक बात नहीं कि वह बीमार है, उसे अपनी शारीरिक दुर्बलता का ख़याल रखना ही चाहिए। बीमारी की बात वह भूले रहना चाहती है। भूल नहीं पाती है, यह बात और है।

हल्की और मीठी तन्द्रा में सीता ने देखा, आमबाजार का समूचा जंगल जल रहा है। जौली से कोडरमा और कोडरमा-हजारीबाग से पूरे दक्षिण बिहार* में फैला हुआ जंगल। जंगल; अबरख की खानों से भरी छोटी-छोटी पहाड़ियाँ और मैदान; लम्बे बालों के मोटे जूड़े में बँधी-उलझी, रिबन की तरह सँकरी, काली सड़कें; जंगल और पहाड़ियों की ढलान पर आदिवासियों की नन्ही-नन्ही बस्तियाँ; लाल बजरी का समतल, लाल खपरैल छतें, मिट्टी के लगातार मकान; और यह कस्बा आमबाजार; और यह छोटा-सा हाई-स्कूल! सब जल रहा है, बड़े देग में भुनते हुए कच्चे गोश्त की तरह, और आग अब उसके क्वार्टर तक आ पहुँची है।

सीता को लगा, आग का एक बड़ा-सा गोला उछलता हुआ आया है, और बम की तरह उसके पाँवों के पास फट पड़ा है। सीता चीख उठी। कच्ची नींद के घेरे को तोड़कर बाहर आ गई, वापस आ गई।

बरामदे की खपरैल छत में एक बड़ा-सा छेद था, और दोपहर के सूरज की गर्म किरणें, गर्म किरणों की लम्बी-तिरछी धारियाँ उसके चेहरे पर जमी हुई थीं। पलकें खुलते ही सीता की आँखों में रंगों के फफोले तैरने लगे। लाल, नीले, पीले, हरे फफोले। आँखों में पानी भर आया। वह कुछ भी समझ नहीं पा रही थी। वह कौन है, वह कहाँ आ गई है, और फूटती हुई ज्वालामुखी आग किधर चली गई?

उसने सुबह उठकर खड़ी हो जाने की बेकार कोशिश की। पाँव थरथराने लगे। सामने बड़ा-सा पथरीला आँगन है, लाल बजरी का आँगन, जिस पर अबरख के छोटे-छोटे टुकड़े चमक रहे हैं। आँगन के चारों ओर दस हाथ ऊँची, हाथ-भर मोटी चारदीवारी। बाहर चारों ओर पपीते और केले के हरे-हरे पेड़! पेड़ों के बाद मैदान और स्कूल की बिल्डिंग, आदिवासी लड़कों का छात्रावास, विज्ञान-विभाग की लेबोरेटरी और तब जंगल।

धीरे-धीरे रंगों के धब्बे मिटने लगे। एक ही रंग बच गया—चारों तरफ उजलापन। फिर इस उजलेपन में पता नहीं, सीता को कुछ पता नहीं, कब एक छोटा-सा काला धब्बा उग आया। आँगन की दीवार पर एक काला धब्बा! धीरे-धीरे फैलने और बड़ा होने लगा, बदसूरत होने लगा, और धब्बे पर निगाह जमाती हुई सीता का दिल किसी अनजान डर में डूबने लगा। जैसे उसका दिल नहीं हो, पत्थर का एक बेडौल टुकड़ा हो और किसी सख्त चट्टान से टूटकर डर की काली नदी में डूबता चला जा रहा हो।

---

* अब झाड़-झंखाड़ (सं.)

अपने-आपको डूब जाने से बचाने की कोशिश करती हुई सीता महसूस करती है, उसके मुँह में खून भर आया है और उसके ओठों से खून भरा झाग निकल रहा है। वह अपने जबड़े कस लेती है, दाँतों के सहारे ओठ भींच लेती है। सीता देखती है कि आँगन की चारदीवारी पर पूरब के कोने में एक बिल्ली बैठी हुई है। काली बिल्ली!

पहले तो उसने समझा, बिल्ली नहीं है, मादा चीता है। मगर वह इतनी बदसूरत नहीं होती, इतनी वीभत्स नहीं! यह जंगली बिल्ली है। काली देह पर चितकबरे दाग, बुलडॉग की तरह भयानक हैं। और कुत्सित चेहरा, आँखें लाल हैं, और जल रही हैं।

सीता दुबारा चीखी और हिस्टीरिया के मरीज की तरह थरथराने लगी। त्रिलोकनाथ अन्दर कमरे में सरकारी ग्राण्ट के रुपयों का हिसाब जोड़ रहे थे। शिक्षकों के लिए महँगाई का भत्ता, तीन हजार रुपये। विज्ञान की पढ़ाई के औजारों के लिए, पाँच हजार रुपये। त्रिलोकनाथ पिछले सत्रह बरसों से इस स्कूल में हेडमास्टर हैं। सरकारी ग्राण्ट के रुपये अपने लिए बचा लेते हैं। लड़कों की फीस से गैरहाजिरी के जुर्माने के पैसे बचा लेते हैं।

त्रिलोकनाथ इसी हिसाब-किताब में व्यस्त थे। उन्हें सीता की चीख का, डर का, बेहोशी का पता नहीं चल सका। उन्हें प्यास लगी। कमला को पुकारते हुए उन्होंने कहा, "कमली, पानी का गिलास दे जा,...और जरा देख, तेरी मालकिन क्या कर रही है।"

कमला मुण्डा जाति की आदिवासी औरत है, अधेड़। पति स्कूल का हेड-माली है। बड़ा लड़का पाँचवें दर्जे में पढ़ता है। कमला को हेडमास्टर साहब के यहाँ कोई तनख्वाह नहीं मिलती। दोनों वक्त खाना मिलता है। कभी सीता उसे अपनी पुरानी साड़ी दे डालती है। निर्मल उसे अपने कमरे में बुलाकर कभी दो-चार रुपये दे देता है। कमला नौकरानी नहीं है और कमला एकदम नौकरानी है। सीता बीमार बनी रहती है। विद्यामयी को घर के काम-काज से कोई मतलब ही नहीं रहता है। इसलिए कमला ही सारा घर सँभालती है।

आँगन में कूड़े का ढेर लगा होता है। नल पर कीचड़ में सने मैले कपड़े! खिड़कियों पर मकड़ी के जाले! लेकिन, कमला पर किसी को गुस्सा करने का साहस नहीं होता है। गुस्सा किया जाए, तो वह अपने मोटे नथुने फुलाकर कहेगी, "तुम, नहीं करने सकता? हम क्या तुम्हारा नौकर है, जो खाना भी पकाएगा, जूठा भी धोएगा? हमको तुम लोग महीना देता है? क्या देता है?"

कमला नल के पास बैठी जूठे बर्तन धो रही थी। मकान के पिछले खण्ड

में बाथरूम के पास हाथ से चलनेवाला पम्प है। पम्प के सामने निर्मल के कमरे की एक खिड़की खुलती है। वह कमरे में हो, तो एक ही अदा से खिड़की पर बैठकर कोई किताब पढ़ता रहता है। सिगरेट पीता है। पम्प पर पानी भरती हुई, बर्तन मलती हुई, नहाती हुई इस कमला से बातें करता रहता है। यही उसकी ज़िन्दगी का पहला और आखिरी शगल है।

"कमला, बाबूजी पानी माँग रहे हैं।"

"होगा! हम बर्तन मलता है।"

"पहले बाबूजी को पानी दे आओ।"

"नहीं जाता! बिदिया-दीदी को बोलो, अपना बाबूजी को पानी दे आएगा।"

"तुम एकदम पगली हो कमली!" निर्मल ने कहा, और सिगरेट का बचा हुआ टुकड़ा उसने कमला की ओर फेंक दिया। कमला पीछे झुककर अपनी देह बचा गई।

हँसने लगी। कमला जंगली औरत है। अधेड़ हो गई है, मगर उसकी देह में जवान मादा चीते जैसा कसाव है, फुर्ती है। हँसती है, तो सफेद दाँतों की पंक्तियाँ काले मसूढ़ों और लाल ओठों में चमक उठती हैं। त्रिलोकनाथ ने दुबारा आवाज दी। कमला सिगरेट के टुकड़े का मजाक भूलकर, एक गिलास धोने लगी।

निर्मल खिड़की के पास खड़ा रहा। नल पर फैले जूठे बर्तनों को देखता रहा। काँसे की थालियाँ। भात पकाने की बड़ी हाँडी। चीनी मिट्टी की छोटी प्लेटें। एक प्लेट में मछली का एक अधखाया सिर पड़ा है। विद्या ने छोड़ दिया होगा। मछली का सिर खा नहीं पाती है। लेकिन, खिड़की पर खड़े निर्मल की आँखें बचाकर कमला यह सिर चबा जाएगी। बर्तन मलती रहेगी और सिर चबाती जाएगी। मछली का सिर और दूसरी प्लेटों में पड़े हुए काँटें।

अचानक निर्मल को पानी का गिलास लेकर गई हुई कमला की चीख सुनाई पड़ी, "बाबू! दौड़ो, बाबू, मालकिन को मिरगी लग गया..."

निर्मल ने सुना, मगर घबराया नहीं। चप्पल और बनियान डालकर अपने कमरे से निकला। दरवाजा विद्यामयी के कमरे में खुलता है। फिर, लम्बा बरामद है। बरामदे के एक किनारे ताड़ की चटाई पर निर्मल की सौतेली माँ सीता देवी बेहोश पड़ी हैं।

वह चटाई के पास नहीं रुककर, सीधे बाबूजी के कमरे में चला गया। त्रिलोकनाथ कमला की चीख-पुकार सुनकर भी अपने हिसाब में रमे हुए थे। थोड़ी देर चुप खड़ा रहा। फिर बोला, "एक बार राँची ले जाकर माँ को किसी

अच्छे डॉक्टर से दिखा ले आते...पिछले बुधवार को भी इसी तरह..."

निर्मल रुक जाता है, क्योंकि कागज के टुकड़ों से आँखें ऊपर उठाकर बाबूजी उसी की ओर देख रहे थे। निर्मल रुका हुआ, खड़ा रहता है। त्रिलोकनाथ कहते हैं, "सीता तुम्हारी माँ है (सौतेली ही सही!) जिस डॉक्टर से दिखाना हो, दिखा लाओ! मुझे क्यों कहते हो? अब उसकी बीमारी का इलाज क्या है?"

त्रिलोकनाथ को उम्मीद थी, माँ बनने के बाद सीता अच्छी-भली हो जाएगी। सबको यही उम्मीद थी। मगर, सीता अच्छी नहीं हुई। गोद में पाँच महीने का बच्चा है। खुश रहती है, तो सीता बुलाती है, बबलू!...बबलू!! मगर, बीमारी के दौरे में एक बार उसने बबलू को पलंग से नीचे धकेल दिया था। लाल सिमेण्ट की फर्श पर पाँच-चार महीने का बच्चा तड़पने लगा था। चोट सिर में आई थी। पिछले हिस्से में मांस का गोला जम आया था। बबलू मरा नहीं, बेहोश हो गया। सीता बिस्तरे पर पड़ी, दर्द और गुस्से से पागल होती रही। क्यों पागल होती रही?

निर्मल और विद्यामयी की माँ के मरने के बाद त्रिलोकनाथ को नई शादी रचाने की कोई इच्छा नहीं थी। निर्मल तेज लड़का था, विद्या खरगोश के बच्चे की तरह यहाँ-वहाँ उछलती रहती थी। दस-बारह साल ऐसे ही बीत गए थे। तब एक बार त्रिलोकनाथ अपने गाँव गए थे। गाँव में सीता की विधवा माँ रहती थी।

शादी के कुछ ही महीनों बाद सीता को टाइफाइड हो गया था। सीता मरने-मरने को हो गई थी। हजारीबाग, राँची और अन्त में पटने के बड़े अस्पताल के डॉक्टरों ने सीता को बचा लिया। वह मरी नहीं, स्वस्थ हो गई, लेकिन बड़ी-बड़ी उसकी आँखों में उभर आया हुआ आतंक खत्म नहीं हुआ। बात-बात पर उत्तेजित हो जाती है। काँपती-थरथराती हुई, बेहोश हो जाती है। दाँत भींच लेती है, ओठ लहूलुहान हो जाते हैं। ज़रा-सी बात पर हँसने लगती है। हँसती-हँसती फर्श पर लोटने लगती है, हाथ-पाँव की सरहद में आई हुई हर चीज़ पटककर तोड़ देती है। डरती है, आतंक से चीखने लगती है। होश में आने पर हाथ-पाँव मोड़े हुए घण्टों कुर्सी पर या फर्श पर बैठी रहती है।

चुपचाप, खोई हुई, फटी-फटी आँखों से लोगों को पहचानने की कोशिश करती हुई, अन्धकार के घने जंगल से बाहर निकल आने की राह ढूँढ़ती हुई—सीता भटकती रहती है। राह नहीं मिलती है।

राह नहीं मिली, और कमला की मजबूत बाँहों का सहारा लेकर उठने की

कोशिश करती हुई, सीता चीखने लगी, "वहाँ देखो कमला, दीवार पर अभी तक...अभी तक बैठी है। वह देखो, मेरी मौत बैठी है...कहाँ हैं बाबूजी? बाबूजी कहाँ हैं?"

कमला ने देखा। कमरे से बाहर आकर निर्मल ने देखा। वह काली, भयावनी, बदसूरत बिल्ली अब तक चारदीवारी पर बैठी थी। जंगली निगाहों से बरामदे की ओर देखती हुई, न तो गुर्रा रही थी, न अपनी जगह से हिल रही थी। त्रिलोकनाथ बाहर चले आए, "क्या है? दीवार पर क्या है, कमली?"

"बनबिलाव है, बाबूजी! मालकिन ऐसे ही डरता है। उसका क्या डर, बन से आया है, बन में चला जाएगा," कमला ने कहा, और सीता को कुर्सी पर बिठाती हुई, बिल्ली को भगाने चली गई। बिल्ली भागी नहीं, बेहद धीमी और आलसभरी चाल से दीवार पर चलती हुई मकान के पास पहुँच गई, फिर उछलकर बरामदे की खपरैल छत पर चढ़ गई।

पालने में सोया बबलू रोने लगा। त्रिलोकनाथ अपने कमरे में चले गए। कमला बबलू को उठाने गई, लेकिन चौंक पड़ी। बबलू की देह गर्म तवे जैसी है। कमला ने बरामदे में बैठी सीता की बाँहों में बबलू को डाल दिया और थर्मामीटर लाने चली गई।

एक सौ दो डिग्री बुखार है। फिर भी बबलू दूध पी रहा है, और बुखार के नशे में मुस्कुरा रहा है। सीता के ब्लाउज़ के सारे बटन खुल गए हैं। पेट का सिकुड़ा हुआ पीला चमड़ा दीख रहा है। विद्यामयी सीता के पास आकर खड़ी हो गई है, बबलू का सिर सहला रही है। निर्मल आँगन में चहलकदमी करता हुआ, सिगरेट पी रहा है।

सीता जब-जब पागल होती है, निर्मल को अपनी माँ की याद आती है। तब वह बहुत छोटा था। बहुत छोटा था। टॉर्च और पेट्रोमैक्स लेकर छात्रावास के सारे लड़के और शिक्षक आधी रात तक आमबाजार के चारों ओर फैले हुए जंगल में पागलों की तरह चक्कर काटते रहे थे। निर्मल की माँ की लाश रात में दो बजे मिली थी। जंगली सियारों का झुण्ड लाश को घेरे हुए रखवाली कर रहा था, और भरी-भरकम देहवाली माँ इस तरह करौंदे की झाड़ी में पड़ी थी, जैसे अपने घर में मसहरी के अन्दर सोई हो।

अपनी मरी हुई माँ की याद से निर्मल उदास हो जाता है। आमबाजार की दूसरी औरतों के बारे में सोचने लगता है। मादा चीते जैसी कमला। औरतों की देह और औरतों की आदतों के बारे में सोचना निर्मल को अच्छा लगता है। वह ज्यादा पढ़-लिख नहीं सका। अब बाजार में उसकी छोटी-सी अंग्रेजी

दवाओं की दुकान है, और दुकान में बैठा-बैठा वह अपनी माँ के बारे में, सीता देवी के बारे में सोचता रहता है। बीमार आदिवासी औरतें दवाओं की पूरी कीमत दे नहीं पाती हैं। बाजार के एकमात्र डॉक्टर गांगुली की ईसाई नर्स कभी-कभी बेहद गन्दे मजाक करती है। माँ ने आत्महत्या क्यों की थी? माँ ने क्यों नहीं सोचा था कि निर्मल बहुत छोटा है, विद्या बहुत छोटी है?

अचानक बबलू की आँखें खुल गईं, वह चीखने लगा। उसका चेहरा फूल गया है, तरबूजे की फाँक की तरह लाल हो गया है। और सीता की गोद जल रही है। जाँघें जलती जा रही हैं। सीता को लगा, अब मिनट-भर में बबलू ठण्डा पड़ने लगेगा, उसकी साँस हमेशा के लिए थम जाएगी। सीता को नशा आ गया, अपने रोग का नशा। खाली निगाहों से निर्मल की ओर देखती हुई बोली, "मेरा बदलू जा रहा है, निर्मल!"

निर्मल ने समझा, अभी इसी क्षण सीता बच्चे के साथ फर्श पर गिर पड़ेगी, और हाथ-पाँव पटकती हुई बेहोश हो जाएगी। उसने आगे बढ़कर बबलू को सीता की बाँहों से खींच लिया। अलगनी से तौलिया खींचकर, बबलू को ढकते हुए, उसने कमला को बताया, कि वह बच्चे को डॉक्टर गांगुली के पास ले जा रहा है, "तुम और विद्या तब तक छोटी माँ को सँभालो! मैं अभी आया..."

आँगन खाली देखकर बिल्ली छत से नीचे कूद गई और दबे पाँव बरामदे पर चढ़कर त्रिलोकनाथ और सीता के सोने के कमरे में घुस गई। सीता की आँखें खुली थीं। उसने बिल्ली को अन्दर जाते देख लिया। सीता तड़पकर कुर्सी से उछली और सोने के कमरे में चली गई, "मैं इसे मार डालूँगी!...तुम लोग समझते नहीं, वह प्रेतनी है...यह बिल्ली नहीं है, प्रेतनी है...मेरे बबलू को खाने आई है!"

अन्दर घुसकर सीता पलंग के नीचे झाँकने लगी। पलंग के नीचे, दीवार के पास वह काली बिल्ली दुबकी हुई बैठी थी।

सीता ने हॉकी का डण्डा जोरों से उसकी ओर फेंका। बिल्ली उछलकर एक किनारे हो रही। डरी नहीं, गुर्राई नहीं, खिसककर सीता को समझने लगी। डण्डा फेंकनेवाली का गुस्सा तेज हो गया। उसने कमरे के दरवाजे अन्दर से बन्द कर लिए। खिड़कियाँ बन्द कर लीं। कमरे में, सोने के कमरे में लगभग अन्धकार छा गया। सिर्फ़ रोशनदान से नीचे ढलते सूरज की पकी हुई किरणें अन्दर आती रहीं। सीता ने टेबुल से पेपरवेट उठाकर बिल्ली को मारा। वह पलंग से निकल आई, उछलकर आलमारी पर चढ़ गई। सीता ने हाथ बढ़ाकर पलंग के नीचे से हॉकी का डण्डा खींच लिया।

कमरा बन्द है। सारे दरवाजे बन्द हैं। कमला और विद्यामयी बाहर बरामदे में खड़ी, एक-दूसरे को देख रही हैं। बिल्ली कमरे से निकल भागने की कोशिश में उछल-कूद मचा रही है। त्रिलोकनाथ अपने कमरे में चक्कर काट रहे हैं। निर्मल दौड़ता हुआ, डॉक्टर गांगुली के पास भागा जा रहा है। उसकी बाँहों में पाँच महीने का बबलू बेहोश है।

सीता बिल्ली को पकड़ना चाहती है। नशे में है। पागल है। बीमार सीता बिल्ली को मार डालना चाहती है। यह कैसा तमाशा है? यह बदसूरत बिल्ली, एक पागल औरत और बगल के कमरे में अपने-आपसे डरता हुआ एक बूढ़ा-सा मोटा आदमी?

बिल्ली कूदती है। सीता पत्थर का बड़ा-सा फूलदान उठाकर बिल्ली को मारती है। बिल्ली तड़पती है, सीता की पीठ पर चढ़ जाती है, और गर्दन के निचले हिस्से से ब्लाउज़ की चमड़ी नोच लेती है। सीता घूमती है। बिजली की तेजी से बिल्ली की गर्दन पकड़ लेती है। फूलदान के टुकड़े बिल्ली के शरीर में घुस गए हैं। दोनों हाथों से उसकी गर्दन दबाकर सीता हँसती है। भयानक हँसी! मौत की हँसी!

और यह पागल हँसी सुनकर वह काली और बदसूरत और डरावनी बिल्ली अपनी सुर्ख आँखें खोलती है। सीता को देखने लगती है।

सीता की पागल हँसी अचानक खत्म हो गई गीत के रिकॉर्ड की तरह रुक गई। सीता, बिल्ली को देख रही थी। बिल्ली सीता को देख रही थी। सीता की आँखों में पागलपन था, आग थी, मौत का जहर था। मगर, बिल्ली की आँखों में क्या था?

सीता रुक गई। दौड़ते-दौड़ते अचानक ठोकर खाकर गिरे हुए बच्चे की तरह सीता रुक गई। बिल्ली की आँखों में क्या नहीं था? बिल्ली की गर्दन पर कसती हुई सीता की उँगलियाँ रुक गईं। कसाव ढीला पड़ गया। सीता का शरीर, सीता के गले की नसें, सीता के सीने का तनाव टूट गया। उसने नीचे झुककर शीशे के खिलौने की तरह बिल्ली को फर्श पर रख दिया और कमरे का दरवाजा खोलने चली गई।

बाहर आकर सीता त्रिलोकनाथ के कमरे में गई। कपड़ों का बक्स उसी कमरे में रहता है। सीता ने अपनी पीठ पर उँगलियाँ फेरकर देखा, कत्थई रंग का मटमैला खून। उसने अपना ब्लाउज़ उतार लिया। बक्स खोलकर दूसरा ब्लाउज़ ढूँढ़ने लगी। सीता का मन टूट गया है। देह भी साबित नहीं है। वह कैसी हो गई है! सिकुड़कर जमकर वह कितनी छोटी, कितनी पतली हो गई है!!

नया ब्लाउज़ डालती हुई सीता अपने स्वामी के पास आकर खड़ी हो गई। त्रिलोकनाथ उसकी ओर देखने का, देखने रहने का साहस नहीं कर पा रहे थे। सीता कुर्सी की पीठ का सहारा लेकर खड़ी थी और सामने दीवार पर टँगी तस्वीर देख रही थी।

दुर्योधन की राजसभा में द्रौपदी के चीरहरण की तस्वीर। मगर, इस तस्वीर में श्रीकृष्ण नहीं हैं। दुःशासन, द्रौपदी की साड़ी खींच रहा है। सारे सभासद देख रहे हैं। पाँचों पाण्डव सिर झुकाए हैं, केवल श्रीकृष्ण नहीं हैं। सीता जैसे फिर बेहोश होने लगी।

"बबलू मर ही गया, तो क्या हो जाएगा? तुम्हें इतना पागल नहीं होना चाहिए," त्रिलोकनाथ सिर झुकाए बोल रहे थे। किसी पहाड़ी गुफा के अन्दर से उनकी आवाज़ गूँजती हुई निकल रही थी। सीता ने पीछे घूमकर बरामदे में खड़ी कमला और विद्यामयी को देखा। धीमी चाल में बरामदा पार करती हुई अधमरी बिल्ली को देखा। सीता के माथे की नसें तन गईं।

उसने दोनों हाथों की सारी ताकत लगाकर पीछे से अपने स्वामी की मोटी गर्दन पकड़ ली और चीखने लगी, "तुम...तुम चाहते हो...चाहते हो कि बबलू मर जाए? मर जाए? तुम..."

त्रिलोकनाथ ने कुर्सी से उठते हुए, सीता को पीछे धकेल दिया। सीता फर्श पर गिरी। सीता जंगली बिल्ली की तरह उछलकर उठ खड़ी हुई। एक बार उसने अपनी ओर बढ़ते हुए त्रिलोकीनाथ को देखा, फिर डरकर चीख पड़ी और चीखती हुई कमरे से बाहर भागी। कमरे से बाहर, और आँगन से बाहर, और स्कूल के अहाते से बाहर!

पहले मैदान है। फिर जंगल और छोटी-छोटी पहाड़ियाँ, अबरख के टुकड़ों में चमकती हुई! जंगल के किनारे से होकर एक टेढ़ी-तिरछी लाल बजरी की सड़क बाजार की तरफ चली जाती है।

सीता जंगल में अकेली भागती चली जा रही है। मगर अचानक वह पीछे घूमकर देखती है—एक काली और बदसूरत बिल्ली। एक अजनबी बिल्ली, जिसे सीता ने पहले कभी नहीं देखा था, उसके पीछे-पीछे चलती आ रही है।

जैसे एक काँच की दीवार

"यह नीला रंग आपको इतना पसन्द क्यों है? यह गहरा नीला रंग! क्यों पसन्द है? दुनिया में क्या और रंग नहीं बचे हैं? शोख रंग? हल्के रंग? आँखों से तैरकर, मन पर गीत बनकर फैल जानेवाले रंग? मगर आपका नीलापन। नीला समुद्र और नीला आसमान और नीली मछलियाँ और सिर्फ़ नीलापन। कपूर साहब, यह गन्दगी नहीं है? आपके दिमाग की बीमार उलझनें, आपके काम्प्लेक्स, आपकी पूरी ज़िन्दगी की ग़लत कहानी...आप अपने नीले रंग को किस सच्चाई का 'सिम्बल' बताना चाहते हैं? 'मार्बिडिटी' का 'सिम्बल'? घोर वीभत्सता का 'सिम्बल'?...अच्छा, 'सिम्बल' नहीं, प्रतीक! ठीक है, प्रतीक कहूँगी, मगर आप क्या हमारे लिए केवल वीभत्सता के ही प्रतीक रचना चाहते हैं?..."

नहीं, नहीं! सत्या ने इतना नहीं कहा था। यह सब कुछ नहीं कहा था। केवल एक हल्की ऊब होंठों पर फैलाती हुई मुस्कुराई-भर थी, और पूछने लगी थी, "नीला रंग आपको इतना पसन्द क्यों है?" कपूर तत्काल कोई उत्तर सोच ही नहीं सका था। दरअसल, धुँधले शीशे की तरह हल्की क्रिस्टल की साड़ी पहनकर ताजा मेक-अप में, अपने ही घर के ड्राइंग-रूम में बैठी हुई श्रीमती सत्या जायसवाल से उसे इस सवाल की आशा नहीं थी। वह अजमल खाँ रोड के अपने उस छोटे-से कमरे से पैदल चलता हुआ कनाट प्लेस चला आया था। रीगल सिनेमा के कोने पर रुककर उसने लगातार तीन गिलास 'मशीन का ठंडा पानी' पिया था। सिगरेट जलाता हुआ, वह रीगल के बरामदे में अन्दर से आती हुई एयरकण्डीशण्ड हवा के लालच से रुक गया था, तो अचानक उस ठंडी हवा की तरह ही उसे श्रीमती जायसवाल की याद आई थी। राजा मानसिंह रोड यहाँ से ज्यादा दूर नहीं है। दोपहर की जलती हुई धूप में नज़दीक की जगहें भी बहुत दूर चली जाती हैं। मगर कपूर के लिए नहीं। वह रीगल के बरामदे में रुककर सिगरेट के तीन-चार कश खींचता है। दूर की जगहें पास खिसकती आती हैं। सामने हेनरी मूर की अधलेटी हुई औरत पड़ी है।

पत्थर की एक बेहद अनगढ़ चट्टान, किसी ऊँचे पहाड़ की चोटी से टूटकर नीचे गिरती चली आती है; और पहाड़ के चारों ओर फैले हुए समुद्र में डूब आती है। ऊपर उभरती है, फिर डूब जाती है। हेनरी मूर की अधलेटी हुई औरत। 'ए रिक्लाइनिंग फीगर'। कपूर ने मन-ही-मन तय किया था कि वह श्रीमती सत्या की एक तस्वीर बनाएगा। आज नहीं, दस साल बाद बनाएगा। डॉ. जायसवाल उसे बता रहे थे कि कपूर को किस तरह स्केचों में भारतीय लोकनृत्य और नाटकों के विकास का क्रमिक इतिहास दिखाना है। संग्रहालयों में जाना पड़ेगा। इतिहास और पुरातत्त्व की बड़ी-बड़ी किताबें देखनी होंगी। क्या-क्या नहीं करना होगा। उफ़, अब दिन ही कितने रह गए हैं। राष्ट्रपति ने प्रदर्शनी का उद्घाटन करना स्वीकार कर लिया है। अब तारीख़ बढ़ाई नहीं जा सकती। "कपूर साहब, आर्ट-वार्ट जो कुछ करना है, सब आपको करना है," डॉ. जायसवाल कह रहे थे, और चाय की मेज़ पर बैठे हुए, अपने किसी लेखक की टाइप-कॉपी दुरुस्त कर रहे थे। ड्राइंगरूम काफी बड़ा था, और उस किनारे सोफ़े की बाँह पर सिर डाले हुए, श्रीमती जायसवाल आँखें बन्द किए लेटी थीं। रेडियो पर रवीन्द्र-संगीत चल रहा था—जब उजाला बीत जाएगा, तब तुम आओगे। तुम आओगे, मगर तुम्हारे आने से पहले ही मैं उजाले के साथ चली जाऊँगी। तब तुम आओगे, जब उजाला बीत जाएगा, और मैं उजाले की परछाईं बनकर चली जाऊँगी।

कपूर ने तय कर लिया था कि आज नहीं, तो दस साल बाद वह एक तस्वीर बनाएगा। अपने मन के अँधेरे को मिटाने के लिए वह इससे ज़्यादा कुछ नहीं कर सकता है। कभी पहले वह कर सकता था। मगर, तब उसके पास यह मजबूरी नहीं थी कि बाँस की खपच्चियाँ और पकी हुई मिट्टी और फटे-पुराने रेशमी कपड़ों को रँगकर बनाई गई वह कठपुतली, जिसका नाम उसने बड़े प्यार से 'काँचपरी' रखा था, उसे वह डॉ. जायसवाल को भेंट कर दे। डॉ. जायसवाल कुछ देर तक गौर से कठपुतली को देखते रहे थे, फिर खुश होते हुए बोले थे, "यह तो मध्यप्रदेश की कठपुतली है। अभी पचास-साठ साल पहले तक यात्रा-टाइप के नाटकों में इसका इस्तेमाल किया जाता था। कपूर साहब, यह कठपुतलियों के खेल की कठपुतली नहीं है। मध्यप्रदेश के आदिवासियों के नाटकों की कठपुतली है। इट हैज़ ए हिस्टोरिकल वैल्यू!"

कपूर ने डॉ. जायसवाल की पढ़ने की मेज़ पर रखे खाली पिक्चर-स्टैण्ड पर कठपुतली रख दी थी। उसके पाँव नहीं थे, स्टैण्ड पर टिकती ही नहीं थी, गिरने लगती थी।...'इट हैज़ ए हिस्टोरिकल वैल्यू' "कपूर साहब आप नहीं समझते,

वहाँ इंग्लैण्ड में इतनी पुरानी कठपुतली किसी के पास होती, तो वह इसके बदले किसी भी आर्ट-गैलरी से, किसी भी म्यूजियम से सैकड़ों पाउण्ड कमा लेता।... आप मुझे क्यों दे रहे हैं? आर्ट-म्यूजियम को दीजिए, इतनी खूबसूरत और इतनी पुरानी कठपुतली अब कहीं नहीं मिलती है। मैं तो ऐसी चीजों की तलाश में कई बार पूरे देश को छान आया हूँ"—डॉक्टर जायसवाल ने कहा था, और स्वयं भी मेज़ के पास जाकर पिक्चर-स्टैण्ड पर कपूर की कठपुतली फिट करने लगे थे।

एक कठपुतली भेंट करके थोड़ा खुश और थोड़ा उदास होता हुआ कपूर धीरे-धीरे डॉ. जायसवाल की कोठी के लॉन से गुजर रहा था, तभी जहाज जैसी लम्बी कार की पिछली सीट पर बैठी हुई श्रीमती सत्या जायसवाल को उसने पहली बार देखा था। गाड़ी बहुत धीमी चाल से धनुष की तरह बनी हुई लाल बजरी की पतली सड़क पर तैरती हुई अन्दर चली आ रही थी। कपूर थका हुआ था। कपूर कनॉट प्लेस भाग आना चाहता था। और किसी खाली रेस्तराँ में बैठकर गर्म कॉफ़ी का एक प्याला पीना चाहता था। काँचपरी। कपूर की काँचपरी डॉ. जायसवाल की मेज़ पर खड़ी थी, और मुस्कुरा रही थी। यह मुस्कुराहट न घटती है, न बढ़ती है। बन्द घड़ी के काँटों की तरह यह मुस्कुराहट स्थिर है, कठपुतली के सफ़ेद चेहरे पर स्थिर है। कपूर रुक गया था। जहाज जैसी लम्बी कार पोर्च में जाकर रुक गई थी। कपूर ने मुड़कर देखना चाहा था? लेकिन बिना मुड़े, बिना देखे, चुपचाप आगे बढ़ गया था। लॉन के किनारे-किनारे गुलमोहर के छतनार दरख़्त हैं, जिनकी छाया सघन है, और जिनके नीचे-नीचे कपूर देर तक चलते रहना चाहता है। दरख़्त ख़त्म हो जाते हैं। खाकी वर्दी पहने, दरबान की तरह दिखता हुआ, एक दुबला-पतला लड़का मेन-गेट पर खड़ा है, और पूछता है, "माचिस होगा बाबूजी?" और माचिस लेने के बाद, कुछ रुककर, कपूर के चेहरे की तरफ देखता हुआ कहता है, "साहब और मेम साहब में बिगाड़ चल रहा है। मेम साहब अभी आया, साहब अभी बाहर चला जाएगा।" और फिर इस बात में कपूर को ज़रा भी रुचि नहीं लेते देखकर कहता है, "बाबूजी, नौकरी के लिए आया था। नौकरी नहीं मिलता? हमारा को देखो। पहले स्कूटर चलाता था। नाम किया। तेज चाल का मैच में कितनी बार जीता! कितना रुपया, कितना बोतल शराब! मगर किस्मत का क्या करने सकेगा हम लोग? रात में इंडिया गेट से आता था। एक लड़का, उसका साथ में एक लड़की। दोनों स्कूटर में बैठता। बोलता, तेज नहीं, धीरे-धीरे चलाओ। हवा खाने माँगता। इंडिया गेट के चारों तरफ घुमाओ। लिंक रोड पर घुमाओ। हम बहुत तेज चलाता है। बीच-बीच में पीछे घूमकर देखता। एक

लड़का, एक लड़की, दोनों बहुत खूबसूरत। दोनो हँसता है। किस्मत का क्या करने सकेगा हम लोग! गरीब आदमी!"

मगर उस स्कूटरवाले से, जो अब डॉ. जायसवाल के यहाँ दरबान हो गया है, कपूर बातें करना नहीं चाहता था। माचिस उसने जेब में डाल ली। आगे बढ़ गया। वह जानता था, दरबान यही कहेगा कि उसने मुड़कर पीछे देखा और देखता ही रह गया, और स्कूटर फुटपाथ की रेलिंग से जा टकराया। दुर्घटना! और वह थाने ले जाया गया और स्कूटर चलाने का लाइसेंस छीन लिया गया। हो सकता है, दरबान यह भी कह दे कि दुर्घटना में लड़के के पाँव चले गए और लड़की अंधी हो गई; और उसने कसम खाई है कि मशीन से चलनेवाली किसी चीज़ पर वह कभी भी हाथ नहीं रखेगा। मशीन का क्या भरोसा, कब किस रेलिंग से जा टकराए! कब चलते-चलते रुक जाए, मशीन पर विश्वास नहीं करना चाहिए! मेन-गेट से बाहर आकर राजा मानसिंह रोड के किनारे-किनारे चलता हुआ कपूर सोच रहा था कि श्रीमती जायसवाल कार से उतरकर ड्राइंगरूम में गई होंगी, और मेज़ पर खड़ी काँचपरी को देखकर उदास हो गई होंगी। खूबसूरती देखकर आदमी को उदास हो जाना चाहिए। कपूर सोच रहा था कि वह एक तस्वीर बनाएगा। इसी उदासी की एक तस्वीर।

मगर हफ़्ते-भर बाद ही उसे दुबारा डॉ. जायसवाल के यहाँ जाना पड़ गया था। लोकनृत्य और नाटकों की ऐतिहासिक प्रदर्शनी हो रही है। "कपूर साहब, 'आर्ट' और 'डेकोरेशन' का सारा काम आपको सँभालना है। आप चाहें तो दो-एक असिस्टेंट रख लीजिए। कपूर साहब, हमारे देश का ललित लावण्मय अतीत, हमारे देश की संस्कृति, हमारे देश की प्राचीन कलाएँ...हमें फिर से अपने देश को और अपने-आपको पहचानना होगा। तभी सच्ची राष्ट्रीय एकता और एकात्मकता पनप सकेगी। तभी, सिर्फ़ तभी। कपूर साहब, आपकी यह कठपुतली मुझे 'इन्सपायर' करती है...यह प्रदर्शनी हो जाने दीजिए, मुझे तो यह लोग कहीं-न-कहीं एम्बेसेडर बनाकर भेज ही देंगे, मगर मैं आपको 'अकादमी' से कठपुतलियों वाला काम ज़रूर दिलवाऊँगा। आप समूचे देश की कठपुतलियों के नमूने जमा करेंगे, पुरानी से पुरानी कठपुतलियाँ! 'कल्चरल मिनिस्ट्री' से अच्छी ग्रान्ट दिलवा दूँगा, आप एक पपेट-म्यूजियम तैयार कीजिएगा, नेशनल पपेट-म्यूजियम! कपूर साहब, राष्ट्रीय संस्कृति की रक्षा हम नहीं करें तो कौन करेगा?"

डॉ. जायसवाल लोक-संस्कृति अकादमी की फाइलें उलट रहे थे और देख रहे थे कि सरकार ने प्रदर्शनी के किस मद में कितना रुपया अनुदान दिया है, कितने रुपये और मिलने की संभावना है और किस-किस विभाग के मंत्रियों

ने प्रदर्शनी में आने की स्वीकृति दे दी है। कपूर चुपचाप बैठा हुआ डॉ. जायसवाल को देख रहा था। डॉ. जायसवाल पचास के आसपास होंगे, मगर ऑस्कर वाइल्ड के डोरियन ग्रे की तरह दीखते हैं। बेहद आकर्षक और स्फूर्तिवान। बातों में, लहज़े में, मुस्कुराहट में, चलने-फिरने के ढंग में गोल्ड फ्लेक के पैकेट से एक के बाद एक सिगरेट निकालकर जलाने में कहीं कोई सिलवट नहीं, ओलस नहीं, उलझन नहीं! आईने की तरह, धूप में रखे गए आईने की तरह डॉ. जायसवाल का व्यक्तित्व चमक रहा है। सातों रंगों की अलग-अलग किरणें फूट रही हैं। कपूर अपने-आपको बहुत तुच्छ अनुभव करता है। वह स्वयं क्या है? एक कमर्शियल आर्टिस्ट, जिसने अपनी विवशताओं को ही अपने जीवन का उद्देश्य बना लिया है। पैसा आदमी की सबसे पहली और सबसे आख़िरी विवशता है। पैसा और ऐसी सारी चीज़ें, जो पैसों के बदले मिलती हैं। मगर, वह स्वयं को सन्तोष देता रहता है कि एक स्थिति आएगी, जब वह डॉ. जायसवाल की तरह ही पैसों से ऊपर उठ जाएगा। ऊपर उठकर वह अपनी ज़िन्दगी जिएगा, कला और संस्कृति की ज़िन्दगी! फिर, अपने ही शब्दों के खोखलेपन पर कपूर मुस्कुराने लगता है। कला! संस्कृति! सृजन! अभिव्यक्ति! सुन्दरता! ये सारे शब्द कितने बेमतलब और बेमानी हो गए हैं! मगर तब मतलब आख़िर किस बात में रह गया है? पैसे में? किसी भी औरत के साथ शाम बिता देने में? बीमार हो जाने में? पागल हो जाने में? अपने दोस्तों के नाम पत्र लिखने के बाद आत्महत्या कर लेने में? सच क्या है? पाप क्या है? आदमी स्वयं क्या है? नैतिकता? जीवन का उद्देश्य? सृष्टि का उद्देश्य! आदमी स्वयं क्या है? मर क्यों नहीं जाता? फिर अपने ही सवालों के इस खालीपन पर कपूर मुस्कुराने लगता है। ये सवाल उसके मन में तभी आते हैं, जब वह थका हुआ रहता है, उदास रहता है, किसी एक दोस्त की तलाश में रहता है, जिसे वह कोई भरपूर-सी गाली दे सके, फिर जिसके साथ शाम के बीतने पर नई दिल्ली की पराई औरत-सी डरी हुई सड़कों पर आवारा घूमता रहे।

डॉ. जायसवाल की कोठी पर दरबान पहले स्कूटर चलाता था। फिर उसने एक्सीडेण्ट कर दिया। कपूर उसकी बातें अधूरी छोड़कर आगे बढ़ आया। सामने इंडिया गेट का मेहराब दिखता है। अब उतनी गर्मी नहीं है। शायद शाम तक पानी बरसने लगे। अभी पाँच नहीं बजे होंगे। स्कूटर से चला जाए तो रवि अपने दफ्तर में मिल सकता है। रवि को बताना ज़रूरी है कि डॉ. जायसवाल ने उसे काम दे दिया है। ज़्यादा नहीं मिलें, दो हज़ार तो मिल ही जाएँगे। रवि ने ही लोक-संस्कृति अकादमी के डॉ. जायसवाल से उसका परिचय

करवाया था। कुछ सौ रुपये बचाकर कपूर इस बार एक अच्छा-सा कैमरा खरीदना चाहता है। फ़ोटोग्राफी से कमर्शियल आर्ट में काफ़ी सहायता मिलती है। तस्वीरें खींच लीं। बाद में फुसरत से उनका 'मॉडल' की तरह उपयोग कर लिया। देखा हुआ सभी कुछ तो मन में तस्वीर की तरह अंकित नहीं रह पाता है। एक कैमरा चाहिए। श्रीमती जायसवाल की तस्वीर के लिए एक कैमरा चाहिए। कपूर रवि को बताएगा। और पूछेगा कि हेनरी मूर के उस महान् 'स्कल्पचर' की कोई तस्वीर उसके पास है या नहीं। 'ए रिक्लाइनिंग फीगर।' लेटी हुई वह औरत पत्थर की एक अनगढ़ चट्टान है, और पहाड़ से टूटकर गिरती चली आ रही है।

लेकिन जब वह रवि के दफ्तर में गया और दोनों बाहर चले आए, कनॉट प्लेस तक पाँव-पैदल आकर, पसीने और गर्द में डूबे हुए, किसी एक छोटे-से चायख़ाने में बैठ गए, कपूर ने श्रीमती सत्या जायसवाल के बारे में रवि को कुछ भी नहीं बताया। रवि ने पूछा, "डॉ. जायसवाल तुमसे प्रभावित हो गए हैं। यह मौका हाथ से मत जाने दो। कहीं-न-कहीं वह तुम्हें जमा ही देंगे। डॉक्टर साहब खुद भी लाखों रुपयों के मालिक हैं। और कपूर, मिसेज़ जायसवाल से अब तक मिले या नहीं? यार, उस रॉयल बंगाल टाइग्रेस से बचकर रहना..."

रवि हँसने लगा। रवि की यह बेलौस हँसी कपूर को बहुत वीभत्स और बहुत घृणित लगी। श्रीमती सत्या के बारे में उसके मन में एक तस्वीर बन रही है, यह रवि उसे तोड़ना क्यों चाहता है? रॉयल बंगाल टाइग्रेस। सोफ़े की बाँह पर सिर टिकाए, लेटी हुई एक औरत! धुँधले शीशे की तरह उसके वस्त्र। साँवली देह की हरी-नीली रेखाएँ! जैसे चारों ओर कोहरे की हल्की-हल्की पर्तें बिछी हुई हों। ड्राइंगरूम बहुत लम्बा था। इस किनारे डॉ. जायसवाल बैठे थे, और काफ़ी दूर उस किनारे श्रीमती जायसवाल आँखें बन्द किए रवीन्द्र-संगीत सुन रही थीं। कमरे की सारी खिड़कियाँ बन्द थीं। बाहर की सारी आवाज़ें बाहर की रुक गई थीं। कमरा बर्फ़ में डूबे हुए वीरान पहाड़ी शहर की तरह शान्त, उदास! अचानक दरवाज़ा खोलकर स्कूटर चलानेवाला वह दुबला-पतला लड़का अन्दर चला आया। उदासी, शीतलता और कोहरे का इन्द्रजाल टूट गया। डॉ. जायसवाल की चमकती हुई आँखों ने पहले उसे पहचानने से इनकार किया। फिर वह बोले, "क्या चाहिए?" वह बाहर के उजाले से अन्दर आया था और कमरे की हर चीज़ उसे धुँधली नज़र आ रही थी। वह आँखें फाड़-फाड़कर देखता हुआ खड़ा था। कह रहा था–"मेमसाहब गाड़ी माँगा। गाड़ी बाहर खड़ा है। मेमसाहब बाहर जाएगा। रामसिंह हमको बोला, मेमसाहब को जाकर बोलो।

हम बोलने आया। गाड़ी तैयार है। मेमसाहब गाड़ी माँगा''—और इतना कहकर वह लड़का घबराता हुआ बाहर चला गया था। उसके जाने के बाद डॉ. जायसवाल मुस्कुराए थे। एक बार भरपूर निगाहों से उन्होंने श्रीमती सत्या को देखा था, और बेहद चौड़ी एक मुस्कुराहट, बेहद मीठी एक गन्ध उनके ज़ेहन में फैल गई थी। कितनी सीधी और कितनी सादी औरत है। कार उस दिन चेकिंग में गई थी। सत्या सोसाइटी की दूसरी औरतों की तरह स्नॉब नहीं है। स्कूटर लेकर घूमने निकल गई। अकेली! शाम को कभी-कभी अकेले घूमने का कितना जी करता है। तबीयत होती है, चिल्ड्रेन पार्क के किसी कोने में अकेले बैठे रहें और दूर खेलते, भागते हुए बच्चों को देखते रहें। मगर, स्कूटरवाले छोकरे ने एक्सीडेण्ट कर दिया। सत्या को उस दिन कितनी परेशानी हुई थी। पुलिस स्टेशन जाना, छोकरे को अस्पताल में दाखिल करवाना, दवा-दारू का इन्तज़ाम करना, ईश्वर ने यही उपकार किया कि सत्या को चोट नहीं आई, बेचारा एक फुटपाथ पर जाता हुआ लड़का जख़्मी हो गया। यूनिवर्सिटी का लड़का था। वह लड़का फिर कभी दिखा नहीं। केस ख़त्म होने के बाद कभी हमारे घर आया ही नहीं। सत्या ने उसे बुलाया तो था। हम उसकी कुछ मदद कर देते। सौ-दो सौ रुपये दे सकते थे। शायद, स्वाभिमानी लड़का था। चुप रह गया। नहीं, तो ज़रूर आता! आख़िर एक्सीडेण्ट तो उसी स्कूटर से हुआ था, जिसमें सत्या बैठी थी। अब स्कूटरवाला यह छोकरा हमारे यहाँ नौकर हो गया है। और किसी काम का नहीं है, गेट पर बैठा रहता है! ज़रा दिमाग़ चल जाता है। वैसे, लड़का बुरा नहीं है, देखने-सुनने में भी अच्छा है।...

डॉ. जायसवाल अपनी पत्नी की ओर देख रहे थे, और ऐसी ही बातें सोच रहे थे। कपूर में इतना साहस नहीं था कि वह भी श्रीमती जायसवाल की ओर देखता रह सके और अपनी तस्वीर पूरी कर सके। कपूर साहसी नहीं है। बुज़दिल भी नहीं है, मगर कई बातों से अपने-आपको अलग रखना चाहता है। यहाँ के नए और प्रयोगशील आर्टिस्टों की एक मण्डली है, रोज़ शाम को वे लोग एक छोटे-से स्टूडियो में बैठते हैं। नीट कॉफ़ी पीते हैं। बहस करते हैं। बुश्शर्ट और बनियान उतारकर फर्श पर लेटे रहते हैं। और जब-तब कोई तस्वीर भी बना लेते हैं। किसी बूढ़ी औरत की गन्दी तस्वीर। सिनेमाघरों की क्यू में खड़े बेरोजगार आदमी। समूचे ज़माने का बुढ़ापा और काले अनुभव अपनी आँखों में बिछाए हुए कोई नन्ही-सी लड़की। गहरे रंगों के धब्बे। कपूर एक दोस्त के साथ एक बार इस स्टूडियो में चला गया था। एक छोटी-सी तिपाई पर बीच कमरे में एक बेहद काली औरत बैठी हुई थी। किसी गन्दी बस्ती में रहती होगी।

बीमार होगी। मरी हुई होगी। बियर की ख़ाली बोतलें यहाँ-वहाँ पड़ी थीं, और उस औरत को चारों ओर से घेरे हुए कई आर्टिस्ट तस्वीरें बना रहे थे। न जाने क्यों, यह दृश्य देखकर उसे कलकत्ते के वेश्यागृहों की याद आ गई थी। वह सहम गया था। उसे लगा था कि वह बीमार हो जाएगा। उस औरत की बीमारियाँ उसकी साँसों में समा जाएँगी और वह मर जाएगा। कपूर साहसी नहीं है, मगर उसने कहा था, "यह आर्ट नहीं है, वीभत्सता है! क्या इस औरत के बिना आर्ट का काम नहीं चल सकता? इस औरत के बिना? किसी भी औरत के बिना? यह औरत कितने पैसों में लाई गई है? उन पैसों का जिक्र क्या आप लोगों की इन तस्वीरों में होगा? आप कर सकेंगे? नहीं कर सकेंगे साहब, कोई नहीं करता है। चित्रकला को 'मॉडल' नहीं चाहिए, जीवन चाहिए, सही और साबित जीवन!"

सही और साबित जीवन स्कूटर के एक्सीडेण्ट और देश की संस्कृति पर डॉ. जायसवाल के सुन्दर भाषण से अलग और असम्बद्ध होता है। आदमी का जीवन टुकड़ों-टुकड़ों में बँट गया है। आदमी एक नहीं है। एक ही आदमी के अन्दर कई आदमी हैं। कई परस्पर-विरोधी स्थितियाँ। कालिदास के स्वर्ग की अप्सराएँ। देवताओं-राक्षसों के लगातार युद्ध। भविष्य, अतीत, वर्तमान के कालखण्ड। जीवन कहीं एक जगह नहीं होता, जिसे किसी आईने में, किसी तस्वीर में, किसी कविता में बाँधकर पेश किया जा सके। जीवन हर जगह होता है। हर क्षण में, हर टुकड़े में, हर बात में जीवन होता है। और यह तो सिर्फ़ जीनेवाले पर निर्भर करता है कि वह कौन-सा क्षण किस स्थिति में स्वीकार करता है, और कब तक स्वीकार किया जाता है।

कपूर उस स्टूडियो में बैठनेवाले आर्टिस्टों को वीभत्स कहकर वापस चला आया था। उसने तय किया था कि वह श्रीमती सत्या जायसवाल की एक तस्वीर बनाएगा। वह बना चुका था। स्कूटरवाले लड़के की आँखों से बना चुका था, और डॉ. जायसवाल की बेहद खुश और बेहद संतुष्ट निगाहों से बना चुका था। मगर श्रीमती जायसवाल ने कह दिया था, "आपको नीला रंग इतना पसन्द क्यों है? हर चीज़ का अपना अलग-अलग रंग होता है!"

और कपूर उदास होकर रंगों के बारे में सोचने लगा था। हज़ारों रंगों में किसी एक रंग के कारण एक आदमी ऊँचे ओहदे पर पहुँच जाता है। ऊँचे रुपये पैदा करता है। फिर एक दिन अपनी एकरसता से ऊबकर किसी अख़बार में विज्ञापन देता है कि उसे एक स्टेनो लड़की चाहिए। उसे यानी उसके दफ़्तर को चाहिए। इंटरव्यू में बहुत सारी ऐसी लड़कियाँ होती हैं, जो टाइप नहीं जानतीं,

शार्टहैंड नहीं जानतीं, मगर लड़कियाँ होती हैं। ऐसी लड़कियाँ होती हैं, जिन्हें कनॉट प्लेस की किसी बड़ी दुकान के शो-विंडो में खड़ा कर दें तो फुटपाथ पर चलते हुए लोग-बाग रुक जाएँगे, और हसरत-भरे शब्दों में कहेंगे, "प्लास्टर का यह मॉडल किसी इटालियन आर्टिस्ट ने बनाया है।" वह आदमी ऐसे ही एक मॉडल को अपने दफ़्तर में रख लेता है। फिर अपने घर में रख लेता है। फिर उससे शादी कर लेता है। बाकी सारे रंग मिट जाते हैं, और एकरसता का एक ही रंग बच जाता है—उजला रंग। रंगों के बारे में सोचते हुए कपूर तय करता है कि श्रीमती जायसवाल उजले रंग के कपड़े पहनती हैं, कानों में सफ़ेद मोती के टॉप्स डालती हैं, फिर भी उनका रंग नीला ही है, सिर्फ़ नीलापन! इतना गहरा नीलापन, जो धरती और आसमान की सारी चीज़ों को अपने घने कोहरे में ढक लेता है। और कोई तस्वीर नहीं बनती है। कपूर नए सिरे से तस्वीर बनाना शुरू करता है।

शाम हो चुकी है। एक लड़की अकेली किस कब्रिस्तान में घूम रही है। चारों ओर कब्र-ही-कब्र हैं। सफ़ेद पत्थरों के क्रॉस की कतारें। यहाँ सो रही है मिसेज़ मार्था ग्राहम, जो अपने साथ एक परिवार की सारी हँसी-खुशी लेकर चली गई। ईश्वर उसकी आत्मा को शान्ति दे, और यह सान्त्वना कि चन्द लोग उसे कभी भूल नहीं पाएँगे। कब्र पर लिखे हुए वाक्य पढ़कर वह लड़की वापस लौट आना चाहती है। मगर लौट नहीं पाती। किसी बड़ी कब्र के पीछे से एक आदमी निकलता है, और पूछता है, क्या तुम्हीं मार्था की लड़की हो? क्या सत्या ग्राहम तुम्हारा ही नाम है। वह लड़की, सत्या ग्राहम अपनी माँ की कब्र की छाँव में बैठ जाती है, और फफक-फफककर रोने लगती है। रोती रहती है, वह डरती रहती है, और रोती रहती है और किसी अनजान कब्र से निकला हुआ वह अपरिचित आदमी उसके पास खड़ा सिगरेट पीता रहता है।

रात हो चुकी है। एक लड़की अकेली किसी बड़े रेस्तराँ में घूम रही है। चारों ओर लोगों की भीड़ है। किसी भी महीने के पहले रविवार की भीड़। उसे बैठने के लिए कोई खाली मेज़ नहीं मिलती। वह रेस्तराँ के बड़े हॉल में घूम रही है। अकेली है। उदास है। और भूखी भी है। किसी एक मेज़ पर एक आदमी बैठा है, और कोना-कॉफ़ी पी रहा है। लड़की की तरफ़ उड़ती निगाहों से देखता हुआ मुस्कुराता है। फिर कहता है, "मैं कॉफ़ी पीकर चला जाऊँगा। आप चाहें तो यहाँ बैठ सकती हैं।" थकी हुई और भीड़-भाड़ से ऊबी हुई लड़की बैठ जाती है। बैठी रहती है। वह आदमी कहता है, "एतराज न हो तो आपके लिए

कुछ मँगवाऊँ। कॉफ़ी लेंगी? और क्या लेंगी? हॉट-डॉग? हैम्बर्गर? आप जो भी चाहें...'' दोनों एक-दूसरे की ओर देखते हुए मुस्कुराते हैं। डॉ. जायसवाल कहते हैं, ''ऐसा ही होता है। लोग अचानक मिल जाते हैं। दो क्षण साथ रहते हैं। अपने-अपने रास्ते चले जाते हैं।'' और दूसरे ही दिन अख़बार में डॉ. जायसवाल अपने दफ़्तर के लिए स्टेनो लड़की का विज्ञापन देते हैं।

सुबह हो चुकी है। कपूर अजमल खाँ रोड के अपने छोटे-से कमरे में बैठा, मिसेज मार्था ग्राहम की लड़की, श्रीमती सत्या जायसवाल के बारे में सोचता रहता है। सामने के फुटपाथ के टी-स्टॉल से चाय मँगवाता है। सोचता रहता है। चित्रकला का क्या उद्देश्य है? यथार्थ को चित्रित कर देना? मगर रंगों और रेखाओं और आयामों में तो यथार्थ का बाहरी रूप ही होता है, भीतर के रंग तो भीतर ही छिपे रहते हैं। और अन्तरंग क्या रंगों-रेखाओं से चित्रित किया जा सकता है?

श्रीमती सत्या जायसवाल को नीले रंग से घृणा है। अब इस घृणा को उनकी तस्वीर में कैसे अंकित किया जाए? और उस दिन शाम को श्रीमती जायसवाल तो हँसते-हँसते अचानक चुप हो गई थीं। उदास हो गई थीं। शायद दिल-ही-दिल में रोने लगी थीं। किसी भी फिल्म-स्टार की मौत पर कोई इस तरह रोता नहीं है। फिल्मों में कपूर की दिलचस्पी नहीं है और जिस चीज़ में उसे लगाँव न हो उसके बारे में वह बातें नहीं करता। मगर उसने देखा, चर्चा में मर्लिन मुनरो का नाम आते ही श्रीमती सत्या चुप हो गईं। उदास हो गईं।

डॉ. जायसवाल तब तक अपने काम-काज में डूब गए थे। फ़ाइलें हैं, और मेज़ पर फ़ाइलों के बाद फ़ाइलें हैं। चिट्ठियाँ, तार, जवाबी टेलिग्राम। डॉ. जायसवाल को लोक-कलाओं और लोक-संस्कृति का विशेषज्ञ माना जाता है। कितनी ही किताबें उनके नाम से छपी हैं। विश्वविद्यालयों में उनके भाषण होते हैं। उन्हें मर्लिन मुनरो की आत्महत्या पर दुख करने का अवकाश नहीं है। अवकाश श्रीमती जायसवाल को है। अवकाश और मनःस्थिति। मनःस्थिति और सुविधाएँ। उनकी पलकों के कोर पर आँसू की दो-एक बूँदे जम आती हैं। रुँधे हुए गले से कहती हैं, ''मुनरो चली गई। उसने नींद की गोलियाँ खाईं और सो गई। फिर उठी नहीं। कपूर साहब, आपने कृष्णा सोबती का उपन्यास *डार से बिछुड़ी* पढ़ा है? एक औरत है, जो एक फूल है, और एक बार अपनी डार से बिछुड़ने पर वह सारी उम्र हवा के सहारे यहाँ-वहाँ भटकती है। भटकती रहती है। कहीं ठहर नहीं पाती। कोई उसे टिकने नहीं देता है। मेरी यह दोस्त लड़की मर्लिन मुनरो ऐसी ही थी।''

डॉ. जायसवाल फ़ाइलों की दुनिया से वापस आते हैं। शिक्षा मंत्रालय ने डॉ. जायसवाल की अकादमी को तीन लाख रुपया ग्राण्ट दिया है। चलो, एक बड़ा काम तो पूरा हुआ। सत्या कहती थी, ग्राण्ट नहीं मिलेगी। एक उच्चाधिकारी नाराज था। शायद सत्या से ही नाराज़ था। फिर, खुश कैसे हो गया? ये अफ़सर भी पुराने राजाओं की तरह हो गए हैं। छन में क्रोधित। चलो, काम तो हो गया। तीन लाख रुपये। अकादमी का अपना पुस्तकालय होना चाहिए। नाटकों के इतिहास वाली किताब छपनी चाहिए। यह कपूर अच्छा लड़का है। इसके लिए भी कुछ करना ही होगा। डॉ. जायसवाल चाय की मेज़ पर आकर कहते हैं, "देखो सत्या, ऐसी-वैसी बातें मत सोचा करो। तुम्हारा 'नवर्स ब्रेकडाउन' हो जाता है। अभी बीमार पड़ गई तो हम बड़ी मुसीबत में फँस जाएँगे। इतना बड़ा तमाशा कर रहे हैं। रिसेप्शन का सारा काम तुम्हें सँभालना है। मुनरो-वुनरो को अभी जाने दो। अभी भारतीय संस्कृति की बातें ज़्यादा ज़रूरी है।...क्यों कपूर साहब?"

कानों में असली मोती के टॉप्स। वही सफ़ेद रेशमी साड़ी। वही उजली-धुली ब्लाउज़। मगर, मार्था ग्राहम की लड़की सत्या ग्राहम कहाँ है? कहाँ आ गई है? कहाँ खो रही है? कपूर दीवार रँगनेवाला बड़ा ब्रश उठाता है और समूचे कैनवस पर नीले रंग के धब्बे फैला देता है। छोटे-बड़े धब्बे। और, अपनी ही इस करतूत पर बेवकूफ लड़कों की तरह मुस्कुराता है। उसने यह क्या कर दिया? उजलापन क्या हुआ? प्यार में डूबी हुई आँखें क्या हुईं? नशा? वहशत? स्कूटर की टक्कर? अपनी ही माँ की कब्र पर बेसुध होकर लेट जानेवाली लड़की?

कपूर अपने कमरे के बरामदे में आया। सामने के फुटपाथ पर टी स्टॉल है। वहाँ चला गया। चायवाले से बोला, "मेरे लिए चाय भिजवा दो, और लड़के को भेजकर पाँच पैकेट चारमीनार सिगरेट मँगवा दो। जल्दी। मैं काम कर रहा हूँ।" और वापस चला आया। एक बार मुड़कर उसने पास के बरामदे में खड़ी लड़की को देखा, जो हमेशा उसे इसी तरह देखा करती है, कभी बात नहीं करती। केवल देखती है, और पकड़ी जाने पर शरमाकर अपने घर में चली जाती है। कपूर उसकी ओर देखता हुआ मुस्कुराया, फिर अपने कमरे में चला आया। छोटी-सी तिपाई पर एक पाँव रखकर खड़ा रहा, स्टैण्ड में पड़े कैनवस को देखता रहा। कई बातें एक साथ उसके जेहन में उभरने लगीं। रवि ने ही डॉ. जायसवाल से उसका परिचय कराया था और उसी को श्रीमती जायसवाल के नाम नाराज़ कर दिया है। फिर उसे अपने पिता की याद आई। पिताजी पिछले तीस सालों

से एक ही कॉलेज में अर्थशास्त्र पढ़ाते हैं। कॉलेज से लौटते हैं और अपने सोने के कमरे में बैठकर शराब पीते रहते हैं। नशा तेज़ चढ़ता है तो कपूर को या कपूर की सौतेली माँ को बुलाकर गालियाँ बकते हैं, "तुम लोगों के कारण मेरा जीवन नष्ट हो गया। तुम लोगों को ज़िन्दा रखने के लिए पैसा चाहिए। और पैसे के लिए नौकरी चाहिए। मेरा क्या नौकरी में जी लगता है। नहीं लगता, एक-एक लड़के को गोली मार देने की तबीयत होती है। अब कोई लड़का किताबें नहीं पढ़ता। सभी गाइड-बुक पढ़कर महज़ पढ़कर इम्तहान पास करना चाहते हैं।" एक दिन घर में शराब नहीं थी। पैसे भी नहीं थे। पिताजी भूखे बच्चों की तरह रोने लगे थे और उसी रात कपूर अपने शहर से भागकर दिल्ली चला आया था। दिल्ली के बाद कलकत्ता। आर्ट-स्कूल। मॉडर्न आर्ट कॉलेज। नन्द लाल बसु। यामिनी राय। चिन्तामणि कर। फिर, कमर्शियल आर्ट। जीने के लिए कमर्शियल आर्ट ज़रूरी है। कार्टून बनाना ज़रूरी है। फोल्डर और डस्ट-कवर बनाना ज़रूरी है। कपूर वापस दिल्ली चला आया। रवि से दोस्ती हुई। कई लोगों से परिचय हुआ। कहानी आगे बढ़ने लगी। कहानी डॉ. जायसवाल के पास आकर रुक गई, कपूर रुक गया।

दरवाज़ा खोलकर रवि अन्दर चला आया। बोला, "तुम कल मेरे दफ़्तर नहीं आए? नाराज़ मुझे होना था, उल्टे तुम रूठ गए। क्या कर हो?" कपूर उसी तरह तिपाई पर एक पाँव टिकाए खड़ा रहा और बेहद भरी हुई आवाज़ में उसने पूछा, "तुमने श्रीमती जायसवाल को रॉयल बंगाल टाइगर क्यों कहा था? उनमें ऐसी क्या बात है?" रवि हँस पड़ा। एक किनारे बिछे बिस्तरे पर बैठता हुआ बोला, "यार टाइगर नहीं, टाइग्रेस! कुछ भी हो, बेचारी औरत है! बड़ी शानदार औरत है।" कपूर कैनवास पर बिखरे रंग के धब्बों को देख रहा था। इन धब्बों की अपनी कोई शक्ल है या नहीं? या, ये धब्बे केवल प्रतीक हैं? वीभत्सता के प्रतीक! कपूर साहब, कभी उस होटल में आओ, जहाँ एक बड़ा-सा स्वीमिंग-पूल है, और जहाँ हर शाम श्रीमती सत्या जायसवाल नहाने जाती हैं। कपूर साहब, कभी उस उच्चाधिकारी के बँगले पर जाओ, जो डॉ. जायसवाल की मुट्ठी में कैद है! कपूर साहब, रात में दस बजे डॉ. जायसवाल घर वापस आते हैं और 'अन्ना कैरेनिना' के पति की तरह बरामदों में, कमरों में, बालकनी में अकेले टहलते हैं। मगर मर्लिन मुनरो का नाम लेकर श्रीमती सत्या रोने क्यों लगी थीं? क्यों रोने लगी थीं?

टी-स्टाल का लड़का चाय और सिगरेट के पैकेट लेकर आ गया लगता है, उसी स्कूटरवाले का छोटा भाई है। वैसी ही मरी-मरी-सी शक्ल-सूरत। वैसी

ही बीमार आँखें। इन आँखों को सत्या जायसवाल के चेहरे में लगा दिया जाए तो कैसा लगेगा? कपूर मुस्कुराया। रवि हँसने लगा। दोनों दोस्त आमने-सामने कुर्सियों पर बैठकर चाय पीने लगे। रवि ने कहा, "मैं तुमसे कहता था न, मिसेज़ जायसवाल के चक्कर में मत पड़ो। कुछ ही दिन हुए, उसने एक लड़के को धक्का देकर चलते स्कूटर से गिरा दिया था। लड़का मरा तो नहीं, पागल हो गया है। अब देखता हूँ, तुम्हारे पागल होने में ज़्यादा देर नहीं है! यार, यह चक्कर छोड़ो! अपना काम करो, पैसे बनाओ, और बियर की बोतल पीकर सो जाया करो! बस!"

रवि की यह बात सुनकर अचानक कपूर के दिमाग़ में श्रीमती जायसवाल की एक बात उभर आई। बियर का गिलास उसकी ओर बढ़ाते हुए वह बोली थीं, "जी नहीं, मैं नहीं पीती। मैं चाय-कॉफ़ी से ऊपर और कोई चीज़ नहीं पीती। शैम्पेन तक नहीं! मैं ज़रा भी नशा नहीं चाहती। सही दिमाग़ से, साफ़ निगाहों से हर चीज़ देखना, महसूस करना मुझे अच्छा लगता है। मैं सीधी-सादी औरत हूँ, कपूर साहब! पहले क्रिश्चियन थी तो क्राइस्ट को अपना मसीहा कहती थी। अब आपके डॉक्टर साहब से शादी करके हिन्दू हो गई हूँ, मन्दिर भी चली जाती हूँ, रेडियो पर मीराबाई के भजन सुन लेती हूँ...।"

कपूर अपनी पेंटिंग लेकर गया था। पहली बार ऐसे वक्त में गया था, जब डॉ. जायसवाल अपने दफ़्तर में होते हैं। उसने काफ़ी पैसे लगाकर कैनवस को फ्रेम करवाया था, सफ़ेद फ्रेम। और कपूर आज बेहद खुश था। उसकी तस्वीर पूरी हो चुकी थी। उसे लगा था कि उसने श्रीमती जायसवाल को अपनी इस तस्वीर में अमर कर दिया है। बैरे ने उसे ड्राइंगरूम में बैठाया था और मेम साहब को ख़बर देने चला गया था। लगभग घण्टे-भर बाद श्रीमती जायसवाल नीचे आईं। बोलीं, "मैं सो रही थी। आपको काफ़ी इन्तज़ार करना पड़ा। डोंट टेक इट अदरवाइज़! औरतों को तो 'प्रेजेंटेबल' होकर पुरुषों के सामने जाना पड़ता है।"

वाकई उस दिन श्रीमती 'प्रेजेण्टेबल' थीं। मेकअप में नहीं थीं, बेहद धुली-धुली-सी लग रही थीं, पवित्र! कपूर पैकिंग-पेपर में बँधी तस्वीर उठाकर मेज़ के पास चला गया था। और, धीरे-धीरे काग़ज़ हटाकर तस्वीर उसने अपनी उस 'काँचपरी' कठपुतली के ठीक सामने रख दी थी। कठपुतली कैनवस के पीछे छिप गई थी और श्रीमती जायसवाल ने लगभग चीख़ते हुए कहा था, "इट इज़ ए ग्रेट पेंटिंग, कपूर साहब! इट इज़ ए ग्रेट थिंग!" और वह सोफ़े से उठकर

कपूर के पास चली आई थी। अपनी ही तस्वीर ने उन्हें एक इन्द्रजाल में बाँध लिया था। कपूर उनकी तरफ़ देख रहा था, उनकी प्रतिक्रिया समझने की कोशिश कर रहा था। मगर मिनट-भर तस्वीर के पास खड़ी रहकर वह सोफ़े पर वापस लौट गई थी। आँखें बन्द करके बैठ गई थी। कुछ सोचती हुई।

बैरा बियर की तीन-चार बोतलें और गिलास लाकर रख गया था। श्रीमती जायसवाल ने कहा, "मैं नहीं पीती। आप पीजिए।...मैं समझती थी, आप सिर्फ़ एक कमर्शियल आर्टिस्ट हैं। मगर आपकी पेण्टिंग तो एक महती कलाकृति है, कपूर साहब! बताइए, इसकी कीमत आप क्या लेंगे?" कपूर बियर का गिलास हाथों में थामे श्रीमती जायसवाल की बातें सुनता रहा। कुछ भी बोलने की उसे इच्छा नहीं हो रही थी। वह चुपचाप देखते रहना चाहता था। कभी अपनी तस्वीर को और कभी अपनी तस्वीर 'मॉडल' सत्या जायसवाल को देखते रहना चाहता था। सत्या जायसवाल या सत्या ग्राहम, बात एक ही है। सत्या जायसवाल, या दुनिया की कोई भी एक औरत, जो डार से बिछुड़ गई है, और भटक रही है। कहीं रुकी हुई है, फिर भी भटक रही है।

रवि ने चाय का प्याला ख़त्म किया, और कहने लगा, "चलो कपूर, आज मैं भी तुम्हारे साथ डॉ. जायसवाल के यहाँ चलता हूँ। उनसे एक काम भी है।" जब दोनों दोस्त डॉ. जायसवाल के यहाँ पहुँचे, शाम होने लगी थी। डॉक्टर साहब ड्राइंगरूम में बैठे *लाइफ मैग्जीन* की फ़ाइलें उलट रहे थे। भारतीय मूर्तिकला पर कोई लेख प्रकाशित हुआ है, जिसमें डॉ. जायसवाल का जिक्र है। कपूर और रवि को साथ देखकर उन्होंने कहा, "मैं तो समझ रहा था, रवि कहीं बाहर चले गए हैं। कहाँ रहे इतने दिन? और कपूर साहब, तुम कल क्यों नहीं आए? हम लोग तुम्हारा कितना इन्तज़ार कर रहे थे। कल शाम को हमारे यहाँ एक छोटी-सी टी-पार्टी थी। एक मंत्री महोदय आए थे। उनसे तुम्हारा परिचय करवा देते। तुम्हारी पेंटिंग उन्होंने देखी। बहुत खुश हुए। सत्या ने तो उनके सामने तुम्हारी तारीफ़ों के पुल बाँध दिए। कहने लगी, कपूर साहब गुजराल और हुसैन से भी आगे जाएँगे। तुम होते तो उनसे परिचय कर लेते। वैसे तुम्हारा काम, समझो, बन गया। सत्या एक बार फोन भी कर देगी तो तुम्हें दो-चार साल पेरिस में रहने के लिए कोई-न-कोई सरकारी स्कॉलरशिप मिल ही जाएगी।"

कपूर ने आँखें उठाकर मेज़ की ओर देखा। तस्वीर वहाँ नहीं थी। केवल उसकी वह काँचपरी चुपचाप खड़ी थी। सफ़ेद मिट्टी की बनी हुई कठपुतली

काँचपरी। कपूर ने पूछा, "तस्वीर क्या दूसरी जगह लगाई गई है? यहीं मेज़ पर थी न?"

ड्राइंग-रूम में प्रवेश करते हुए सत्या जायसवाल ने कहा, "कपूर साहब, आपकी पेंटिंग तो मैंने मिनिस्टर साहब को प्रेजेन्ट कर दी। उन्हें मेरी तस्वीर पसन्द आ गई थी, फिर तस्वीर उनके घर रहेगी तो उन्हें आपकी और मेरी, दोनों की याद आती रहेगी। क्यों?"

श्रीमती जायसवाल की बात सुनकर कपूर चुपचाप सोफ़े पर बैठ गया। बोला कुछ नहीं। बोलने के लिए उसके पास शब्द नहीं रह गए थे।

ख़ामोश घाटियों के साँप

कलकत्ते की तुम्हारी आख़िरी रात थी और तुम्हारे दिमाग़ में कितने ही संस्मरणार्थक चिह्न खड़े हो रहे थे। समाधिस्थ फूल, निस्सीम शान्ति, मृत वृक्ष और हुगली के नंगेपन को ढकती हुई अनगिनत किश्तियाँ–इस पार बेलूर, उस पार दक्षिणेश्वर, पानी की सतह में मछलियाँ (या साँप?)। कलकत्ते में तुम सिर्फ़ एक रात-भर के लिए थीं, फिर भी मैं तटस्थ था, अप्रस्तुत था, निर्जीव था–तुम शायद यही सोच रही थीं। क्योंकि इससे ज़्यादा सोचना तुम्हारे लिए सम्भव नहीं है। दोष तुम्हारा नहीं, उन अभिव्यक्तियों का है, जो तुम्हारे इर्द-गिर्द पशमीने की शॉल बनाकर लपेट दी गई हैं। अभिव्यक्तियाँ भी नहीं हैं, सिर्फ़ खोखली शैलियाँ हैं, जिनके माध्यम से तुमने बोलना, देखना और समझना सीखा है। पानी की तरह में मछलियाँ अब भी तैर रही हैं, अनिमा दीदी! मगर वे सच्ची मछलियाँ हैं, क़ीमती आर्ट पेपर पर अंकित पेलिकन के जलीय रंगों की सतरंगी मछलियाँ नहीं हैं। और तुम्हारी निगाहें अब इन दोनों में कोई सही फ़र्क नहीं निकाल पाती हैं; मैं इस बात का गवाह हूँ।*

शेबा की महारानी ने सोलोमन को दो गुलाब दिए थे। सोलोमन की तरफ़ से मैं तुम्हें दो मछलियाँ पेश नहीं कर सका। तुम्हें पूछ नहीं सका कि इनमें असली कौन है, और किसे मैं जापानी आर्ट एम्पोरियम से ख़रीदकर ले आया हूँ। मैं जानता था, तुम शेबा की महारानी नहीं हो, किसी रद्दी मूर्तिकार की और भी रद्दी नग्न-मूर्ति का नमूना हो, जिसे समझदार लोगों ने नाइलॉन की साड़ी और ब्लाउज़ से ढक देने की नाकामयाब कोशिश की है।

अपने-आपको अँधेरे की गहरी खाइयों में ढक लेने की कोशिश मैंने भी की थी। शरत् चट्टोपाध्याय के किसी कथानायक की तरह एक दिन सबेरे-सबेरे उठा था और जहाज पर बैठकर बर्मा चला गया था। उजाले से दूर भागने का

---

* पहले पैराग्राफ की ध्वनियों के लिए लेखक श्रीमती शान्ता सिन्हा का आभारी है।

और कोई तरीक़ा मेरे पास नहीं बचा था, क्योंकि उजाला भी अँधेरे के वहशी रूमानीपन की तरह ही झूठा था, क्योंकि उजाला तुम थीं और श्यामल था, और शाश्वतीया थी। यानी उजाला एक वृत्त था, और केन्द्र में रहना मुझे कभी अच्छा नहीं लगा है। इसलिए रंगून की औरतों की विश्वसनीय व्यवसाय-वृद्धि, इसलिए मनीला की औरतों की असहाय दरिद्रता, इसलिए हांगकांग की औरतों की विवश स्वेच्छाचारिता, बैंकॉक की औरतों की अपवित्र शालीनता, जापान की औरतों का जनतंत्री इख़लाक। टोकियो की एक 'गीशा' औरत मुझे अब तक याद है अनिमा दीदी, क्योंकि वह औरत तुम थीं। जापान में जब से यह नया जनतंत्र आया है, इन 'गीशा' नाचनेवाली औरतों का व्यवसाय ठप पड़ गया था। इसीलिए यह औरत दिन में विश्वविद्यालय में समाजशास्त्र और इतिहास पढ़ती थी, और रात में कम रोशनी वाली सड़कों पर घूमती थी। इस औरत का, जो औरत कम और लड़की ज़्यादा थी और 'किमोनी' के बदले 'शॉर्ट्स' पहनना शुरू कर चुकी थी, नाम बहुत बड़ा था; मगर शाम के शराबखानों में बैठनेवाले अमरीकन फ़ौजी उसे सिर्फ़ 'किन' कहते थे। मैंने उसे 'किन' कहकर पुकारा तो वह बहुत चौड़ी और उसके लाल होठों पर फूटती हुई मुस्कुराहट और भी चौड़ी हो गई।

"इण्डियन?" 'किन' ने आदर से पूछा, और जीवन में पहली बार अपने देश के नाम पर मुझे गौरव हुआ। गौरवान्वित होकर मैंने तीसरी बार ह्विस्की का 'ऑर्डर' दिया, तो मैं बहुत छोटा हो चुका था, और अगले दिन से ही मेरी और तुम्हारी 'आई. एस-सी.' की परीक्षा थी, और हमें पढ़ने के कमरे में छोड़कर मासी माँ सोने चली गई थीं और बाहर बरामदे में हमारा बूढ़ा और बीमार 'अल्सेशियन' गुर्रा रहा था, और तुम मेरे दोनों कन्धों पर हाथ पसारकर कह रही थीं—"खग्गू 'डियर', ज़रा श्यामल के बँगले तक चले जाओ। उसके पास मेरी 'केमेस्ट्री' की किताब रह गई है..."

दूसरा कोई भी व्यक्ति मुझे 'खगेन' न कहकर 'खग्गू' कहता है, तो मैं पागल हो जाता हूँ, और मैं रात के साढ़े ग्यारह बजे कुत्तों के भूँकते हुए रास्ते पर सवा मील दौड़ जाता हूँ। मैं कुल पन्द्रह-सोलह का लड़का हूँ, और अकेली और सुनसान सड़क पर आवाज़ की तरह भागना और प्रतिध्वनि की तरह लौट आना अच्छा लगता है, क्योंकि आवाज़ की की प्रसारिका तुम हो—मुझसे पाँच-छह साल बड़ी, और मेरी मासी माँ की अकेली बेटी, और तुम मेरे लिए 'स्वेटर' और दस्ताने बुन देती हो। मेरी माँ नहीं है, पिता भी नहीं है। पिता नहीं हैं, उन्हें कैंसर हो गया था। माँ नहीं है, क्योंकि मुझे मालूम नहीं है कि माँ कहाँ

है। मैं हूँ, और जीवन-बीमे से मिले रुपये हैं, और मासी माँ हैं, और तुम मेरे लिए स्वेटर बुन देती हो।

एलफ़िंस्टन रोड पर कुत्ते भूँकते रहते हैं, पान-सिगरेट की दुकानों पर बैठे लोग आती-जाती हुई कसबन पर फ़िल्मी गानों के फूल फेंकते रहते हैं, महात्मा गाँधी पार्क के साये में मोटरें रुकी रहती हैं, और झूठी सिसकियों और झूठे कहकहों पर मेरी नसों में झुरझुरी पैदा होती रहती है। श्यामल पट्टनायक के पढ़ने के कमरे में रोशनी है। मैं उचककर खिड़की पर चढ़ जाता हूँ, सींकचों पर चेहरा सटाकर पूछता हूँ–"दीदी की 'कमेस्ट्री' की बही..."

श्यामल मुस्कुराता है, जैसे इक्के का 'ट्रेल' आने पर 'फलाश' के खिलाड़ी मुस्कुराते हैं। "ये तीन इक्के हैं, सिर्फ़ तीन इक्के, मगर इन पर दुनिया की सारी दौलत लादी जा सकती है!" सरकार कहा करता था, बहुत तन्मय होकर कहता था। श्यामल मुस्कुराता है, क्योंकि उसके पास इक्के का 'ट्रेल' है। किताब देकर वह मुझसे कहता है, "रुको, खगेन, मोटरसाइकिल से पहुँचा आता हूँ तुम्हें!"

तुम 'आई. एस-सी.' में तीसरा दर्जा लाती हो, और समाजशास्त्र और इतिहास लेकर बी.ए. में पढ़ने लगती हो। श्यामल 'बी. एस-सी.' में फेल हो जाता है, और दर्शनशास्त्र और गणित लेकर 'बी.ए.' में नाम लिखाता है। और 'बी. एस-सी.' की 'फ़िजिक्स लेबोरेटरी' में अकेला खड़ा मैं सोचता हूँ कि एक खाली 'टेस्ट ट्यूब' से अधिक मेरा अस्तित्व नहीं है। बरसों तक मैं खाली 'टेस्ट ट्यूब' बना रहा, क्योंकि तटस्थ था, अप्रस्तुत था, निर्जीव था। मेरे अंग-अंग में एसिडों और गैसों की विकृत गन्ध रेंग रही थी। मैं चुप था। मैं उदास था। मैं नहीं था, क्योंकि अपना अस्तित्व सिद्ध करने के लिए मेरे पास कोई शब्द ही नहीं था। ज़िन्दगी नहीं थी। नहीं थी। नहीं थी। सिर्फ़ 'ढेलिया' का एक बहुत बड़ा फूल था, जिसे मैं नाइट्रिक एसिड से जलाने की उलझन में व्यस्त था, खोया हुआ था।

मासी माँ रसोई में हैं, और हम लोग, यानी मैं और तुम, 'खाने के कमरे' में आमने-सामने बैठे हैं। तुम्हारे सिर से ऊपर विवेकानन्द महाराज की बहुत बड़ी तस्वीर टँगी है और तस्वीर को देख रहा हूँ, उसके नीचे देखने का साहस मुझमें नहीं रह गया है।

"तुम्हारा हाथ कैसे जल गया?"

" 'लेबोरेटरी' में..."

"आजकल रोज़ देर से घर लौटते हो!"

"हाँ!"

“ ‘लाइब्रेरी’ में पढ़ते हो?”

“हाँ!”

“तब!”

“ ‘फ्रीमेन्स’ चला जाता हूँ!”

इसके बाद तुम कोई सवाल नहीं पूछती हो, क्योंकि ‘फ्रीमेन्स’ शहर का सबसे पवित्र शराबखाना है, जहाँ ईरानी लड़कियाँ ‘किमोनी’ पहनकर तितली-नाच नाचती हैं, और एंग्लो-बर्मी लड़कियाँ ‘स्ट्रिपटीज़’ करती हैं और हिन्दुस्तानी लड़कियाँ फ़ौजियों और जहाज़ियों को बंगाल की रानी रासमोनी के किस्से सुनाती हैं।

तुम समझ गई हो कि समय ने मुझे आवाज़ की तरह दौड़ने और प्रतिध्वनि की तरह लौटनेवाला ‘खग्गू’ नहीं रहने दिया है। तुम समझ गई हो और अनजाने ही तुम्हारा हाथ अपने-आप कुर्सी की बाँह पर गिरे हुए आँचल को सँभालने लगता है, हालाँकि मेरी निगाहें तुम्हारी ग्रीवा की पारदर्शी त्वचा के नीचे से झाँकती हुई नीली-नीली नसों से नीचे धँसने का साहस नहीं करती हैं। बाहर पानी बरस रहा है और तुम्हारा चेहरा तेज़ धूप की तरह गर्म और सफ़ेद होने लगा है।

“खगेन!”

मैं झुका हुआ सिर ऊपर उठाने की कोशिश करता हूँ। मुझे लगता है कि टेबल के नीचे तुम्हारे दोनों पाँव थरथरा रहे हैं।

“खगेन!”

“खगेन, ‘फ्रीमेन्स’ में शाश्वतीया जाती है?”

“अक्सर! क्यों?”

“अकेले जाती है? या...”

“क्यों? किसी के साथ नहीं जाना चाहिए क्या? या सिर्फ़ श्यामल पट्टनायक के साथ नहीं जाना चाहिए?” अधिक ताप पड़ने से अचानक ‘ट्यूब’ फट जाता है और शीशे के नुकीले टुकड़े तुम्हारी देह में और चेहरे में धँस जाते हैं। तुम्हारी आँखों में खूबसूरती के बदले नंगापन फैल गया, खून के धब्बे फैल गए, अन्धकार फैल गया। तुम कुर्सी पीछे ठेलकर उठ खड़ी हुई हो और चीखती हुई कह रही हो, “मुझे अपमानित करने का तुम्हें कोई अधिकार नहीं है, खग्गू! मैं जानती हूँ कि मुझसे तुम क्या चाहते हो। मैं बहुत अर्से से जानती हूँ...तुम मुझे चाहते हो।”

तुम रुकती नहीं हो, कहती चली जा रही हो, और हाथ में प्लेट लिए मासी माँ दरवाज़े पर खड़ी हैं। तुम नीलगिरि की पतली डाल की तरह काँप रही हो

और मैं अपनी कुर्सी में डूबा मुस्कुरा रहा हूँ। तुम गुस्से में होती हो तो सिर्फ़ अंग्रेज़ी बोलती हो और तुम्हारा अंग्रेज़ी बोलना मुझे बहुत अच्छा लगता है–क्योंकि तब तुम मेरी मासी माँ की लड़की, मेरी अनिमा दादी नहीं लगती हो, 'फ्रीमेन्स' की वह एंग्लो-इण्डियन 'रिसेप्शनिस्ट' लगती हो, जो बदतमीज़ी किए जाने पर गुस्सा करती है और लोग बुरा नहीं मानते, क्योंकि लोगों को पता है कि 'ज़ैज' के संगीत और बियर या रम या ह्विस्की या शेरी के गिलास और लकड़ी के फ़र्श पर पाँवों के समवेत थाँय-थकर-थाँय-थकर-थकर में गुस्से को ख़त्म करने की जादू जैसी तासीर होती है।

"अनिमा, लड़के को गाली क्यों दे रही हो? तुमसे तो हर वस्तु में अच्छा है मेरा खगेन!"–मासी माँ मुझ पर अनुग्रह रखती हैं, क्योंकि मैं विश्वविद्यालय में अव्वल आया हूँ, और *स्वदेश-समाचार* में मेरी तस्वीर छपी है। मासी माँ तुम पर नाराज़ रहती है, क्योंकि तुम एलिज़ाबेथ ब्राउनिंग की शैली में कविता लिखती रहती हो, और तुम्हारे पास हर रोज़ आठ-दस चिट्ठियाँ आती रहती हैं। तुम ज़मीन पर बिखरी हुई प्लेटों को कुचलती हुई, फर्श पर फैले हुए, आँचल को घसीटती हुई उठ खड़ी होती हो। तुम्हारे गले की नसें तन गई हैं, तुम्हारा सीना लोहे के गोलों की तरह कठोर हो गया है, तुम्हारे चेहरे पर दरारें फट रही हैं। तुम कमरे से बाहर भागती हो, और बरामदे की 'रेलिंग' पर झुककर सिसकने लगती हो।

श्यामल...शाश्वतीया सरकार...हर्षवर्द्धन सरकार...'फ्रीमेन्स'...ट्रेल के तीन इक्के। शाश्वती का बड़ा भाई हर्षवर्द्धन मेरा सहपाठी है और हम दोनों 'फ्रीमेन्स' में आते हैं। शाश्वती भी आती है। श्यामल भी आता है। सिर्फ़ तुम नहीं आतीं, अनिमा दीदी, तुम नहीं; क्योंकि तुम्हारे मन में वे कविताएँ तैर रही हैं, जिन्हें दाँते ने बिएत्रिस के लिए, या फाउस्ट ने हेलेन के लिए लिखा था। रस का पहला गिलास पीकर मुझे हँसी आती है। तुम अपनी 'स्टडी' में इक्के की मद्धिम हरी रोशनी में बैठकर कविता लिख रही हो। एक नंगी औरत है, जिसे खड़े से अजगर ने अपनी कुण्डलियों में लपेट रखा है और अजगर के खुले जबड़ों में हरे रंग का लट्टू है और रोशनी फैल रही है, तुम कविता लिख रही हो।

रेखा का विस्तार पूर्ण हो जाएगा, तब क्या होगा?
सीमा का प्रतिदम्भ चूर्ण हो जाएगा।
तो केवल बच पाएगा शून्य
न सीमा का संकोच
न रेखाओं के बन्धन का वीभत्स मिलन

आओ, हे मेरे विराट्,
हम रेखाएँ तोड़ें, सीमाएँ निःशेष करें...

शाश्वती अपना जूठा गिलास श्यामल को थमा देती है, और मुझसे पूछती है, ''अब क्या करोगे, खगेन बाबू? और, अनिमा क्या करेगी?''

श्यामल गिलास गले के अन्दर उँड़ेलकर होंठ सिकोड़ता है। अनिमा...श्यामल के गले में खराश हो रही है। अनिमा...श्यामल जैसे तीन साल का बच्चा है और हिंडोले से गिरकर चिल्लाने लगा है। अनिमा...एक बूढ़ा मद्रासी अपनी कुर्सी के नीचे उलट गया है, उल्टियाँ कर रहा है, बेयरे उसे उठाकर होटल के बाहर फेंकने जा रहे हैं, और वह किसी लड़की का नाम लेकर चीख़ रहा है, जो क़रीब चालीस-पचास साल पहले उसके साथ नारियल के बागानों में फल तोड़ने जाती थी।

''शाश्वत-बहन, मैं तो लन्दन या न्यूयार्क चला जाऊँगा। विज्ञापन से मुझे इश्क़ है। मनुष्य से अधिक अच्छे मुझे परमाणु लगते हैं। स्त्रियों से अधिक सुन्दर मैं 'इलेक्ट्रोन' की मुक्त स्वेच्छाचारिता को समझता हूँ। अनिमा दीदी बचपन में मादाम मेरी क्यूरी बनना चाहती थीं, अब शायद, डोरोथी पार्कर बन जाएँगी।''

मैडम क्यूरी...डोरोथी पार्कर...अनिमा चौधरी...ये नाम एक कतार में नहीं रखे जा सकते दीदी, क्योंकि तुम 'सैडिस्ट' हो। अपने तन को और आत्मा को भोथरी छुरी से चीरते रहने में तुम्हें सुख मिलता है। तुम्हारे कमरे की ज़िन्दगी और 'फ्रीमेन्स' की ज़िन्दगी में कितना फ़र्क है! यहाँ वर्तमान के सिवा और कुछ भी जीवित नहीं है। हर्षवर्द्धन यह भूल जाता है कि शाश्वतीया उसकी अपनी बहन है। श्यामल यह याद नहीं रखता कि डॉक्टरों ने उसे एक पेग से ज़्यादा पीने को मना किया है। मैं कुछ भी सोच नहीं पाता, यह भी नहीं हो सकता है कि 'फ्रीमेन्स' के किसी 'केबिन' से हँसती-खिलखिलाती मेरी माँ निकल जाए और मेरे पास आकर कहे, ''तू इत्ता बड़ा हो गया रे, खगेन।'' यह शराबखाना तो एक वातावरण है, एक संगीत है, एक तस्वीर है—आदमी अपने को खो देता है। तुम अपने को खोना नहीं चाहती हो। चाहे कोई कविता हो, चाहे इक्के की अवस्त्रा नारी और कुण्डलीदार अजगर हो, तुम उनकी छाया में अपने अस्तित्व को जीवित और मुखर रखना चाहती हो। आदमी का अस्तित्व क्या है? उसके अतीत और उसके सपनों की उदार अभिव्यक्ति ही तो! और तुम्हारा अतीत क्या है? 'केमेस्ट्री' की वह पुस्तक, जिसे लाने के लिए तुम मुझे श्यामल पट्टनायक के घर भेजती हो? तुम्हारा सपना क्या है? तुम्हारा कोई सपना

नहीं है दीदी, क्योंकि सपनों के पीछे पहाड़ों और नदियों और सर्पीली घाटियों में भटकना पड़ता है। तुम्हें भटकने से नफ़रत थी, नफ़रत है।

तुम अपने पढ़ाई के कमरे में बैठी रहीं और अजगर की कुण्डलियों में क़ैद और बेहोश, टूटती-बिखरती रहीं। मुझे खुशी होती रही कि तुम पिघली जा रही हो, फूटे हुए घाव की तरह पिघली जा रही हो।

''अनिमा पागल है!''—शाश्वत कहती है और बहुत पागल-सी होकर, अपनी बाँहें पीछे ले जाकर सधी हुई अँगड़ाई लेती है। अँगड़ाई लेने की यह अदा शाश्वत ने अनिता एकबर्ग की एक ही फ़िल्म चौदह बार देखकर सीखी है, मुझे पता है। दरबे से बाहर झाँकते हुए कबूतरों की तरह उसकी पिपासा शरीर से बाहर निकल आने को प्रस्तुत है। हर्षवर्द्धन सरकार अपनी कुर्सी सहित उठकर दूसरे टेबल पर चला गया है, और जलसेना के लड़कों को अमरीकी मज़ाक सुना रहा है।

''शाश्वत 'डियर', आओ 'नृत्य' करें!''—वातावरण में अपने अस्तित्व को भूल जाने का यह तरीका श्यामल को महँगा नहीं पड़ता है। 'फ्रीमेन्स' का 'आर्केस्ट्रा', रॉक-एन-रोल' की कोई ताज़ा धुन बजा रहा है। मासी माँ मेरा इन्तज़ार करती-करती रसोई में ही सो गई हैं। अणु के नाभिक के इर्द-गिर्द 'इलेक्ट्रांस' के समूह चक्कर काट रहे हैं। प्रतीक्षा में हैं कि विस्फोट हो जाए और वे अपना अस्तित्व लय कर दें। शाश्वत मुस्कुराती है और मेरी तरफ़ देखकर शरमाने लगती है। वह मेरे ही साथ 'फ्रीमेन्स' आई है और बदस्तूर उसे मेरे ही साथ नाचना चाहिए।

''ठीक है!''—मैं श्यामल को देखकर हँसने लगता हूँ। वह बेवकूफ की तरह मुझे देखता रहता है। अब सिर्फ़ मैं हूँ और मेरे सामने रम की पूरी बोतल है, और मैं सोच रहा हूँ कि शराब के साथ-साथ बोतल भी गले में उतारी जा सकती है या नहीं! मैं सोच रहा था और मेरे सोचने का अन्त नहीं होता, अगर 'किन' मेरे सामने की कुर्सी पर बैठती हुई, यह नहीं पूछती कि तुम हिन्दुस्तानी हो।

मैंने कहा था हाँ, और अपना नाम बतलाया था। मैं बहुत खुश था और तीसरी बार ह्विस्की का आर्डर देते हुए बोला था कि तुम मुझे पसन्द हो।

मैंने 'किन' को इसलिए पसन्द किया था कि वह तुम्हारी ही तरह थी। बेहद खूबसूरत, बहुत कम बोलनेवाली, उदास-उदास-सी और उसकी आँखों में सपने थे। उसने किसी किताब में भगवान् बुद्ध और वैशाली की नगरवधू, अम्बपाली की कथा पढ़ी थी। किसी कैथोलिक पादरिन से उसने भगवान् क्राइस्ट और गैलिलि की नगरवधू मेरी मैग्दली की दास्तान सुनी थी। 'किन' ने मुझे

वे कविताएँ भी सुनाईं, जो उसने छद्मनाम से विश्वविद्यालय की पत्रिका में प्रकाशित की थीं। इन सारी कविताओं का भाव यही था कि उसे किसी अज्ञात लोक के अज्ञात देवता से प्रेम है, जो कभी न कभी फूलों की नाव पर चढ़कर उसके पास आएगा और उसके सारे अपराध क्षमा करके, उसे अपने स्वर्णलोक में ले जाएगा–जहाँ गुलाब के फूलों के मण्डप में बैठकर वह अपनी चिर प्रेयसी का नृत्य देखेगा...। यानी गुलाब के फूलों का एक मण्डप और प्रियतम कोई भी औरत न इससे कम चाहती है न इससे ज़्यादा। यह 'किन' का सपना नहीं था, तुम्हारा भी सपना था। फ़र्क़ यही है कि तुम्हारी मानसिक दुर्बलता बराबर अपने सपने से ही इन्कार करती रही। 'किन' 'गीश' लड़की थी, उसके माता-पिता ने उसे नाचना, गाना और सिक्के खर्च करनेवाले मर्दों से बातें करना सिखाया था। 'किन' मर्दों से बातें करती रही थी और समझदार थी। महायुद्ध के बाद जापान के शब्दकोश में एक नया शब्द आया–'डेमोक्रेसी'; और जापानी लड़कियाँ सड़कों पर 'डूलाड़ूप' करने लगीं। 'किन' ने नए शब्द ग्रहण किए, उसी भाव से ग्रहण किए जैसे वह अपनी कविता में अज्ञात लोक के अज्ञात देवता को ग्रहण करती थी।

नए शब्द, यानी शमा के शराबखाने...ख़ामोश सड़कों की स्याही...अनजान लोगों के पसीने की गन्ध...अनजान कमरों में बिस्तरे के दाग़...और अस्पताल! नए शब्दों की मरीज़ होकर भी 'किन' ने अपना सपना पल-भर के लिए भी नहीं तोड़ा। ओल्ड पैलेस एवेन्यू की सड़क पर मेरे साथ तेज़ी से चलते हुए, बहुत ईमानदारी से उसने मुझे बताया, "दो साल बाद मुझे सनद मिल जाएगी। मैं बहुत खूबसूरत हूँ और 'विश्वविद्यालय गाउन' में मेरी तस्वीर देखते ही हज़ारों लड़के मुझसे विवाह का प्रस्ताव करेंगे। अपने योग्य वर चुनकर मैं शादी कर लूँगी और समुद्र के किनार किसी छोटे-से गाँव में नया मकान बनाकर घर के पीछे गुलाबों का एक बड़ा-सा बाग़ लगाऊँगी!"

"तुम हिन्दुस्तान चलोगी, 'किन'? मेरे ही प्रान्त में भगवान् बुद्ध को ज्ञान प्राप्त हुआ था..." मेरी बात पर 'किन' अचानक रुक जाती है। और मेरे सामने खड़ी हो जाती है और बहुत देर तक मेरी आँखों में अपना सपना ढूँढ़ती रहती है।

तुम्हारे पास तो सपने नहीं हैं, अनिमा दीदी, फिर तुम उन्हें कहाँ ढूँढ़ोगी? तुम्हारे पास तो सिर्फ़ अतीत है, जिसकी अँधेरी घाटियों में क्रुद्ध-विक्षुब्ध साँपों के अलावा कुछ नहीं है...

'फ्रीमेन्स' से मैं रात को एक बजे वापस आया हूँ और तुम टेबल पर बाँहें फैलाकर सो गई हो, और हल्की हरी रोशनी में सोई हुई जमुना की धारा जैसी

लगती हो। मैंने बेइंतहा शराब पी है और मैं जल की बर्फ़ीली शीतलता में तैरना चाहता हूँ।

यह आरज़ू भी बड़ी चीज़ है मगर, हमदम,
विसाले-यार फ़क़त आरज़ू की बात नहीं

—फ़ैज अहमद फ़ैज़

मैं तैरना तो चाहता हूँ, मगर मेरे पाँवों में ज़ंजीरें बँधी हैं। मैं अपने को मुक्त करना चाहता हूँ। मैं उस नंगी औरत को स्वच्छन्द करना चाहता हूँ, जो अजगर की कुण्डलियों में क़ैद है। मुक्ति...स्वच्छन्दता...कितने प्रिय, कितने संपूर्ण शब्द हैं! किन्तु क्या ये शब्द असम्भव नहीं हैं? हम पाँवों से ज़जीरें तोड़कर अलग नहीं कर सकते, क्योंकि हमें पता नहीं है कि पाँव पहले बने या पहले ज़ंजीरें। 'वाटर वाटर एवरी ह्वेयर बट, नॉट ए ड्रॉप टु ड्रिंक'—मेरे पिता मेरी माँ पर गुस्सा होते थे तो बार-बार कॉलरिज़ की यही पंक्ति दुहराया करते थे। अभी नशे में यही पंक्ति मेरे होंठों पर जम गई। हर ओर जल ही जल है, मगर पीने को एक बूँद भी नहीं, एक बूँद भी नहीं, एक बूँद भी नहीं।

आधी रात से ऊपर हो गई है, और तुम बर्फ़ की टूटी हुई मूरत बन कर इक्के के नीचे टूटी पड़ी हो। सामने का दरवाज़ा खुला है। तेज़ हवा के आवारा झोंके तुम्हारे बालों को थरथरा रहे हैं। मैं सोचता हूँ कि अचानक बिजली गुल कर जाए और सारी दुनिया में अन्धकार उग आवे।

शाश्वत ने कहा कि अनिमा पागल है। शाश्वत ने कहा है कि अनिमा के पास दिमाग़ नहीं है। मान लेता हूँ कि अनिमा दीदी के पास कुछ भी नहीं है, एक मुस्कुराहट भी नहीं। मगर, क्या शराब की बोतलों में बेहोश होकर भी शाश्वतीया इस शान्ति से सो पाती होगी? मैं तुम्हारे नींद में डूबे हुए चेहरे को देखता रहता हूँ दीदी, और मुझे समुद्रों की याद आती है। फिर मैं तुम्हारे बहुत करीब चला आता हूँ, और, तुम्हारे कन्धों पर अपने हाथ रख देता हूँ। मुझे लगता है कि मेरी हथेलियाँ जल रही हैं और जैसे मेरे हाथ बिजली के जीवित तारों से चिपक गए हैं। तुम अपने कन्धे थरथराती हो, तुम्हारा समूचा शरीर किसी डूबती हुई नाव की तरह काँपने लगता है। इसी वक़्त तुम्हारी आँखें खुल जाती हैं। तुम मुझे देखती हो, बहुत थकी-थकी आँखों से देखती हो और अपने कन्धों से मेरे हाथ हटाए बिना ही कहती हो, ''नहीं खगेन, नहीं।''

तुम्हारी निगाहों में थकावट है, विवशता है, और शान्ति भी है। मैं हाथ हटा लेता हूँ और तुम फिर उसी अदा में टेबल पर सो जाती हो। तुम सो जाती

हो, और सुबह मासी माँ चाय की टेबल पर कहती हैं, "रात अनिमा का कमरा खुला रह गया था...बन्द रहता तो तुम्हें बहुत तकलीफ होती! मैं जगी बैठी थी, मगर क्या करूँ, रसोई में ही नींद आ गई! तुम्हें कष्ट तो नहीं हुआ, खगेन?"

मैं जानता हूँ कष्ट किसे हुआ है। और उसी दिन मैं 'छात्रावास' में रहने चला जाता हूँ। मासी माँ रोने लगती हैं, मुझे भी दुख होता है। केवल तुम, न हँसती हो न दुख करती हो। मैं टैक्सी पर बैठकर तुम्हारी तरफ़ मुस्कुराता हूँ और मेरे-तुम्हारे बीच अपरिचय की एक नई दीवार खड़ी हो जाती है।

तब मैं नहीं जानता था। तब मैंने तुम्हें सही-सही पहचाना नहीं था। तब मैं 'केमेस्ट्री' की किताब के लिए दौड़ते रहनेवाला मामूली-सा बच्चा था और तुम मेरे लिए अलिफ लैला की किसी दास्तान की राजकुमारी थीं। आज मुझे पता है कि तुम विवश थीं और यह चाहती थीं कि मैं तुम्हारी हर विवशता को कमरे के बाहर फेंक दूँ, और दरवाज़े अन्दर से बन्द कर लूँ। तुम ऐसा चाहती थीं और तुम्हें अपनी चाह का, अपने सपने का पता नहीं था। हर औरत यही चाहती है। यही सपना देखती है। गुलाब के फूलों का एक मण्डप, और फूलों की नौका पर चढ़कर आया हुआ कोई राजकुमार! कोई भी औरत न इससे कम चाहती है, न इससे ज़्यादा। यही तुम्हारा भी सपना था। मगर तुम एक विधवा औरत की बेटी थीं, जिसे दुनिया की निगाहों के अपशकुन से छिपाकर पाला-पोसा गया था। तुम हीन भावना की मरीज़ थीं, तुमने श्यामल को शाश्वत के साथ शराबखानों में घूमने दिया था, तुमने खगेन से किसी भी दिन नहीं कहा था कि तुम भी 'फ्रीमेन्स' आना चाहती हो। तय है कि तुम आना चाहती थीं। तुम्हारे पास बैंक-खाता था, क़ीमती जेवर और साड़ियाँ थीं, खूबसूरत भी थीं। 'फ्रीमेन्स' की 'सोसाइटी' में तुम परमाणु का केन्द्र-बिन्दु बन जातीं। तुम्हें देखकर पेशेवर पीनेवालों की नीयत बदल जाती, वे अपने पापों का प्रायश्चित करने लगते और तुमसे कहते कि तुम स्त्री नहीं हो, आकाश से उतरी हुई कोई देवी हो...पेशेवर पीनेवाले अर्थात् श्यामल या मैं दोनों, या दोनों में से कोई एक।

आमार माथा नत कोरे दाओ
हे, तोमार चरण धुलार तले
सकल अहंकार हे, आमार
डुबाओ चोखेर जले...

तुमने विश्वविद्यालय की जयन्ती में यही गीत गाया था और मेरी आँखें नम हो गई थीं। मैं चाहता था कि तुम कहो कि मेरे आँसुओं में तुम्हारा अहंकार डूब जाए। तुमने कहा नहीं। तुमने किसी दिन नहीं कहा; उस रात भी नहीं

जब मैं बेइन्तहा पीकर घर वापस आया था और तुम्हारे कन्धों पर अपनी हथेलियाँ झुलसा रहा था। अब भी मेरी हथेलियाँ झुलस रही हैं अनिमा, क्योंकि वे तुम्हारे कन्धों के सहारे से हटी नहीं हैं; तुम नहीं हो, यादगारों की एक फूटती हुई ज्वालामुखी है, तुम नहीं हो, अँधेरे की ख़ामोश घाटियों में अजनबी साँप रेंग रहे हैं...पीले-पीले साँप, जिनके समूचे शरीर पर स्याह-स्याह फफोले उग आए हैं। तुम नहीं हो, श्यामल और शाश्वत कश्मीर चले गए हैं...शाश्वत की बूढ़ी माँ पागल हो गई है, हर्षवर्द्धन सारा दिन और सारी रात 'फ्रीमेन्स' में बैठा रहता है। तुम नहीं हो और मैं नहीं हूँ...

मैंने अब ये सारी बातें 'किन' को बतलाईं तो वह अपना 'स्कार्फ़' उँगलियों में लपेटने और खोलने लगी, फिर बहुत सोच-समझकर बोलने लगी। उसने मुझसे जो कुछ भी बातें अपनी अमरीकी अंग्रेजी में बताईं उनका सारांश यही था कि उस रात तुम मेरा इन्तज़ार कर रही थीं और तुमने कमरे के ही नहीं, मन के भी सभी दरवाज़े खोल रखे थे। मैं पागल हो गया। मैं वाकई पागल हो गया। मगर अब टोकियो से भागकर तुरन्त वापस आने का कोई रास्ता नहीं था। मुझे यह पता भी नहीं था कि तुम किस शहर के किस कॉलेज में 'लेक्चरर' हो गई हो...

दीदी, हमारे इर्द-गिर्द एक समाज है, और एक बड़े समाज के अन्दर भी लगातार कई समाज हैं, जैसे कोई जादूगर बड़े डिब्बे के अन्दर से छोटा डिब्बा, छोटे डिब्बे के अन्दर से और भी छोटा डिब्बा निकालता चला जाता है, और अन्त में सबसे छोटे डिब्बे से एक छोटा-सा, प्यारा-प्यारा-सा कबूतर अपने पंख फड़फड़ाता हुआ निकलता है और जो उड़कर जादूगर के कन्धों पर बैठ जाता है। मगर हम जिन डिब्बों में क़ैद हैं, उनमें हवा, पानी और रोशनी और आवाज़ तक जाने की गुंजाइश नहीं है। हमारे कबूतर मर चुके हैं, हमारे कन्धों पर उनकी लाशें हैं। अपने जिस्म से लाशों की बदबू धोने के लिए, मैंने 'किन' को मुक़र्रर कर लिया। जिस दिन हम टोकियो से हिन्दुस्तान के लिए चलनेवाले थे, उसने मुझसे कहा कि ऐसा नहीं होता है फ़िल्मों के पर्दों पर जो हो, ज़िन्दगी में नहीं होता। उसने मुझसे कहा कि तुम्हारी अनिमा तुम्हारा इन्तज़ार कर रही होगी। हर औरत इन्तज़ार करती है। आदमी का न सही, बीती हुई यादगारों का इन्तज़ार। मुझे विश्वास नहीं हुआ, क्योंकि 'किन' सच थी, तुमसे बहुत ज़्यादा सच थी। उसकी आँखों में कविता न हो, संगीत ज़रूर था। मुझे संगीत के पागलपन से भी इन्कार नहीं रहा है। उसने मुझसे कहा कि मुझे वह अपने जीवन की सीमा-रेखा नहीं बना सकेगी। सीमाएँ बाँधने की आदत या इच्छा

उसके स्वप्न में अवश्य है, रक्त में नहीं है। मुझे रक्त की सबलता पर विश्वास नहीं हुआ।

हम लोग कलकत्ता आ गए और मैंने अपने ऊपर एक मेहराब डालना शुरू किया। 'किन' ने कहा कि वह जीने की कोशिश करेगी, अपने को मेरी स्थितियों में फ़िट करने की कोशिश करेगी। मैंने बैंक से पासबुक से आख़िरी पाई निकाली और 'किन' पार्कस्ट्रीट में 'जापान ड्राइंग-क्लीनिंग सेन्टर' की मालकिन हो गई। वह मर्दों से बातचीत करना जानती थी और दुकान चल निकली। मैंने तय किया कि किसी कॉलेज में पढ़ाऊँगा, और 'न्यूक्लियर फ़िज़िक्स' पर अनुसन्धान करूँगा और 'किन' हर शाम मेरी जेब में दस-पाँच के नोट डालती गई, ताकि मैं लोगों से मिल सकूँ, और मैं लोगों से मिलता रहा...कभी किसी रेस्तराँ में ज़्यादातर शराबखानों में!

एक दिन विक्टोरिया मेमोरियल में शाश्वतीया और श्यामल और हर्षवर्द्धन मिले। श्यामल हाईकोट में बैरिस्टर था; शाश्वतीया किसी और भी बड़े बैरिस्टर की पत्नी थी। सिर्फ़ हर्षवर्द्धन वहीं-का-वहीं था; रेसकोर्स के सारे घोड़े उसकी ज़बान पर दौड़ रहे थे, और आँखों में वह सुर्ख़ डोरे थे। किनारे ले जाकर उसने मुझे तुम्हारे बारे में बताया अनिमा। मुझे कोई दुःख नहीं हुआ है। अब कभी होगा भी नहीं। क्यों? तुम कभी इतनी असहाय नहीं लगीं कि तुम्हारी बात लेकर अपना जी ख़राब किया जाए। बल्कि तुम हमेशा इतनी ताकतवर और ठोस लगीं कि हरदम ख़्वाहिश होती रही कि तुम्हें निरीहता और ग्लानि और सन्ताप में देख सकूँ। तुम्हें सन्ताप में देखने के लिए अभी उस दिन 'कमला मेशन्स' के तुम्हारे फ़्लैट में गया था। 'किन' को मैंने कहा, मगर वह नहीं आई। बोली, "उसके सामने मेरा नाम भी नहीं लेना। वह मुसीबत में है, उसे तुम्हारी ज़रूरत होगी।"

रात हो चुकी है। दिन के उजाले में तुम्हारा चेहरा देखने का साहस मुझे नहीं है। तुम 'सोने के कमरे' में अकेली बैठी हो; कमरे के बीच में बड़ा-सा टेबल है, और सिर्फ़ तुम्हारा कमर के ऊपर का हिस्सा दिखाई देता है। जिससे मेरी पहली कभी मुलाकात नहीं हुई है। एक अजनबी चेहरा...एक अजनबी चेहरा, जो चेहरा नहीं है, चाय का टूटा हुआ प्याला है, जिसकी सतह पर सिगरेट के बुझे टुकड़ों का ढेर जमा है। तुम एक नज़र उठाकर मुझे देखती हो, मुस्कुराती हो और बहुत मीठे स्वर में कहती हो, "तुम्हारी मासी माँ को गए हुए साल-भर से ज़्यादा हो गया। मकान तुम्हारे नाम कर गई हैं। कह गई हैं कि तुम शादी कर लोगे और उसी मकान में रहोगे।"

मैं जानता था कि तुम ऐसी ही बातें कर सकती हो। मैं यह सब सुनने के लिए ही 'कमला मेन्शन' आया हूँ। मुझे आश्चर्य नहीं होता कि टेबल पर 'मार्फिया' की गोलियाँ रखी हैं और गिलास में रम भरी हुई है। मुझसे हर्षवर्द्धन सरकार ने सिर्फ़ इतना ही कहा है कि अनिमा को सातवाँ-आठवाँ महीना चल रहा है। मुझे रम की बोतल या गोलियों या मासी माँ के देहान्त की बात से आश्चर्य नहीं होता है। तुमने ढीली साड़ी बाँध रखी है। और तुम्हारा फूला हुआ पेट बहुत वीभत्स लगता है। तुम्हारे चेहरे पर मैल जम गई है और मुझे फिल्म 'आई विल क्रास टमारो' की सूजन हेवर्ड दिख जाती है। तुमने क्या कभी 'कमला मेन्शन' की आठवीं मज़िल से नीचे कूदने की कोशिश नहीं की! नहीं, तुमने मरना नहीं चाहा होगा अनिमा दीदी, क्योंकि तुम्हें अब भी कोई दुःख नहीं है। मासी माँ रुपए छोड़कर मरी हैं। और तुम रम की हज़ारों बोतलें खरीद सकती हो। फिर दुःख कैसा? दुःख तो भ्रम है, मानसिक विकृति है, आत्मा की दुर्बलता है...

"खगेन, तुम्हारे लिए एक गिलास ले आऊँ? या, रम नहीं लेते हो?"

"मैं बियर भी नहीं पीता!"

"ठीक करते हो। बच्चों को पीना भी नहीं चाहिए। मैं पीती हूँ। मैं अपने बच्चे को अभी से आदत लगा रही हूँ।"

"तुम्हारा बच्चा?

"हाँ खगेन, हाँ! मेरे गर्भ में पलता हुआ मेरा बच्चा! इसे मैं रम की आदत डाल रही हूँ। एक बूँद भी ब्रांडी नहीं, सिर्फ़ रम! इससे सेहत बनती है। मेरी सेहत देख रहे हो? पहले से दूनी हो गई हूँ।"

"हो सकता है, तिगुनी हो गई हो। मगर इससे क्या होता है!"

"तब किससे होता है? किसी से भी कुछ नहीं होता है। कभी नहीं होता... जानते हो खगेन, मैं दिल्ली विश्वविद्यालय में लेक्चरर थी। मेरी कविताओं की किताब पर 'इंटरनेशनल बुक-ट्रस्ट' ने 'प्रथम पुरस्कार' दिया था। मेरा नाम एलियट और पाउंड के साथ लिया जाने लगा। फिर माँ मर गई और मैं अकेली रह गई, बस, एकदम अकेली..."

"मुझे कहने की कोई ज़रूरत नहीं है।" मैं फिर वही खगेन बन जाता हूँ जो तुमसे नफ़रत करता है। जिसे तुमसे कोई सहानुभूति नहीं है, कभी नहीं रही है।

तुम्हारी उँगलियाँ बाँस की बनी लगती हैं, उन पर मोटी नसों की स्याह धारियाँ फैली हैं। तुम्हारे जिस्म से दुर्गन्ध फैल रही है, जैसे तुमने बरसों से पानी

छुआ भी नहीं हो। तुम्हारे होंठ काले हैं, उन पर पपड़ियाँ पड़ गई हैं। तुम्हारे सामने कोई टेबल लैम्प नहीं है, क्योंकि नंगी औरत तुम खुद हो और अजगर तुम्हारे पेट में चला गया है।

"मैं अपने बेटे को लन्दन पढ़ने भेजूँगी, खगेन। वहाँ क्लबों में गोरी लड़कियों के साथ नाचेगा, और कविताएँ लिखेगा।"

कविता अभी नहीं मरी है। कविता कभी मरती भी नहीं, शायद! मगर तुम्हारी यह बात कविता नहीं है सिर्फ़ उस स्थिति का द्योतक है, जब आदमी अपने सिवा किसी दूसरे का उपहास करने योग्य अपने को ही नहीं पाता है। सस्ती शराब की यह बोतल और सस्ते किराए का यह कमरा और इर्द-गिर्द फैली हुई ये दुर्गन्धियाँ तुमने अपने अस्तित्व के चतुर्दिक् लपेट लिया है, ताकि तुम स्वयं अपना मज़ाक उड़ा सको।

मैं जानता हूँ दीदी, इतना अचानक नक़्शा कैसे बदल गया। श्यामल और शाश्वतीया नहीं बदले। वे अब भी अँधेरे में कार खड़ी करके विक्टोरिया मेमोरियल की नकली झील के किनारे-किनारे टहलते हैं। मगर तुम? मुझे लगता है, तुम भी बदली नहीं हो। सिर्फ़ नक़्शा बदल गया है। भीतर तुम अब भी वैसी ही हो, क्योंकि शराब के नशे में भूल जाना चाहती हो कि अँधेरा है और रात के समय अँधेरे के सिवा कुछ भी नहीं है। सिर नीचे झुकाकर अपने बेतरह फूले हुए पेट को देख सकने का साहस तुममें नहीं है। मैं कमरे में प्रवेश कर रहा था तो तुमने चौंककर साड़ी के चौड़े आँचल से अपना शरीर ढक लेना चाहा था। तुमने चाहा था कि आँचल आग बन जाए तो लपटों के भीतर खड़ी होकर यह कह सको कि तुम सीता हो, निष्पाप हो, तुम्हारा कोई अपराध नहीं है...

"रवि ठाकुर का वह गीत तुम्हें याद है, खगेन? अभी गाकर सुना सकोगे?"

"कौन-सा गीत"

"कोई भी! कोई भी गीत गा सकोगे?"

"क्यों गाऊँ?"

"यों हीं!"

"नहीं गाऊँगा!"

और तुम मुस्कुराती हो, जैसे पानी पर फफोले उग रहे हों, जैसे गीली ज़मीन पर कीड़े रेंग रहे हों। और धीरे-धीरे कीड़ों का आकार बढ़ता जाता है और वे साँप बन जाते हैं, तुम्हारे होंठों से निकलते हुए साँप, तुम्हारी साँसों से निकलते हुए साँप! विकृत गन्ध के ये साँप मुझे बर्दाश्त नहीं होते, मैं बाहर खुली हवा में भाग जाना चाहता हूँ...

बातें सिर्फ़ दो हुई हैं—तुम गर्भवती हो, बेतरह शराब पीती हो और तुम्हारा एकान्त जीवन, तुम्हारा अन्तर्मुख मन अभी तक क़ायम है। तुम्हारे पास मासी माँ का बैंक-खाता नहीं होता, चेक-बुक नहीं होती, तो तुम्हारी एकाकी स्वच्छन्दता क़ायम नहीं रहती। तुम रास्तों पर चलती तो कुत्ते और भेड़िए तुम्हारे पीछे गुर्राते चलते। तुम कमरे के भीतर होती तो खिड़कियों के शीशे ईंट मार-मारकर चूर कर दिए जाते और टूटे हुए शीशे की फाँक से कोई आवाज़, कोई पुकार, कोई भूला-पुराना गीत अन्दर आकर तुम्हारे पूरे अस्तित्व को झकझोर देता। तुम्हारे पास रुपए हैं, एकान्त है, और तुम आत्महत्या कर रही हो।

नहीं, मैं मरना नहीं चाहती। मैं सिर्फ़ अपने पेट में जलती हुई आग को मारना चाहती हूँ। मेरे गर्भ में ग़लत ईसा मसीह पल रहा है, मैं इसे पालना नहीं चाहती। और अब तो दुनिया को ईसा मसीह की ज़रूरत भी नहीं, अणु और उद्‌जन बमों की ज़रूरत है!—तुम कहना चाहती हो, मगर तुम्हारे पास साहस नहीं है। तुम शुरू से ही डॉक्टर के पास नहीं गई, क्योंकि तुम्हारे पास साहस नहीं था और बात यह भी थी कि सारी उम्र एक फूल-से बच्चे का सपना देख रही थीं। तुम्हारी 'स्टडी' में विवेकानन्द महाराज की तस्वीर टँगी थी और तुम उनकी बड़ी-बड़ी आँखों से वशीभूत रहती थीं और तुम चाहती थीं कि तुम्हारा बेटा ऐसी ही विशाल आँखों का मालिक हो।

मैं नहीं जानता कि तुम्हारे होने वाले बच्चे का बाप कौन है। शायद तुम भी नहीं जानती हो। सपनों में डूबी हुई या ह्विस्की के नशे में डूबी हुई जब तुम नंगी फ़र्श पर या नंगे टेबल पर सो गई तो कमरे में कब कौन आया, कब कौन वापस चला गया, यह तुम्हें मालूम नहीं। मालूम हो या न हो, कोई फ़र्क़ नहीं पड़ता—क्योंकि आज तुम एक बार ही हिंसक बन चुकी हो। तुम ईसा मसीह को शराब की बोतलों की सलीब पर टाँगकर मार देना चाहती हो और यही तुम्हारी पराजय है। मैं खुश हूँ। मैं बेहद खुश हूँ।

तुम्हारे सामने की बोतल खाली हो जाती है और तुम अलमारी से रम की नई बोतल निकालती हो। बाहर पानी बरस रहा है और मैं भीगता हुआ वापस जाना नहीं चाहता हूँ।

"कहाँ ठहरे हो?"

"पार्क सर्कस में फ़्लैट लिया है।"

"यहाँ मुस्तक़िल रहोगे?"

"रहना ही होगा।"

"अकेले हो?"

"नहीं!"

तुम यह नहीं पूछतीं कि मैं अकेला नहीं हूँ तो मेरे साथ कौन है। तुम आँखें बन्द कर लेती हो और मिनट-भर सोचती रहती हो। पता नहीं, क्या सोचती हो।

टेनेसी विलियम्स की मिसेज़ स्टोन की तरह तुम्हें यह भी पता नहीं कि क्या सोचना चाहिए और क्या भूल जाना चाहिए। तुम सिर्फ़ बचना चाहती हो। तुम सोचने के निष्कर्षों के भय से पीड़ित हो। तुम नहीं पूछ पातीं कि मैं अकेला नहीं हूँ तो मेरे साथ कौन है। बाहर पानी बरस रहा है, मैं भीगना नहीं चाहता हूँ।

"अब तुम जाओ, खगेन!",

"क्यों?"

"तुम्हारा इन्तज़ार हो रहा होगा।"

इति। मैं इतना ही जानना चाहता था। मैं जानना चाहता था कि तुम्हें तकलीफ़ हो कि कहीं मेरा भी इन्तज़ार हो रहा है, मेरी यानी खगेन का, यानी जो श्यामल के यहाँ से 'केमेस्ट्री' की किताब लाया करता था, यानी जो शाश्वत के साथ 'फ्रीमेन्स' में बियर पीता रहता था...

और अनिमा दीदी?

मैं अपने 'फ़्लैट' में वापस लौटा तो 'किन' चुपचाप सोफ़े पर लुढ़की हुई छत की तरफ़ देख रही थी। मुझे देखकर वह मुस्कुराई और बोली, "कॉफ़ी बना दूँ? बहुत थक गए हो, लगता है।"

"हाँ!"

"हाथ-मुँह धो आओ।"

"पहले कॉफ़ी पी लूँ!"

और जब हम दोनों कॉफ़ी पीते हुए बातें करते हैं और मैं उसे सारी बातें सुनाता हूँ तो वह यही तय करती है कि अनिमा दीदी को यहीं ले आया जाए। मुझे कोई एतराज़ नहीं होता, क्योंकि मैं जानता हूँ कि कल जब हम दोनों यानी मैं और 'किन' तुम्हारे 'कमल-मेन्शन' में जाएँगे तो तुम्हारे 'फ़्लैट' पर 'टु-लेट' का बोर्ड टँगा होगा।

एक आदमी गुस्से में

उन्नीस सौ पैंसठ का जून अभी बीता नहीं था। कई साल हो गए, इतनी खूबसूरत गर्मी की दोपहरें कभी महसूस नहीं की गई थीं। देह पर पसीना बनता है और गर्म तवे पर छनछनाता हुआ जल जाता है। देह नहीं जलती, कपड़े गर्म तवे बने रहते हैं। फिर भी शाम को ठीक छह बजे वे लोग टी-केबिन पर चले आए। जहाज़ घाट पर यह रेस्तराँ बनाया गया है, स्टेशन बिल्डिंग की छत पर। पानी के जहाज़ की शक्ल का बना हुआ यह रेस्तराँ हरदम गंगा की नीली सतह पर तैरता रहता है।

कमलेश सबसे पहले आया। फिर महताब अली आ गया। सबसे बाद में आया रामनाथ, जबकि उसी को सबसे पहले आकर कोने वाली सीट दख़ल कर लेनी थी, जहाँ से जहाज़ के मुसाफ़िर सबसे अच्छी तरह दिखते हैं। जहाज़ की सीढ़ियाँ दिखती हैं। ऊपर की मंज़िल से औरतें बड़ी धीमी चाल में, पाँव सँभालकर, भीड़ से बचती हुईं, कोई थरमस या बैग या गोद का बच्चा थामे हुए नीचे उतरने लगती हैं।

नीली वर्दी और लाल साफ़े वाले कुली स्टीमर-जहाज़ के लगते-न-लगते इस तेजी से ऊपर जहाज़ पर कूद जाते हैं, जितनी सफ़ाई से पुराने दिनों के समुद्री डाकू अपने शिकार जहाज़ पर कूद नहीं पाते होंगे। हर कुली को फ़र्स्ट क्लास पैसेंजर चाहिए, तीसरे दर्जे के ज़्यादातर लोग अब खुद ही सामान उठा ले जाते हैं। नीली वर्दियों की भीड़ में, एक क्षण के लिए, स्टीमर से उतरती हुई औरतें खो जाती हैं। यह एक छन कमलेश के लिए, कुलियों और औरतों पर गुस्से का छन होता है।

उसकी शामें ज़्यादातर जहाज़ घाट के इसी टी-केबिन में गुजरती हैं। अपने अख़बार के दफ़्तर से उठकर सीधा यहाँ चला आएगा, अख़बार साप्ताहिक है, उद्योग और पी.डब्ल्यू.डी. विभाग के प्रांतीय मंत्री की पूँजी इसमें लगी है। पेज-प्रूफ़ देखने के बाद पाँच बजे कमलेश रिक्शा लेता है और इस रेस्तराँ में, किनारे

के टेबल पर बैठकर, छह बजे के स्टीमर की प्रतीक्षा करता है। प्रतीक्षा का कोई कारण नहीं। उसका कोई भी परिचित-अपरिचित छह बजे के स्टीमर से आने वाला नहीं है।

दरभंगा जिले के छात्र छुट्टियाँ बिताने और कांग्रेसी नेता-उपनेता विधान सभा परिषद् खुलने पर आएँगे। शनिवार और रविवार पटने में बिताने के लिए सर्दियों में मुज़्ज़फ़्फ़रपुर की तवायफ़ आएँगी। शादियों के मौसम में उत्तर बिहार की दुल्हनें आती हैं और जहाज घाट की सारी सीढ़ियाँ पसीने से तर-ब-तर सिन्दूरी चेहरों और लाल-पीली साड़ियों में डूबने लगती हैं। नकली लाज-शर्म से दोहरी और तिहरी होती हुई दुल्हनों की आँखों में काजल और जैसे बड़ी अश्लील-सी उत्सुकता। कमलेश चाय पीता स्टीमर-जहाज़ की वापसी देखता रहेगा। हर शाम देखता रहेगा।

इसलिए सबसे पहले वही यहाँ चला आया कि यहाँ आना उसे बाक़ी हर काम से ज़्यादा पसन्द है। घर में बैठकर साँवली के हाथों की चाय पीते रहना और चाय के साथ हज़ार लटके सुनते रहना कमलेश को अब कई महीनों से अच्छा नहीं लगता। वह घर में आने वाले हर दोस्त और मुलाक़ाती से कहना चाहता है कि साँवली बीवी नहीं है महज़ नौकरानी है, मगर अपने स्वभाव के कारण कह नहीं पाता है। कई वर्षों की लगातार मेहनत के बाद उसने कम बोलने का, लगभग हर बात पर चुप रहने का अभ्यास किया है।

महताब अली ने अपनी गोल टोपी सीधी की और कुर्सी खींचकर बैठते हुए कहा—एकदम ग़लत बात है! मैं अपने बॉस से लड़ाई करके यहाँ आया हूँ और मिस्टर रामनाथ का पता ही नहीं है! वह तो तीन ही बजे छुट्टी पा जाता है, फिर कहाँ रह गया?

—उसे तो आना ही है—कमलेश मुस्कुराया और महताब अली के लिए चाय मँगवाने लगा। उसने मना कर दिया। इतनी गर्मी में चाय की कोई तुक नहीं है। यहाँ का काम ख़त्म हो जाए, तो 'सेण्ट्रल' में बैठकर बियर पी जाएगी। महताब अली सेंट ज़ेवियर्स में पढ़नेवाले तीन खूबसूरत बच्चों का बाप है और लाइफ़ इन्श्योरेन्स कॉरपोरेशन में ऊँचे दर्जे का अफ़सर हो गया है। कुल पाँच साल पहले मामूली-सा एजेंट बनकर उसने काम शुरू किया था। इसी साल अपनी गाड़ी खरीदेगा। फ़िलहाल राजेन्द्रनगर में प्लॉट ख़रीदकर छोटा-सा एकमंज़िला मकान बनवा रहा है। उम्र ज़्यादा नहीं है, लेकिन बीच सिर में बड़ा-सा चाँद उग आया है। महताब अली गोल टोपी पहनता है और हर शनिवार को अपनी बीवी और अपनी सालियों के साथ सिनेमा देखने जाता है या शॉपिंग करने।

कमलेश आज तक, दस साल की इस लम्बी दोस्ती के बावजूद, महताब अली के घर कभी गया नहीं। अपनी बड़ी साली सलमा के निकाह की पार्टी में उसने कमलेश को बुलाया ज़रूर था। सलमा पूरी यूनिवर्सिटी में अपनी खूबसूरती और अपने अन्दाज़ के लिए मशहूर थी। उसकी पार्टी में कितने लोग तो बिना बुलाए ही चले आए थे, शादियाना कपड़ों में घिरी-बँधी सलमा को एक नज़र देखने के लिए। कमलेश नहीं गया। शाम को यहाँ जहाज़ घाट पर आना वह शुरू कर चुका था।

—उसके हसबेण्ड को तुमने देखा है? कैसा आदमी है?—महताब अली ने मुस्कुराते हुए, फिर अचानक संजीदा होते हुए सवाल किया। कमलेश उस वक़्त उसके हसबेंड की नहीं, अपनी नौकरानी की बात सोचना शुरू कर चुका था। छह महीने भी नहीं बीते हैं, साँवली घर की मालकिन बन चुकी है। मालकिन और मुख़्तार। कल सुबह तो वह गौरी को चाँटा मार देती। गौरी, कमलेश की छोटी बहन, यहाँ इंटर में पढ़ने आई है। कल तक फ्रॉक पहनती थी। चौदह-पन्द्रह की होगी। मगर बीच में समरेश की डाँट खाकर साँवली देवी रसोईघर में चली गई और रोने-धोने लगी।

—उसके हसबेंड को तुमने देखा है?—महताब अली ने दुबारा सवाल किया।

कमलेश ने कहा—मैं उसकी शादी में गया था। मैं जाता नहीं, लेकिन रामनाथ रोने लगा। वह खुद तो जाएगा नहीं, मेरी मार्फ़त अपना उपहार पहुँचाएगा।

सरला की शादी में कमलेश देर से पहुँचा था। शादी की सारी रस्में पूरी हो चुकी थीं। पार्टी में आए हुए मेहमानों से वर-वधू का परिचय कराया जा रहा था, सरला ने उसे शामियाने में एक किनारे चुपचाप खड़े सिगरेट पीते हुए देखा। अपने पति-देव को खींचती हुई सीधी उसके पास चली आई। हँसती, शरमाती हुई-सी, बोली, ये हैं कमलेश! शहर के बड़े जर्नलिस्ट हैं। क्यों कमलेशजी, अपने अख़बार में एक फ़ोटो छापेंगे न? और लीजिए, ये हैं श्री शिब्बनलाल कपूर। इन्कम टैक्स में क्लास वन अफ़सर हैं। अभी से मुझ पर अपना अफ़सरी रौब गाँठने लगे हैं।

कमलेश इस मीठे मज़ाक पर मुस्कुराया। उसने आहिस्ता से रेशमी जॉर्जेट का पैकेट सरला की ओर बढ़ा दिया। अपनी ओर से वह शिब्बनलाल कपूर के लिए नई डिजाइन का एक टाई-क्लिप ले आया था। साड़ी का पैकेट रामनाथ ने भेजा है, सरला बिना बताए समझ गई। मगर उदास नहीं हुई। पूरी बात को एक हल्का झटका देकर टाल गई। बोली, जानते हैं कमलेश बाबू, रेडियो स्टेशन की एक चिड़िया तक मेरी शादी में नहीं आई! सभी बायकॉट कर रहे

हैं! बताइए तो, शादी कर ली, तो कौन-सा भारी कसूर हो गया!—और इतना कहकर उसने मिस्टर कपूर के एक कन्धे पर हाथ रख लिया। वह कपूर से लम्बी नहीं थी, छोटी भी नहीं थी।

—अरे, अभी तक रामनाथ आया नहीं?—महताब अली दरवाज़े की तरफ देखता हुआ बोला। कमलेश चुपचाप, सिर झुकाए चाय पीता रहा। रामनाथ पटना रेडियो स्टेशन में नाटकों का प्रोड्यूसर है। उसके आने में देर हो सकती है। असिस्टेंट स्टेशन डायरेक्टर स्वयं नाटकों में रुचि लेते हैं।

कमलेश मुस्कुराया। महताब अली इतना उतावला क्यों है? वह क्यों चाहता है कि रामनाथ जल्दी आ जाए और बाल बिखराए हुए, ताजा शेव किए चेहरे पर बरसों की उदासी चिपकाए हुए, अपनी और सरला माथुर की दास्तान दुहराता रहे? पिछले सात महीनों से रामनाथ ने इस दास्तान के सिवा दूसरी कोई बात नहीं की है। उसके सारे दोस्त एक-एक डिटेल जान गए हैं। छोटी-से-छोटी घटना को बार-बार उसने दुहराया है। सरला चाय में चीनी नहीं डालती थी। अकेली अपने पूरे परिवार का ख़र्च चलाती थी। सारा दिन मोहल्ले के बूढ़ों के साथ रमी खेलता रहनेवाला उसका बाप। स्कूल-कॉलेजों में पढ़ते हुए उसके पाँच भाई-बहन। हम लोग एक साथ इंटरव्यू देने दिल्ली गए थे। इंडिया गेट और मुग़ल गार्डन में हम लोगों ने तस्वीरें उतरवाईं। सरला की नौकरी कनफर्म्ड हो जाए, फिर झट से ब्याह कर लेंगे, यहाँ तक तय हो गया, मेरी बहनें उसे 'भाभी'-'भाभी' कहने लगी थीं। हम दोनों रात-रात-भर कृष्णा घाट की सीढ़ियों पर बैठे गंगा की लहरें गिनते रहे हैं। सरला पीली चम्पा की तरह खिलखिलाकर, झूमकर हँसने लगी थी। कहती थी—मैं तो ग्यारह बच्चे पैदा करूँगी, राम! छह अदद लड़के, पाँच अदद लड़कियाँ। छहों लड़के आई.ए.एस. होंगे। मैं पाँच दामादों और छह पुत्रवधूओं से घिरी रहकर जैसे एक म्यूजियम बन जाऊँगी!

उफ़, सरला क्या-क्या नहीं कहती थी! रामनाथ और दास्तान कहते-कहते चुप हो जाता था। आँखें ऊपर छत में फ़िक्स हो जाती थीं। चेहरे पर नींद की स्याह रेखाएँ। दोनों बाँहें टेबल पर फैलाकर वह सामने झुक जाएगा और मुग़ल पीरियड के प्रेमियों की शान से कहेगा, बट द होल मिस्टेक इज़ माइन! यानी सारा कसूर मेरा है, किसी और का नहीं! मेरी ही बेवकूफी से कहाँ की बात कहाँ चली गई! आई हैव लॉस्ट द गेम...मैंने बाज़ी हार दी है, दोस्तो आई ऐम लॉस्ट।

कमलेश मुस्कुराएगा। इस आधुनिक प्रेम-कहानी के नायक की बातों पर मुस्कुराएगा। कहेगा कुछ नहीं, सिर्फ़ मुस्कुराएगा। बाक़ी लोग खोद-खोदकर

एक-एक बात पूछने लगेंगे, जैसे कॉरीडोर के नीचे अँधेरे में सरला माथुर अंग्रेज़ी प्रोग्रामों की एनाउन्सर और मिस्टर रामनाथ रस्तोगी, हिन्दी नाटकों के प्रोड्यूसर को एक-दूसरे की देह से पत्थर की मूरत की तरह चिपके हुए देखकर ए.एस.डी. ने क्या रिमार्क दिया था? इस सवाल पर रामनाथ सीरियस हो जाता है। सफ़ेद संगमरमर की वह कटी-छँटी हुई नायाब औरत, सरला माथुर! ए.एस.डी. ने कहा था—भई, यहाँ खजुराहो की मूर्ति कहाँ से आ गई? हू ब्रॉट दिस स्टैच्यू?—अपने बॉस का व्यंग्य सुनकर रामनाथ और भी पत्थर हो गया था। मगर सरला सँभलकर अलग हो गई। वह साड़ी की तहें दुरुस्त करती हुई असिस्टेंट स्टेशन डायरेक्टर के क़रीब चली गई थी। उसने मुस्कुराते हुए कहा था—खजुराहो की मूर्तियाँ हमारे देश की कला के सर्वश्रेष्ठ नमूने हैं, सर!

सरला निर्भीक, हाज़िरजवाब और उदार लड़की थी। रेडियो स्टेशन का एक-एक स्टाफ़ उसे प्यार करता था और मन-ही-मन कहीं पर उसका आदर भी करता था। कोई भी काम कहिए, उसके वश का होगा, वह ज़रूर कर देगी। आपके लिए स्वेटर बुनेगी। मिस्टर शर्मा की बीवी को अस्पताल में भरती करवाने ले जाएगी। मिसेज़ रामबहादुर के यहाँ चाय-पान, लोक संगीत और कविता-पाठ का जलसा करेगी। सारा स्टाफ़ उससे खुश है। उसकी खुली हुई हँसी, उसकी बेहद मीठी बातचीत...रामनाथ रस्तोगी ने मिस माथुर के साथ पहली बार 'ब्रॉडवे' होटल में रात का भोजन लिया था। दूसरे दिन इस सूचना से पूरे आकाशवाणी भवन में तहलका मच गया। रामनाथ शान से गर्दन ऊँची करके अपनी कुर्सी पर बैठा रहा था। जाहिर है, सभी लोग उसकी क़िस्मत से ईर्ष्या कर रहे थे। सरला ने लोगों की ईर्ष्या पर कभी ध्यान नहीं दिया। वह हर शाम ड्यूटी ख़त्म होने के बाद, एक रिक्शे में रामनाथ के संग बैठकर अपने घर जाने लगी।

इन्हीं दिनों कमलेश ने एक गीत लिखा था। वह गीत रामनाथ को पसन्द आया कि उसने अपने नाम से अपने एक नाटक में यह डाल दिया। सरला माथुर ने इस नाटक में नायिका का रोल किया था। यह गीत भी गाया था :

सन्नाटे की नदी भँवर में डूब गई,
जैसे पूरी सदी भँवर में डूब गई!

स्टीमर के आने में अभी आधे घंटे की देर थी। आसपास के टेबलों पर लोग चाय-कॉफ़ी पीते हुए मौसम और महँगाई की बातें कर रहे थे। एक टेबल पर बैठे हुए दो विद्यार्थी पन्द्रह मिनट से बहस कर रहे थे कि प्रीतिबाला मधुबाला की बहन है या नहीं, और मधुबाला की किन-किन अधूरी फ़िल्मों में प्रीतिबाला

ने मधुबाला की 'डमी' का काम किया। जब इस चीख़-पुकार से महताब अली को पूरा गुस्सा आ गया (वैसे भी कमलेश की चुप्पी से और रामनाथ के न आने से उसे गुस्सा आ ही रहा था), वह सीधा उठकर विद्यार्थियों के टेबल पर गया। बड़े रौब से बोला—आप लोग मुझे जानते हैं? नहीं जानते?—इतना बोलकर वह ख़ाली कुर्सी पर बैठ गया।

दोनों विद्यार्थी, जो आपस में समझौता करके मधुबाला और प्रीतिबाला की शारीरिक प्रतिभाओं का सचित्र वर्णन करना शुरू कर चुके थे, इस रौबीले सवाल पर सहम गए, सिर हिलाते हुए एक साथ बोले—नहीं।

—मेरा नाम है अब्दुल रहमान। प्रीतिबाला, जिसका असली नाम है जेब रहमान, मेरी धर्मपत्नी हैं। मधुबाला से उसका कोई रिश्ता नहीं। बात आई समझ में?—महताब अली ने शान्त सुरीली आवाज़ में कहा और कुर्सी से उठकर खड़ा हो गया। फिर सीधा अपनी टेबल पर चला आया। कमलेश उसकी सारी शैतानी समझ रहा था, लेकिन वह मुस्कुराया तक नहीं। सिर घुमाए गंगा के नीले पानी को देखता रहा। जून का महीना दो-एक दिन में ख़त्म हो जाएगा, लेकिन बरसात शुरू नहीं हुई। अभी तक एक बूँद भी पानी नहीं बरसा है। गाँव से माँ ने लिखा है कि अगर चार दिन और पानी नहीं बरसा तो गाँव के लोग पागल हो जाएँगे।

कमलेश की माँ अपने ही गाँव के स्कूल में पढ़ाती है। कांग्रेस की मेम्बर भी है। पटना आकर रहना नहीं चाहती। कमलेश की पत्नी अस्पताल में थी तो माँ हफ्ते-भर के लिए आई, फिर चली गई, क्योंकि गाँव के मुखिया का चुनाव था, कमलेश की पत्नी बीमार हुई, तो मर ही गई, अस्पताल से लौटी नहीं। वह अपने मिनिस्टर-मालिक का अख़बार निकालता रहा। अपने दोस्तों में घूमता रहा। सत्या के मरने का उसे दुःख हुआ था, मगर जिस बात से बचने का कोई उपाय न हो, कमलेश उसे चुपचाप सह लेता है। सन्नाटे की नदी का अपना वह गीत उसने उन्हीं दिनों लिखा था, लिखकर भूल भी गया था, सिर्फ़ चार पंक्तियाँ उसे याद रह गई थीं—

मकड़ी के जाले सफ़ेद दीवारों पर
दरवाज़ों पर टूटे पंख तितलियों के
कोई चिपकाकर चला गया चुपके से
शीशों पर कजराए दाग़ उँगलियों के

और, ये पंक्तियाँ उसे ज़्यादा से ज़्यादा वक़्त अपने घर में बिताने को मजबूर करती थीं। गौरी अभी हाल में आई है। समरेश, उसका छोटा भाई, काफ़ी अर्से से उसके पास रहता है। एम. ए. फाइनल में है। क्लास में अव्वल आता है।

पत्नी के देहान्त के बाद दोनों भाई होटल में खाने लगे। घर भी होटल बन गया, फिर कमलेश का दोस्त, ट्रांसफ़र होकर त्रावणकोर जाने लगा तो दोस्त की नौकरानी को वह अपने यहाँ ले आया। खाना पकाएगी, कपड़े धोएगी, एक कोने में कहीं पड़ी रहेगी। महताब अली ने, लेकिन उसी दिन मना किया था। कहा था—क्वाँरे आदमी के घर में जाकर नौकरानी झट से मालकिन बन जाती है! तुम यह जवान नौकरानी रखने के बदले अपने गाँव जाकर शादी कर आओ। नौकरानी के हाथ का पका हुआ कितने दिन खाओगे? तुम तो अभी बाप भी नहीं बने हो।

काले चेहरे और सफ़ेद आँखोंवाली यह औरत बड़ी तेज़ और बड़ी पानीदार थी। घर का सारा काम अकेली करती थी। एक-एक पैसे का सही हिसाब जबानी रखती थी, राशन और सब्जी लाने जाएगी तो दो आने का मगही पान खा लेगी, मगर एक आना भी चोरी नहीं करेगी, दूधवाले से कमीशन नहीं माँगेगी। पड़ोस की औरतों को छह पैसे सूद पर दस-पाँच रुपये भी उधार नहीं लगाएगी। लेकिन जब गौरी शाम को अपनी किसी सहेली के घर जाती है और देर से वापस आती है तो साँवली काले साँप की तरह फन काढ़ लेगी ओर कहेगी, तुम देर से वापस आओगी दीदी तो तुम्हारे बड़े भैया से कहकर पिटवाऊँगी तुम्हें! इतनी बड़ी लड़कियाँ रात में घर से बाहर नहीं रहती हैं! गौरी नाराज़ होती है, तो होती रहे। साँवली शुद्ध हिन्दी में पन्द्रह मिनट तक भाषण देती रहेगी।

एक बार मांटेसरी स्कूल की एक ड्राइंग टीचर, दया बेन, कमलेश के साथ उसके घर आई। शान्त स्वभाव की सीधी-सादी औरत है। गुजरात से नौकरी करने के लिए इतनी दूर यहाँ पटने चली आई है। कमलेश बच्चों के किसी-किसी जलसे में दया बेन के स्कूल गया है। अपने अखबार में जलसे की तस्वीरें भी छाप चुका है। मगर साँवली इस सीधी-सादी दया बेन के लिए चाय तक बनाने में घर में चीनी न होने का बहाना करने लगी। उसका आना साँवली को बहुत बुरा लगा था। दया बेन के जाने के बाद कमलेश का गुस्सा साँवली पर फटने लगा। वह दहाड़ें मारकर रोने लगीं। देर तक रोती रही—मैं उस गुजरातन को अपने घर में नहीं आने दूँगी! मुझे मालूम है, वह तुमसे शादी बनाना चाहती है! मुझे मालूम है...मैं उस बूढ़ी लड़की से तुम्हारी शादी नहीं होने दूँगी...!

ख़ैरियत यही थी कि समरेश उस वक़्त घर में नहीं था। वह होता, तो काले पत्थर की इस काली चट्टान को घसीटकर घर से बाहर निकाल देता। सामने फुटपाथ पर फेंक देता। कई मौक़ों पर समरेश ने ऐसा किया भी है। लेकिन

हर बार पालतू बिल्ली की तरह, साँवली शाम को खाना पकाने के समय वापस चली आती रही है।

प्रीतिबाला और मधुबाला की तारीफ़ करनेवाले दोनों लड़के रेस्तराँ के पैसे देकर जा चुके थे। स्टीमर का इन्तज़ार करनेवालों की भीड़ रेस्तराँ में बढ़ती जा रही थी। महताब अली 'गालिब' का कोई शेर गुनगुना रहा था। आनेवालों की भीड़ में रामनाथ रस्तोगी का परिचित चेहरा तलाश रहा था। अपनी गोल टोपी और गालों के निचले हिस्से पर जमी हुई स्याह चुग्गी दाढ़ी में वह लखनऊ का रईसज़ादा ज़्यादा और लाइफ़ इंशयोरेंस कॉरपोरेशन का अफ़सर कम-से-कम दिखता है।

कमलेश ने कहा, अब रामनाथ को आ ही जाना चाहिए। स्टीमर आने का वक़्त हो रहा है...

कमलेश की बात पूरी भी नहीं हुई थी कि महताब अली चीख़ पड़ा—अब आ रहे हैं मिस्टर लवर दि ग्रेट!

रामनाथ भागा-भागा उसके टेबल की तरफ आ रहा था। हाँफता हुआ, रूमाल से चेहरा पोंछता हुआ वह कमलेश के सामने की ख़ाली कुर्सी पर बैठ गया। कहने लगा, आई ऐम वेरी सॉरी! मेरे दोस्तो, मुझे सख़्त अफ़सोस है, मुझे ही देर हो गई! बात ऐसी थी कमलेश, स्टेशन-डायरेक्टर ने मुझे अपने कमरे में बन्द कर दिया था। किस तरह जान छुड़ाकर भागा हूँ, सो मैं ही जानता हूँ!

महताब अली ने सोचा, रामनाथ बहाने बना रहा है, इसलिए पूछ बैठा, क्यों बन्द कर दिया था? तुम्हारा एस. डी. तो बेहद भला आदमी है। चारों वक़्त नमाज़ पढ़ता है। शाकाहारी खाना खाता है। उसे हिंसा-मार्ग पर उतरने की क्या ज़रूरत आ पड़ी?

—सुनो बैरा, तीन आदमियों के लिए एकदम 'कोका कोला' ले आओ। देर मत करो! और देखो, गोल्ड फ़्लेक का पैकेट भी दे जाना—रामनाथ ने ऑर्डर किया। जेब में रूमाल रखकर महताब अली की ओर मुख़ातिब हुआ—अरे भाई, पूरे रेडियो स्टेशन में ख़बर फैल गई है कि सरला माथुर जो अब सरला कपूर हो गई है, शादी के बाद पहली बार अपनी ससुराल से लौट रही है और मैं उसे स्टीमर घाट पर मिलने जा रहा हूँ। मिसेज़ रामबहादुर ने ए.एम.डी. से कहा, ए.एस.डी. ने एस.डी. से जड़ दिया। हो सकता है, रामनाथ सरला की देह पर एसिड की बोतल फेंक दे। म्यूज़िक डिपार्टमेंट के गंगाधर सिंह ने यहाँ तक अफ़वाह फैला दी कि मैं अपने चाचाजी का रिवॉल्वर कमर में लटकाकर स्टीमर घाट जा

रहा हूँ। इसलिए एस.डी. ने मुझे अपने कमरे में रोक लिया। किसी तरह जान बचाकर...

—क्या बच्चों की तरह बातें करते हो रामनाथ!—कमलेश ने नाक-भौं सिकोड़ते हुए कहा। रामनाथ चुप हो गया।

कमलेश नाक-भौं सिकोड़ता है तो उसके दोस्त चुप हो जाते हैं। अगर किसी ने उलटा-सीधा जवाब दे दिया, कमलेश उठ खड़ा होगा और बिना कोई सवाल-जवाब किए वहाँ से चला जाएगा। अपने दोस्तों के साथ, अपने साथ काम करनेवालों के साथ भी, कमलेश ने हमेशा यही किया है। चीफ़ एडिटर ने ज़रा-सी कड़ी बात कह दी थी तो वह दस साल पुरानी अपनी पक्की नौकरी छोड़कर इस नए अख़बार में चला आया था। समझौता करना उसे आया नहीं। ज़रा झुकना, ज़रा बरदाश्त करना सीख जाता तो कमलेश यहाँ नहीं होता, किसी ऊँचे दफ़्तर की किसी बहुत ऊँची कुर्सी पर होता।

—तुम तीन साल के नन्हे-से बच्चे नहीं हो रामनाथ कि तुम्हें कमरे में बन्द कर देंगे! मैं घण्टे-भर से बैठा हुआ पानी की लहरें गिन रहा हूँ! महताब अली इतने ऊब जाते हैं कि कॉलेज के लड़कों से प्रैक्टिकल मज़ाक करने लगते हैं। लेकिन मिस्टर रामनाथ रस्तोगी, एम.ए. का कहीं पता नहीं है!—कमलेश ने धीमी, तीर की तरह तनी हुई आवाज़ में यह लम्बा डायलॉग कहा और चारमीनार सिगरेट जलाने लगा।

महताब अली मुस्कुराने लगा—अच्छी धुलाई हो रही है।

रामनाथ ने कड़ा-सा जवाब देना तो चाहा, मगर उसकी जुबान नहीं खुली। वह बता नहीं सका कि कमलेश, तुम्हें भी तो कभी-कभी तुम्हारी जंगली आया कमरे में बन्द कर देती है...

दरअसल, कमलेश का सारा गुस्सा साँवली पर ही था, रामनाथ पर नहीं। इतनी देर से वह अपनी छोटी बहन गौरी और अपनी नौकरानी साँवली के बारे में ही सोच रहा था, सरला माथुर के बारे में नहीं, जो अब सरला कपूर हो गई है। रात में वह काफ़ी देर तक, अपने कमरे में बिस्तरे पर लेटा हुआ, सारे ज़माने के हिन्दी-अंग्रेज़ी अख़बार पढ़ता रहता है। रोज़ दस-बीस दैनिक, साप्ताहिक, मासिक पत्र-पत्रिकाएँ अपने दफ़्तर से ले आता है। गौरी बगल के छोटे कमरे में रोशनी जलाए हुए कोई किताब पढ़ रही है। देर तक पढ़ती रहेगी। समरेश आँगन में खाट बिछाकर, बरामदे की रोशनी बुझाकर सो गया है। घर में आग भी लग जाए, तो उसकी नींद नहीं खुलेगी।

लेकिन जब तक कमलेश सो नहीं जाए, साँवली उसके कमरे के अन्दर, फ़र्श पर, एक कोने में बैठी रहेगी, कमलेश से अजीबोग़रीब सवाल करती रहेगी। जो जी में आएगा, बकती जाएगी—कल शाम को एक संन्यासीजी चौराहे पर लेक्चर दे रहे थे कि रूस देश में मालिक और नौकर में कोई फ़र्क़ नहीं होता! ग़रीब-अमीर, सब एक जैसे होते हैं वहाँ! जानते हो, कमलेश बाबूजी, पड़ोस की बंगालिन मेम साहब ने सात सौ रुपयों में एक रेडियो ख़रीदा है। तुम भी एक रेडियो ख़रीद लो। गौरी दीदी को गाना सुनने का कितना शौक है! मैं चाहती हूँ? दीदी से थोड़ा हिसाब, थोड़ी हिन्दी सीख लूँ। तुम एक बहीखाता ला देना, मैं घर के खर्चों का हिसाब लिखूँगी। ऐसे पता नहीं चलता है, कितने पैसे ख़र्च हुए, कितने नहीं हुए—जब कमलेश चुपचाप अख़बार पढ़ता हुआ सो जाएगा। साँवली कमरे की बत्ती बुझा देगी। बाहर चली आएगी।

साँवली सर्दी, बरसात, हर मौसम में बरामदे में सोती है। कमलेश ने कई बार कहा है, वह गौरी के कमरे में सोया करे, मगर वह बरामदे में ही सोएगी।

—दीदी कमरा अन्दर से बन्द करके सोती है। रात में तुम्हें पानी या चाय की ज़रूरत पड़ गई, तो कौन देगा?—साँवली बेहद मासूम बनकर यह सवाल करेगी। बरामदे में अपने लिए ठंडी शीतलपाटी बिछाने लगेगी। रात में अगर लिखने का काम आ पड़े, तो कमलेश को एक बार, बीच में चाय की ज़रूरत पड़ती है। बरामदे में सोई हुई इस काली औरत को वह जगाना नहीं चाहता। मगर आप-ही-आप साँवली की नींद खुल जाती है। बिल्ली की तरह दबे पाँव कमरे में चली आएगी। कमलेश सोया होगा तो बत्ती बुझाकर, दबे पाँव बाहर चली आती है। लेकिन जगा हुआ, लिख रहा होगा तो कहती है—क्यों बाबूजी, एक प्याला चाय बना दूँ?

यह औरत रात के तीन बजे तक मेरे लिए जगी रहती है...दोहरे बदन की यह जवान, जानवर जैसी औरत, यह सोचकर कमलेश को गुस्सा आ जाता है। सत्या, उसकी पत्नी कभी ऐसा नहीं करती थी। जासूसी किताबें पढ़ना, पढ़ते-पढ़ते सो जाना, यही उसकी आदत थी। वह दूसरे कमरे में सोती थी, जहाँ अब गौरी सोती है। वह औसत बिहारी औरतों की तरह आरामतलब औरत थी। घर का सारा काम गाँव से लाए गए नौकर से लेती थी। हर दूसरे-तीसरे महीने नौकर कोई चीज़ चुराकर भाग जाता था।

इसीलिए कमलेश को गुस्सा आ गया। साँवली सामने नहीं थी, सिर्फ़ इसीलिए वह रामनाथ पर अपना गुस्सा उतारने लगा। महताब अली ने कहा—कमलेश भाई ठीक कहते हैं, रामनाथजी, आप तीन साल के बच्चे नहीं हैं!

आपकी शादी वक़्त पर हुई होती तो मेरी ही तरह अभी आपके भी आधा दर्जन बच्चे होते!

रामनाथ मुँह फुलाकर बैठ गया। नदी की छाती पर जहाज़ का मटमैला धुआँ दिखाई दे रहा था। पास के टेबल पर बैठी हुई छोटी-सी लड़की चीख़ने लगी—जहाज़ आ रहा है...ममी, देखो, जहाज़ आ रहा है!

कोकाकोला पीने के बाद तीनों दोस्त बाहर बालकनी में चले आए। रेलिंग के सहारे खड़े हो गए। स्टीमर अब दिखने लगा है—काग़ज़ की सफ़ेद नाव की तरह। कभी धुएँ में, कभी नीले पानी की लहरों में छिप जाता है। कमलेश का मन भी काग़ज़ की सफ़ेद नाव है। लहरों में यह नाव डूब नहीं जाती, हर बार ऊपर चली आती है।

ऊपर नहीं आता है रामनाथ। उसकी निगाहें छोटे-से स्टीमर पर चिपक गई हैं। अचानक जैसे वह अपने दोनों समझदार दोस्तों से एकदम अलग और ऊपर हो गया है। उसने अपना सारा अमन-चैन देकर सिर्फ़ एक काम किया है—प्रेम!

—ड्यूक ऑफ विंडसर के बाद प्रेम का इतना बड़ा उदाहरण दूसरा नहीं मिलेगा इस बीसवीं सदी में!—रेडियो स्टेशन के ड्यटीरूम में बैठकर कॉफ़ी पीती हुई मिस सोलंकी ड्यूटी-अफ़सर से कहेगी। हैमलेट के प्रेत की तरह सिर झुकाए, कन्धे नीचे गिराए हुए, रामनाथ बरामदे में अकेला चहलकदमी करता रहेगा। मिस सोलंकी की बात सुनकर भी अनसुनी कर देगा।

ड्यूटी-अफ़सर ने मिस सोलंकी की बाँह पर हाथ मारते हुए कह दिया था—ऐसा क्यों! बम्बई के आहूजा काण्ड में भी ऐसी ही एक प्रेम-कहानी थी, जिस पर 'ये रास्ते हैं प्यार के' फ़िल्म बन गई। हमारा यह हीरो चाहे तो शिब्बनलाल कपूर को गोली मार सकता है...!

रामनाथ ने यह बात भी सुन ली थी। उसके दिमाग़ में पिछले दिनों पढ़ी गई सारी जासूसी कहानियाँ तैरने लगीं—अंग्रेज़ डाकू आर्सेन लोपिन कैसे कॉफ़ी के गर्म प्याले में साँप का ज़हर मिलाकर करोड़पति विधवा श्रीमती हिल्डा कंफ़ोर्ट की हत्या करता है, कौन-सा इंजेक्शन लगाकर मोंटे क्रिटो के ज़मींदार ने अपने दुश्मन लॉर्ड फ़ेयरफ़ील्ड को पागल बना दिया था, मिस माई लेडी कौन-सा जादू इस्तेमाल करती थी, किस दवा के असर से डॉ. ज़ैकाइल बन गए थे मिस्टर हाइड...लेकिन रामनाथ के पास इनमें से कोई भी काम कर लेने की ताक़त नहीं थी। वह आत्महत्या कर सकता था, लेकिन उससे यह भी नहीं हुआ। एडेड्रिन

की ग्यारह गोलियाँ खाकर वह एक रात सोया तो ज़रूर, किन्तु दूसरी सुबह नौ बजे उसकी नींद आप-ही-आप खुल गई। बात यह थी, नींद की गोलियाँ वह सरला की शादी के पहले से ही खाता था—कभी दो गोलियाँ, कभी तीन। सरला किसी बात पर नाराज़ हो जाए, तो कभी-कभी एक साथ चार गोलियाँ भी खा लेता था।

आत्महत्या करने का दूसरा कोई भी वैज्ञानिक अथवा धार्मिक तरीक़ा उसे पसन्द नहीं था। जापानी हाराकीरी में लोग बाँस की तलवारें पेट में भोंक कर आत्महत्या करते हैं। अमरीकी नागरिक ज़्यादातर न्यू एम्पायर बिल्डिंग या संयुक्त राष्ट्र भवन की छत से कूदकर मरना बेहतर मानते हैं। ट्रैफ़िक से कुचलकर या किसी ऊँचे पुल से नदी में कूदकर या चलती ट्रेन के सामने सोकर आत्महत्या करना रामनाथ बहुत गन्दी और तकलीफ़देह बात समझता है। पिछले साल की बात है, रामनाथ के एक दोस्त की पत्नी बिजली के ठंडे और गर्म, दोनों नंगे तार बाँहों और कमर में लपेटकर मर गई थी। यह ख़बर सुनकर रामनाथ इतना आतंकित हो गया कि वह मातमपुरी करने भी अपने उस बदक़िस्मत दोस्त के घर नहीं गया। किसी मानव-शरीर की क्षत-विक्षत, विकृत दशा वह देख नहीं पाता था। बचपन में रामनाथ ट्रक से कुचलकर मरे हुए एक कुत्ते को देखकर, मरते हुए कुत्ते की तरह कें-कें-कें, कें-कें-कें चीख़ता रहा था।

सरला ने उससे कहा, वह जल्द-से-जल्द सरला माथुर को सरला रस्तोगी बना ले, नहीं तो वह पागल हो जाएगी या भरी गंगाजी में कूदकर मर जाएगी, उस वक़्त भी रामनाथ इसी तरह डर गया था, उसे ख़्वाहिश होने लगी थी कि एक बार फिर मरते हुए कुत्ते की तरह चीख़ने लगे।

दोमंज़िले स्टीमर की छत पर खड़े ऊँच दर्जे के लोग अब रूमाल हिलाने लगे थे। जहाज़ घाट पर मुसाफ़िरों और कुलियों का शोरगुल। अपरिचित नामों की पुकार। लाउडस्पीकर पर एनाउन्सर की भारी आवाज़ कहती है—यह स्टीमर पहलेजा घाट से आ रही है। अब दो मिनट में स्टीमर जेट्टी पर खड़ा हो जाएगा। अभी शाम के ठीक छह बजनेवाले हैं। पहलेजा, सोनपुर, छपरा, मुज़फ़्फ़रपुर जानेवाले मुसाफ़िर अपने-अपने टिकट ख़रीद लें। यही स्टीमर सात बजकर पचपन मिनट पर पहलेजा घाट के लिए खुलेगा।

रामनाथ कुछ भी सुन नहीं रहा है। कुछ भी समझ नहीं पा रहा है। उसकी आँखें खुली हैं। वह देख रहा है। वह सिर्फ़ देख सकता है। और कुछ नहीं कर सकता। सुनेगा नहीं। गन्ध महसूस नहीं करेगा। छू भी नहीं पाएगा। सिर्फ़ देखता रहेगा, जैसे लोग सपनों में पहाड़, जंगल, काली गुफाएँ और साँप देखते हैं।

महताब अली ने खुशी से पनपते हुए, उँगलियों से दिखाते हुए कहा--वह देखो, वहाँ रेलिंग के पास, सफ़ेद साड़ी पहने हुए...वह देखो, सरला खड़ी है!

मगर रामनाथ ने सुना नहीं। वह सरला को देख चुका था। वह स्टीमर के साथ धीर-धीरे करीब आ रही थी। धीरे-धीरे ज़्यादा बड़ी, ज़्यादा खूबसूरत और ज़्यादा सीधी तनी हुई दिख रही थी। कमलेश ने कहा--लेकिन वह अकेली क्यों खड़ी है? कपूर साहब कहाँ हैं?

अब तक सरला भी रेस्तराँ की बालकनी पर खड़े इन लोगों को देख चुकी थी। शायद रूमाल उसके पास नहीं था। वह अपने हाथ की रंगीन छतरी हिलाने लगी। खुशी से उसका चेहरा दमकने लगा। कमलेश ने उसे हाथों से इशारा किया कि उन लोगों ने भी उसे देख-पहचान लिया है। वह हँसने लगी। हँसती-मचलती हुई स्टीमर की उजली-उजली सीढ़ियाँ उतरने लगी। माथे पर एक बिस्तरा और एक बड़ी अटैची लिए हुए उसका कुली आगे-आगे उतर रहा था।

--लेकिन कपूर साहब कहाँ हैं?--कमलेश ने दुबारा पूछा।

सरला पहली बार अपनी ससुराल से वापस आ रही है। उसके साथ उसके पति महोदय को ज़रूर होना चाहिए। रामनाथ ने घबराते हुए पूछा--क्यों कमलेश, नीचे नहीं चलोगे? वह गेट पर आ चुकी होगी। अब यहाँ क्यों खड़े हो?

--क्यों चीख़ते हो! चलो अन्दर रेस्तराँ में बैठते हैं। सरला यहीं आ जाएगी--कमलेश ने संक्षिप्त-सा उत्तर दिया और एक सिगरेट जलाने लगा। तेज हवा में माचिस की तीली बार-बार बुझ जाती है। अब थोड़ी देर में अँधेरा छा जाएगा। बिजली की बत्तियों से यह पूरा स्टीमर जगमगाने लगेगा। रोशनी के प्रतिबिम्ब से जल की सतह पर धुँधली तस्वीरें बनेंगी। सरला की आँखें चमकती हैं। वह किस बात पर इतनी खुश है? रामनाथ जहाज़ घाट तक आया है, इसीलिए? रामनाथ के लिए उसे दुःख में होना चाहिए--सहानुभूति के दुःख में। ख़ासकर इस हालत में, जबकि रेडियो स्टेशन के इस सिन्दबाद जहाज़ी को लेटडाउन खुद सरला ने किया है।

सिन्दबाद जहाज़ी के नाटक से ही रामनाथ रस्तोगी की बाज़ी पलट गई थी--उसकी ज़रा-सी चूक के कारण। उसने आकाशवाणी के लिए यह नाटक प्रस्तुत किया था। उसे निमंत्रित अतिथियों के सामने रंगमंच पर भी पेश किया गया। उचित ही था, सरला ही इस सिन्दबाद जहाज़ी नाटक की प्रधान अभिनेत्री थी। रामनाथ ने उसे बसरा की शहज़ादी का रोल दिया था। लेकिन दो रिहर्सल बाद

ही सरला को जुकाम हो गया। आवाज़ भारी हो गई। माइक पर टुकड़े-टुकड़े फटने लगी।

ए.एस.डी. ने रामनाथ को अकेले में बुलाकर कहा—यह रोल मिसेज़ धन्वन्तरि को दे दो। सरला कर नहीं पाएगी। तुम यों ही बदनाम हो जाओगे। दिल्ली से डिपार्टमेण्ट के लोग आ रहे हैं। तुम्हारे बारे में ओपिनियन ख़राब हो जाएगी। मिसेज़ धन्वन्तरि को मैंने बता दिया है। वह तुम्हारे पास जाएगी।

रामनाथ को लगा ए.एस.डी. सही राय दे रहे हैं। उसने मिसेज़ धन्वन्तरि को यह रोल दे दिया। मिसेज़ धन्वन्तरि ने आग्रहपूर्वक उसे अपने यहाँ नाश्ते पर बुलाया। कभी-कभी ऊँट इसी तरह बेवक़्त करवट बदलने लगता है। वक़्त के ऊँट को वक़्त-बेवक़्त का ज्ञान नहीं होता। कोई विवेक भी नहीं होता। आदमी विवेकी जीव है। लेकिन इस खुदाई ऊँट की पीठ पर बैठा हुआ, नए-नए रेगिस्तान-नखलिस्तान पार करता हुआ, वह ऊँट की करवट से गिरकर कभी-कभी हास्यास्पद स्थिति में शामिल हो जाता है। रेगिस्तानी आँधी से बचने के लिए वह अपने ऊँट के साथ बालू की पहाड़ी में नाक घुसेड़कर प्राणायाम करने लगेगा। आँधी में जब पूरी पहाड़ी उड़ने लगेगी, वह भी यहाँ-वहाँ उड़ता जाएगा, मौत के डर से बेहोश हो जाएगा। सिन्दबाद के साथ भी यही हुआ था। रेगिस्तानी टापू की आदिम चीलें उसे अपनी चोंच में दबाकर यहाँ-वहाँ उड़ने लगी थीं।

ऊँट ने करवट बदली। रामनाथ अपने नाटक के साथ कभी मिसेज़ धन्वन्तरि, कभी मिस सरला माथुर के आस-पास उड़ने लगा। सरला बेहद नाराज़ हो गई—तुमने समूचे वर्ल्ड के सामने मेरा इन्सल्ट किया है! सब जानते हैं कि तुम मेरे दोस्त हो और तुमने ही मेरी जगह उस शादीशुदा औरत को नाटक का कॉन्ट्रेक्ट दे दिया! मैं अब ए.एस.डी. और पैक्स के सामने क्या मुँह दिखाऊँगी...? क्या कहा, मुझे जुकाम हो गया था? जुकाम से क्या होता है? विटामिन-सी की चार टिकियाँ खा लेने से जुकाम भाग जाता। लेकिन तुम्हें तो धन्वन्तरि को बसरे की शहज़ादी बनाकर पेश करना था! हाय-हाय, तुम नहीं जानते कि अरबी चुनरी पहनकर, माथे पर रूमाल बाँधकर, आगे से बुर्का उलटकर, स्टेज पर जब मैं आती हूँ तो दर्शकों में कितनी तालियाँ पिटती हैं! मैं 'नालन्दा-कला-मन्दिर' के नाटक 'प्रेम की जीत' में अरब की शहज़ादी बनी थी। मुझे चौबीस सोने के मेडल, चाँदी की ग्यारह ट्राफ़ियाँ मिली थीं। लेकिन तुमने मेरा पब्लिक इन्सल्ट किया है, मिस्टर रस्तोगी!—सरला ने पाँव पटककर आख़िरी हद तक गुस्सा ज़ाहिर करते हुए कहा था और उसके कमरे से निकल गई थी।

फिर दो-तीन बार वह शाम को ड्यूटी ख़त्म होने के बाद मिसेज़ धन्वन्तरि के साथ सिन्हा लाइब्रेरी रोड के सायेदार पेड़ों की कतारों में घूमता-फिरता भी पाया गया। सरला नाटक देखने नहीं आई। उसने पहले से ही कैजुअल लीव ले रखी थी। रामनाथ जब स्वयं उसके घर गया, वह फ़िल्म-अभिनेत्रियों की तरह मेकअप किए चन्देरी की क़ीमती छपी हुई साड़ी पहने, अपने परिवार के सदस्यों के साथ बैठी हुई, एक अपरिचित आदमी को बड़े-बड़े समोसे खिला रही थी। सरला के वृद्ध पिताजी ने उस आदमी से कहा—ये समोसे सरला ने अपने हाथों तैयार किए हैं। हमारी सरला बेटी जितना अच्छा गाती है, उतना ही अच्छा खाना भी पकाती है!

एक समोसे और एक प्याला चाय रामनाथ को भी मिली। लेकिन शिब्बनलाल कपूर से किसी ने उसका परिचय नहीं करवाया। परिचय कराने का वक़्त नहीं था। कपूर साहब द्वारा बार-बार आग्रह किए जाने पर सरला हारमोनियम लेकर बैठ गई थी। तबला बजाने वाला कोई था नहीं। रामनाथ थोड़ा-कुछ ठेका बजा सकता था, लेकिन वह गुस्से में था। ज़ाहिर है, सरला माथुर ने वह गीत गाया—"सन्नाटे की नदी भँवर में डूब गई!"

यह गीत गाते-गाते वह आख़िरी अन्तरा भूल गई थी। अन्तरा रामनाथ को याद था।

आदमक़द शीशे में मेरी परछाईं
हिली, गगन ने नई घटाएँ बरसाईं।
एक प्रश्न तन के सब बन्धन खोल गया।
मन्दिर बन गया हिया मेरा हरजाई!
सन्नाटे की नदी भँवर में डूब गई!
जैसे पूरी सदी भँवर में डूब गई!

लेकिन उसने बताया नहीं। सन्नाटे की नदी का अन्तरा अपने दिल में छिपाए वह चुपचाप रेडियो स्टेशन चला आया। मिसेज़ धन्वन्तरि को बसरे की शहज़ादी बनाकर पेश करने की तैयारी करने लगा। उसके बाद हमेशा उसके मन में बम्बई की हिन्दी फ़िल्मों की तरह यह बैकग्राउण्ड गीत बजता रहा—कभी तानपूरे और ठेके के साथ, कभी सिर्फ़ हारमोनियम के साथ। इस गीत से, जो उसका अपना लिखा हुआ नहीं था। उसके दोस्त कमलेश का था, उसे सिन्दबाज जहाज़ी की दुर्घटना के बाद कभी छुटकारा नहीं मिला। छुटकारा वह चाहता भी नहीं था। और न कोई प्रतिकार ही चाहता था।

प्रतिकार के लिए नहीं, रामनाथ रस्तोगी ने इस वक़्त अपने दोस्तों को यहाँ आने के लिए सिर्फ़ इसलिए मजबूर किया है कि उसे अकेले यहाँ आकर सरला कपूर के आमने-सामने होने का साहस नहीं था। उसके शीशों पर लम्बी-पतली उँगलियों के कजराए दाग़ अब तक जमे हुए थे। दरवाज़ों पर तितलियों के सतरंगे पंख। खिड़कियों में चटखे हुए शीशे। शीशों पर दाग़। इसमें क्या शक है कि उसने अपनी इच्छाओं को कल्पनाओं की भरपूर ताक़त से सरला को प्यार किया था। लेकिन प्यार तो कोई ख़ास बात नहीं है। ख़ास बात महज़ इतनी है कि सिन्दबाद बनकर हीरे-जवाहरात की पहाड़ी तक जा सकता है या नहीं। और फिर बसरे की असली शहज़ादी के साथ उस पहाड़ी से वापस अपने शहर जेरुसलम या दमिश्क या कोहकन आ सकता है या नहीं। ख़ास बात वापस आने की है–शहज़ादी के साथ वापस आने की।

बालकनी से वापस आकर रेस्तराँ के टेबल पर बैठ जाने के बाद, बैरे को इधर आने का इशारा करके कमलेश भी सिन्दबाद जहाज़ी की ही बात सोच रहा था। नाटक का नाम था–'सिन्दबाद जहाज़ी की तेरहवीं यात्रा'। वह खुद भी यह नाटक देखने गया था। मिसेज़ धन्वन्तरि उसे अच्छी भी लगी थीं। औसत अफ़सर-बीवियों की तरह वह वजनी, चौड़ी और वल्गर नहीं थीं। उन्होंने अपने व्यक्तित्व को सुरक्षित रखा था। व्यक्तित्वशास्त्र के अनुसार ऐसी औरतें दो ही स्थानों पर ज़िन्दगी बसर कर सकती हैं–एक ऐसी जगह, जहाँ छत से सिर्फ़ बैलून लटके हुए हों, जिन्हें वह एक-एक कर अपने हेयरपिन से फोड़ती हुई पटाखे छोड़ती रहे। और दूसरी ऐसी जगह, जहाँ दूसरे जानवर न रहते हों, पालतू जानवर भी नहीं, सिर्फ़ बिल्लियाँ रहती हों, जो वक़्त-बेवक़्त अपनी मुलायम जीभ से कभी तलुवे, कभी घुटने, कभी जाँघें चाटती रहें और जाँघें चाटती हुई, धीरे-धीरे नशे में डूबती हुई वहीं सो जाती रहें।

मिसेज़ धन्वन्तरि की तरह साँवली भी ऐसी ही सात जीभोंवाली एक बिल्ली है। फ़र्क इतना ही है कि कमलेश बिल्लियों से डरता है। बचपन में न तो उसने किसी बिल्ली की हत्या की और न किसी डरावनी बिल्ली ने उसे नोचा-खसोटा ही था। फिर भी कोई मनोवैज्ञानिक कारण न रहने के बावजूद वह बिल्लियों से और अफ़वाहों से बेहद डरता है। कमलेश साहसी आदमी है, लेकिन धर्मभीरु है। दार्शनिकों का कहना है, जीवन और व्यवसाय में सफलता प्राप्त करने के लिए धर्मभीरु और कानूनभीरु होना ज़रूरी है। कमलेश सफलता-प्राप्ति चाहता था।

सिन्दबाद जहाज़ी, बिल्लियाँ, नाटक, सरला माथुर, रामनाथ, महताब की

साली सलमा, समरेश, मिसेज़ धन्वन्तरि स्टीमरघाट का रेस्तराँ, ट्रक से कुचले गए कुत्ते, स्कूल-टीचर दया बेन, सन्नाटे की नदी का गीत और साँवली, ये सारे नाम ताश के पत्तों के पत्तों की तरह एक पैकेट में बँधकर कमलेश के सामने इस रेस्तराँ के टेबल पर पड़े हैं। वह चाहे तो कोई भी पत्ता उठाकर उसे ट्रम्प का पत्ता बना सकता है। अपने प्राण बचाने के लिए, दुर्योधन की तरह, नीले पानी की सतह के नीचे डूबे रहनेवाले व्यक्ति को ट्रम्प का पत्ता फेंकने की सुविधा जरूर मिलनी चाहिए।

वह चाहे जो भी पत्ता उठा ले। उसका नाम कमलेश है। वह इस शहर के जर्नलिस्टों में सबसे तेज़-तर्रार आदमी है। एक महिला डिप्टी मिनिस्टर उसे अपनी लम्बी कार में ले जाती है। साल-छह महीने बाद वह एक सरकारी गुडविल मिशन के जत्थे में यूरोप के समाजवादी देशों के दौरे पर जा रहा है। उम्र ज़्यादा नहीं हुई है। आँखों के सामने आकांक्षाओं, महत्त्वाकांक्षाओं के घोड़े कसी जीन के साथ तैयार खड़े हैं। सिर्फ़ एक बार उछलकर किसी भी अच्छी नस्ल के घोड़े पर चढ़ जाने की ज़रूरत है। यह रेस का घोड़ा है। यह समुद्र-मन्थन में निकला हुआ ऐरावत। यह घोड़ा कुतुबमीनार पर चढ़ जाएगा। ये सारे घोड़े सिर उठाए, तने हुए, मुँह की लगाम चबाते हुए खड़े हैं, प्रतीक्षा में हैं।

लेकिन कमलेश अपनी निगाहें बन्द कर लेता है। चेहरा घुमा लेता है। चाय की ताज़ा केतली छूकर देखने लगता है कि चाय का पानी कितना गर्म है। कमलेश चुप है। महताब अली रेस्तराँ के दरवाज़े की तरफ़ रूबरू होकर मुस्कुराने लगा है। रामनाथ अपनी कुर्सी छोड़कर उठ खड़ा हुआ। दरवाज़े का परदा हटाकर मिसेज़ सरला कपूर अन्दर आ चुकी थीं, बिल्कुल आ चुकी थीं।

—मैं जानती थी कमलेश, तुम जरूर आओगे। मैंने इसलिए रामनाथजी को पत्र लिखा था कि वह तुम्हें अपने आने की तारीख़ बता दें...अच्छा हुआ, महताब भाई, आप भी आ गए हैं। कहिए, आपकी बेगम कैसी हैं? आपको मालूम है न, वह मेरी क्लास-फेलो थीं...? भई मैं चाय नहीं लूँगी। गला प्यास से तर हो रहा है। मेरे लिए कोकाकोला या जिंजर मँगवाइए—सरला ने अलग-अलग लहजों में, अलग अंग-भंगिमाओं में, मगर एक साँस में इतनी सारी बातें कह डालीं।

कमलेश की बगल में ख़ाली कुर्सी पर बैठ गई। सरला पहले से थोड़ी मोटी हो गई है। चेहरे पर मक्खन और चीनी की परतें जमने लगी हैं। महताब अली ने पूछा—आपका लगेज कहाँ गया? और आपके हसबैंड?

—होलडॉल और सूटकेस मैंने नौकर के साथ कोठी पर भेज दिया है। वह

साथ आए नहीं। मैं अकेली चली आई। हफ़्ते-भर बाद वापस जाना होगा। वह अकेले हैं और यू नो, विवाहित पुरुष को कभी अकेला नहीं छोड़ना चाहिए, वह फ़िल्म 'सेवन ईयर्स इंच' का हीरो बनकर पड़ोस के घर में खाना-नाश्ता करने लगता है।—सरला बड़ी ही बेकरार होकर हँसने लगती है। कमलेश की तरफ़ बहुत मीठी, कोयले की सुलगी हुई मद्धिम आग की तरह देखने लगी।

रामनाथ ने इस आग को और अपनी तरफ़ सरला की बेरुख़ी को अनुभव किया। इतनी देर हो गई, उसने अभी तक रामनाथ से साधारण कुशल-क्षेम तक नहीं पूछा है। सरला महताब अली से कह रही है—देखिए महताब भाईजान, मैंने आपसे वादा किया था न कि शादी के बाद ही इन्श्योरेन्स की पॉलिसी लूँगी तो आपसे ही लूँगी! वादा किया था न? तो अब आप जिस दिन चाहिए, बीस हज़ार रुपये की एक मल्टीपर्पज पॉलिसी मुझे दिला दीजिए। लेकिन हाँ। आपको कमीशन के जो पैसे मिलें, उससे हम लोगों को बियर की एक पार्टी दीजिए!

सरला अफ़सर-बीवी हो गई है। पार्टियों में बियर और साइडर्स पीने लगी है। हर आधे मिनट के बाद सफ़ेद रेशम का फूलदार आँचल बाँह पर सीने पर दुरुस्त करेगी। बक-बक करती ही चली जाएगी। कभी उसके होंठ फूलने लगेंगे, कभी सिकुड़कर गोल होंगे, कभी तोते की चोंच बन जाएँगे, मगर उसकी बातचीत रुकेगी नहीं। कोकाकोला ख़त्म हो जाने के बाद भी नहीं।

रामनाथ रोने-रोने को हो गया। अपनी डबडबाती हुई पलकों को छिपाने के लिए उसने सिर झुका लिया। टेबल पर पड़ा मीनू कार्ड उठाकर आइसक्रीमों और बोतलबन्द शरबतों के नाम पढ़ने लगा। सरला ने जैसे अब तक उसे देखा ही नहीं था। जैसे रामनाथ वहाँ नहीं हो। हो भी तो उसे बिना तारीखों के कैलेण्डर की तरह यों ही दीवार पर खाली जगह भरने के लिए टाँग दिया गया हो। रामनाथ को फिर अपने बचपन के उसी कुत्ते की याद आने लगी, जिसे मुहल्ले के बच्चों ने पत्थर मार-मारकर पागल बना दिया था और अन्त में अपनी ज़िन्दगी की रूटीन से ऊबकर जिसने चावल की दस हज़ार बोरियाँ स्मगल करके ले जाते हुए एक बड़े ट्रक के नीच आकर चीख़ते हुए, चीख़-चीख़कर अपनी दास्तान कहते हुए, आत्महत्या कर ली थी। रामनाथ इस अफ़सर-बीवी को अपनी दास्तान कहना चाहता है, लेकिन किस तरह कहे?

उसके होंठ चावल की बोरियों की तरह सिले हुए हैं। उसकी धँसी हुई आँखें नम हैं। उसके दिमाग़ में सिन्दबाद जहाज़ी बैकग्राउण्ड संगीत गूँज रहा

है। कमलेश की तरफ़ झुक पड़ी हुई सरला कपूर कोकाकोला का रंग और नशा अपनी निगाहों में घोलकर उससे कह रही थी—देखो कमलेश, मैं ख़ास तुम्हीं से मिलने पटना आई हूँ। बात बहुत प्राइवेट और ज़रूरी है। तुम कल मुझसे अकेले में मिलो। ऐसा करो, मेरे घर आ जाओ, फिर साथ निकलकर कहीं बैठेंगे। बातें करेंगे। 'क्वालिटी' में गए मुझे कितने दिन हो गए! वह दरभंगा और मुज़फ़्फ़रपुर में हों तो कहीं आना-जाना नहीं होता। आदमी जाए तो कहाँ जाए! देहाती इलाका है उधर। ज़रा स्लीवलेस पहनकर निकल आओ तो बाज़ार के लड़के मुँह में उँगली डालकर सीटियाँ बजाने लगते हैं। लगता है, हमारी नंगी बाँहें चबा जाएँगे।

और यह सब कहने के उपरान्त वह हँसी, वही आँखों में आँखें डाल देने का भाव, उसी तरह शर्मा जाना, उसी तरह बार-बार आँचल समेटते रहना। रामनाथ के अंग-अंग में पापियाई शहर का ज्वालामुखी भड़कने लगा। वह उठा और उठकर सीधा काउण्टर पर चला गया। वहाँ उसने चाय, सिगरेट, कॉफी, कोकाकोला के सारे बिल चुकाए और एक बार भी इन लोगों की ओर देखे बग़ैर दरवाजे का पर्दा हटाकर रेस्तराँ के बाहर चला गया। कमलेश चुप था।

मुबारक अली समझ रहा था। ठीक-ठाक समझ रहा था कि सरला ने खूब सोच-समझकर अपने दुरुस्त होशो-हवास में रामनाथ को इस तरह अपमानित किया है।

रामनाथ के चले जाने के बाद सरला ने बड़ी सादगी के साथ महताब अली से सवाल किया, हमारे रामनाथजी क्या अब भी आकाशवाणी में सिन्दबाद जहाज़ी का नाटक करते हैं?

महताब अली, हर हाल में रामनाथ रस्तोगी का दोस्त और हमदर्द था। उसे रामनाथ से पूरी सहानुभूति थी। वह सरला को बेवफ़ा समझने लगा था। अब बहुत हद तक नफ़रत करने लगा था। उसने टेबल से अपनी गोल टोपी उठाकर पहन ली। अपनी भवें सिकोड़ीं। कमलेश उसी की तरफ़ देख रहा था। वह जान रहा है, अब महताब अली कोई कड़ी बात कहेगा। इतनी कड़ी और अन्दर चुभती हुई कोई ऐसी बात कि सरला बर्फ़ की तरह ठंडी और सीमेण्ट के फ़र्श जैसी चिकनी सपाट हो जाएगी। उसने बात का सिलसिला बदल देने के लिए, सरला से पूछा, पहले क्या काम है, यह तो मुझे मालूम हो! अगर मेरे वश की बात हुई तो मैं ज़रूर कर दूँगा। लेकिन तुम तो जानती हो, मैं कितना मामूली आदमी हूँ! मेरी ताकत ही क्या है!

सरला शतरंज के घोड़ की इस चाल पर मुस्कुराने लगी—कमलेश मुझे टालना चाहता है। मैं जल्दबाज़ी तो नहीं कर रही हूँ? कमलेश हल्का आदमी नहीं है। उसके दिमाग की जड़ें ज़मीन के अन्दर तक धँसी हुई हैं। जब मैं रेडियो पर थी तो नज़दीक आने वाले हर आदमी ने, अफ़सर ने, आर्टिस्ट ने, कभी-न-कभी किसी-न-किसी शब्दावली में ज़रूर ही प्रेम-निवेदन किया, सिर्फ़ इस कमलेश ने नहीं। मुझसे मिलकर कभी इस आदमी की आँखों में उम्मीद या इच्छाओं की कोई चमक नहीं आई।

मरी हुई मछली की तरह इस आदमी की आँखें इस वक़्त भी, यह सवाल पूछते हुए भी, ठंडी और निश्चल रह गईं। कमलेश की आँखों की ख़ामोशी और तापहीनता से इस एक क्षण में सरला कपूर अचानक आतंकित हो उठी। उसने दुबारा सवाल किया, इन दिनों असेंबली खुली हुई है। मुझे हरदम मिनिस्टरों के पीछे भागना पड़ता है। क्या काम है, यह मुझे बता दो। मैं देखूँ तो सही, क्या किया जा सकता है।

सरला सीधे और साफ़ लहजे में किए गए इस सवाल से आतंकित हो गई। कुर्सी से ऊपर उठकर उसने सफ़ेद रेशम की तहें दुरुस्त कीं। फिर सीधी तनकर बैठ गई। कमलेश उसके बोलने का इन्तज़ार करने लगा।

वह थोड़ी देर चुप रहकर कई बातें सोचती रही। कमलेश पर कहीं उल्टा असर पड़ा, कहीं उसने ये सारी बातें अपने अख़बार में छाप दीं, तो उसकी ज़िन्दगी का किस्सा तमाम हो जाएगा! लेकिन जब कमलेश इतनी आज़िजी से पूछ रहा है तो कुछ-न-कुछ बताना ही होगा। यह महताब अली कैसा आदमी है? इसकी भी तो ऊँचे सरकारी तबकों में जान-पहचान है। शायद कोई मदद ही हो जाए।

सारा कुछ सोचने के बाद, बहुत धीमी आवाज़ में उसने कहा, बात ऐसी है कि मेरे हसबैंड के ख़िलाफ सरकारी जाँच चल रही है...जमनादास गंगाराम कम्पनी से पाँच लाख रुपये घूस लेने का चार्ज उन पर है। कमिश्नर को जाँच करने का भार दिया गया है। कपूर साहब, मेरे हसबैंड को...तुम तो उनसे मिल ही चुके हो...पता चला है कि तुम्हारे मिनिस्टर से कमिश्नर साहब की गहरी छनती है। बात इतनी ही है, कमलेश भाई! और अब तुम लोग ही हमारी जान बचा सकते हो। तुम हो, हमारे महताब भाई साहब हैं, किसी तरह कोई रास्ता निकालो। मैं इसलिए यहाँ आई हूँ। जब तक कहोगे, रुकी रहूँगी। कहोगे, तो तुम्हारे मिनिस्टर के पास जाऊँगी...

कमलेश गहरे सोच-विचार में डूब गया। जिस मिनिस्टर के अख़बार का

वह सम्पादक है, वह उसे बहुत मानते हैं, यह सच है, कमिश्नर साहब उसकी बात टाल नहीं सकते। लेकिन क्या यह भी सच है कि अपने पति की पैरवी और सिफ़ारिश के लिए पूरी तैयारी के साथ आई हुई श्रीमती सरला कपूर के लिए वह पैरवी और सिफ़ारिश ज़रूर ही करेगा?

उसने कहा, सरला ज़ी, आप कल शाम को लगभग छह बजे मेरे दफ़्तर में आइए। वहीं बैठकर तय करेंगे, क्या करना चाहिए। और इतना कहकर वह उठ खड़ा हुआ।

महताब अली अब तक चुपचाप बैठा था। चलने के लिए तैयार होते हुए बोला, कमलेश तुम सरला जी को इनके घर तक छोड़ आओ। मैं रामनाथ के यहाँ जा रहा हूँ। पता नहीं, वह आज रात नींद की कितनी गोलियाँ खाकर सोएगा! —महताब अली के स्वर में व्यंग्य था या सहानुभूति या हल्की-सी घृणा, सरला समझ नहीं सकी।

कमलेश महताब अली को नज़दीक से जानता है, इसलिए समझ गया। समझदारी के साथ उसने महताब अली से कहा, रामनाथ के लिए चिन्ता मत करो भाई! सरला उसका दिल तोड़ना नहीं चाहती। आज तो अपने-आपको उसके सामने सँभालने में व्यस्त रह गई। रामनाथ को खुद आगे बढ़कर हाल-चाल पूछना चाहिए था। मान-अभिमान तो दोनों को है। ख़ैर, सुबह रामनाथ को तुम मेरे पास भेज देना। सरला ने शादी ही की है, किसी पिरामिड में क़ैद नहीं हो गई! वह रामनाथ से मिलेगी। जैसे पहले मिलती थी, वैसे ही मिलेगी। इससे ज़्यादा तो उसे कुछ चाहिए नहीं। वह तो हमेशा लवर ही रहा है, ख़रीदार तो वह कभी नहीं हुआ! क्यों सरला?

सरला नाटकीय अदा में मुस्कुराती हुई, सिर झुकाकर शमारने-सी लगी। कमलेश अपनी ज़िन्दगी में एक साथ इतनी बातें और इतनी साफ़-साफ़ बातें इससे पहले कभी बोल नहीं पाया था। रामनाथ को सरला के सामने लवर कहते हुए और खरीदार नहीं कहते हुए वह झिझका नहीं था। उसने अपनी आवाज़ धीमी नहीं की थी। कमलेश के ही लहजे में सरला ने जवाब दिया, मुझे रामनाथ से कोई शिकवा-शिकायत नहीं। बल्कि मैंने उसे दुःख दिया है। मगर कमलेश भाई, इनिशिएटिव तो उस ही लेना चाहिए। मैं कैसे कहती उससे, चलो, कल शाम को कोई नाव किराए पर लेकर गंगा में सैर करते रहें? मैं कुछ भी हूँ। मुझे शर्म और हया करने का अधिकार है...

कमलेश हँसने लगा, इतने ज़ोर से हँसने लगा कि दूसरे टेबलों पर बैठे हुए लोग उसी की तरफ़ देखने लगे। हँसते हुए उसने एक ताक़तवर ठहाका

लगाया और महताब अली की पीठ पर तबले की थाप मारता हुआ बोला, चलो दोस्त, आज का तमाशा यहीं ख़त्म होता है!

सरला को उसके घर पहुँचाने के बाद उसी रिक्शे पर बैठा हुआ रात के ग्यारह-साढ़े ग्यारह, बारह-सवा बारह तक यहाँ-वहाँ आवारा की तरह घूमता रहा कभी रिक्शा रोककर कहीं पान खाएगा, कभी सिनेमाघरों के पोस्टर और शो-कार्ड की तस्वीरें देखता रहेगा। जब काफ़ी थक गया और भूख लगी तो कमलेश अपने घर चला आया।

उसका अपना कमरा बाहर से खुला था। लेकिन अन्दर रोशनी नहीं जल रही थी। रोशनी गौरी के कमरे में थी। बाहर आँगन में समरेश के खर्राटे की चढ़ती-उतरती आवाज़ें। उसकी नाक बहुत भारी बजती है। घर वापस आने में इतनी देर कमलेश को कभी नहीं हुई। उसे भूख लग रही है। स्टीमरघाट का सारा किस्सा वह भूल जाना चाहता है। अब और नहीं, बहुत हुआ। जीन कसे हुए घोड़े, लगाम चबाते हुए खड़े हैं। टेबल पर ताश के पत्ते हैं। वह किस पत्ते को ट्रम्प का पत्ता बना दे!

साँवली, उसकी नौकरानी, उसके बिस्तर में चौड़ी होकर फैली हुई थी। शायद नींद में कोई बुरा सपना देखकर डर गई है। हाथ-पाँव उसने समेट लिए हैं। हेनरी मूर की प्रसिद्ध मूर्ति 'रिक्लाइनिंग फ़ीमेल' की तरह साँवली एक आदिम जानवर की तरह दिख रही है।

कमलेश बुश्शर्ट उतारकर सीलिंग फ़ैन के ठीक नीचे एक कुर्सी पर बैठ गया। पसीना सुखाने लगा। 1965 का जून महीना अभी बीता नहीं था। कई साल हो गए। इतनी खूबसूरत गर्मी की रातें कभी महसूस नहीं की गईं। उसने कमरे की बत्ती नहीं जलाई। काफ़ी देर तक उसी तरह चुपचाप कुर्सी पर बैठा रहा। सरला कपूर किसी भी क़ीमत पर अपने पति को घूस लेने के जुर्म से ज़रूर बचा लेगी। वह होशियार औरत है। रामनाथ बराबर रेडियो स्टेशन जाता रहेगा, नाटक-पर-नाटक तैयार करता रहेगा। हमारा देश, हर दिशा में प्रगतिशील हो गया है। योजनाएँ बनती हैं। कल-कारखानों और ऊँचे दफ़्तरों वाले नए-नए शहर बनते हैं। आदमी अब वैसा नहीं है, जैसा वह पहले था। लिबास के साथ-साथ अन्दर छिपे हुए गोश्त का टुकड़ा भी बदल गया है।

कमलेश मुस्कुराया और उसने कमरे का दरवाज़ा अन्दर से बन्द कर लिया। वह बिल्लियों और अफ़वाहों से बेहद डरता है। वह धर्मभीरु है, इसलिए।

पिरामिड

रसिकलाल ने अपने घर का दरवाज़ा खटखटाया, तो कुम्मी उसके पीछे खड़ी हुई, पत्थर जैसे कड़ी हो गई।...रसिकलाल उसे यहाँ क्यों ले आया है, पता नहीं, शायद उसके घर में कोई आदमी नहीं है। सिर्फ़ एक नौकर है, जो दरवाज़ा खोल देगा, और चौराहे पर जाकर सोडे की बोतल ले आएगा।

कुम्मी का नाम कुमुद, कुमुदिनी, कामिनी, कुमारी, कुमकुम, कुछ भी हो सकता है। लेकिन जान-पहचान के सारे लोग उसे 'कुम्मी' कहते हैं, और पास बैठने के लिए कुर्सी या तिपाई, जो कुछ भी देते हैं। लोगों के पास बैठकर वह भारी और मोटी हो जाती है। उसे लगता है, वह है। वह लोगों की भीड़ में खो नहीं गई है। लोग उसे जानते हैं। उसे जानते रहना, उन्हें सुख देता है।

कुम्मी स्वयं भी किसी दुःख में नहीं है। वह स्वयं भी सुख पाती है। लेकिन अनजान- अपरिचित व्यक्तियों के साथ नहीं। ऐसी गलियों के किसी भी ऐसे मकान में नहीं, जहाँ पहले नहीं आई हो। अजनबी लोगों और अजनबी घरों के दरवाज़े खटखटाती हुई, वह डर जाती है।...आदमी के अन्दर से साँप निकल सकता है, घर के अन्दर से तेरह दिनों का भूखा-प्यासा रॉयल-बंगाल टाइगर! मगर उपाय नहीं रहा। वह इन्कार नहीं कर सकी। रसिकलाल ने कहा था, "मेरे घर चलना होगा। आनन्दबाग लेन में मेरा घर है।" तो कुम्मी काँप गई थी। बोली थी कुछ नहीं। मगर चलने को तैयार हो गई थी।

रसिकलाल जहाँ भी कहेगा, उसे जाना ही होगा। यही विधि का विधान है, इसे अपनी टाँगों, और अपने गर्म हाथों की पूरी ताक़त लगाकर भी टाला नहीं जा सकता।

रसिकलाल दरवाज़े की कुण्डी बजा रहा था, और आवाज़ पूरे मुहल्ले में गूँज रही थी—खन्-खन्, खट्-खट्, खटाक्, खन्-खन्-खन्!!...शाम अभी बीती नहीं थी, मगर गली में इस आख़िरी सिरे पर सन्नाटा, अन्धकार, और दूर के किसी घर से रामायण पढ़ने की आवाज़—

सूपनखा रावन कै बहिनी
दुष्ट हृदय दारुन जस अहिनी
पंचबटी सो गइ एक बारा
देखि बिकल भइ जुगल कुमारा

कुम्मी ने रसिकलाल से पूछा, "घर में कोई नहीं है?" रसिकलाल नाराज़ हो गया—घर में कोई नहीं है तो आख़िर दरवाज़ा अन्दर से क्यों बन्द है?

दरवाज़ा मुनियाँ ने खोला। वह रसिकलाल की नौकरानी है। सुबह-शाम काम करने आती है। कमरे के अन्दर आते हुए रसिकलाल ने कहा, "अजीब हालत है। इतनी देर से दरवाज़ा पीट रहा हूँ!...तुम लोग बहरी हो गई हो?...मालकिन सो गई है? उससे कहो जाकर, दो प्याला चाय बनाएगी!"

इस गली में इतना खूबसूरत कमरा हो सकता है, कुम्मी कल्पना नहीं कर सकती थी। कमरा नहीं है, 'ड्राइंगरूम' है! हल्की नीली रोशनी में हर चीज़ कोहरे से ढकी दिखती है...दीवारों पर कुल तीन-चार तस्वीरें, साधे फ्रेम में बँधी हुई नंगी औरतों और जानवरों की तस्वीरें...सींग उठाए हुए, कतारों में खड़े हिरन, बड़े शहर के ऊँचे फुटपाथ पर नंगी और बेहोश सोई हुई औरतें, नदी में पानी पीती हुई बाघिन... जानवर और औरतें, और जानवर!

एक किनारे लिखने-पढ़ने की मेज़ पर एक हब्शी औरत की गर्दन पर टिका हुआ लैम्प-पोस्ट है, और पिछले तीन-चार दिनों की डाक! कुम्मी की वजह से, रसिकलाल पिछले तीन-चार दिनों से और कोई काम नहीं कर सका है। शतरंज की गोटियाँ बिछाने में, नदी में महाजाल डालने में वक़्त लगता है और मौसम का ख़्याल रखना पड़ता है। रसिकलाल ने चतुर और अनुभवी शिकारी की तरह, तीन-चार दिन मौसम का इन्तज़ार किया और तब अन्त में मुलाकात हो जाने पर कुम्मी से बोला, "मैं खेल में कभी बेईमानी नहीं करता! लेकिन दूसरा कोई बेईमानी करे, यह क्यों बर्दाश्त करूँ!...आज तुम मेरे पास आई हो, यानी यह बाज़ी मेरी है, यह खेल मैंने जीता है, जैसे राजा दुर्योधन ने खेल-खेल में द्रौपदी को जीत लिया था!...तुम मेरे घर चलो, कुम्मी!"

रसिकलाल ने आँगन की तरफ़ के दरवाज़े का पर्दा गिरा दिया और कुम्मी से कहा, "आराम से बैठ जाओ। यह मेरा घर है...इसे तुम अपना घर समझ सकती हो।...पूरा घर नहीं तो कम-से-कम यह कमरा मेरा अपना है!" कुम्मी सोफे पर एक किनारे बैठ गई। दीवार में बने शीशे के आलमारी में लगी किताबें देखने लगी।

बीच के कमरे में एक गोल टेबल पर एक ऐश-ट्रे रखा है और एक फूलदान।...कुम्मी ने फूलदान से गुलाब की एक नकली कली निकाल ली और उसे नाक के पास ले जाकर सूँघने लगी।

पर्दा हटाकर, रसिकलाल का छोटा भाई—बाबू—ड्राइंगरूम में आ गया। ज़ाहिर है, वह कच्ची नींद से जगा था। ज़्यादा-से-ज़्यादा अभी आठ बजे होंगे। मगर बाबू सोया हुआ था। सात बजते-न-बजते उसे नींद आने लगती है। रोटी खाकर सो जाता है। न भी सोया हो, मगर बाबू सोने का बहाना करता है। अपनी भाभी से ज्यादा बातचीत करना उसे पसन्द नहीं है। वह सो जाता है।

"इतने सबेरे सो जाते हो? इन्तहान कैसे पास करोगे?...जाओ अपना काम करो! यहाँ क्यों आए हो?" रसिकलाल ने बी.ए. में पढ़ने वाले अपने छोटे भाई को डाँट बताई। बाबू नींद से जागा था। और आश्चर्यचकित था।

बड़े भैया आज तक इतने सबेरे घर नहीं लौटते। हमेशा आधी रात के बाद आते हैं, कभी रिक्शे पर, कभी किसी दोस्त की गाड़ी पर!...फिर यह औरत कौन है? इस वक़्त क्यों आई है?

बाबू ने अपनी यह जिज्ञासा प्रकट नहीं की। आँखे मलते हुए बोला, "भाभी माचिस माँगती है...स्टोव जलाएगी!" बाबू के हाथ में माचिस थमाकर रसिकलाल खुद भी पर्दे के अन्दर चला गया। बगल के कमरे में जाकर कपड़े बदलेगा।...कुम्मी वहीं सोफ़े पर बैठी हुई, गुलाब की कली अपने सीने में सटाए रही।

इसी बीच जब-जब आँगन की ओर खुलनेवाले दरवाज़े का पर्दा खुला, कुम्मी ने अन्दर का हाल जानने की कोशिश की। आँगन बड़ा है, कच्चे ईंटों की फ़र्श बिछाई गई है। सीमेन्ट का पलस्तर नहीं चढ़ाया गया है, न आँगन में, न आँगन की दीवारों पर। केले और पपीते के कई पेड़ आँगन में हैं। बरामदे पर पीपे और कनस्तर बेतरतीबी से फैले हुए...अलगनी पर मैले कपड़ों की भीड़...एक टूटा हुआ पैराम्बुलेटर...जूठी थालियाँ, जूठे गिलास, जूठन...

यह ड्राइंगरूम इस दो कमरों के मकान से एकदम अलग है। अलग और बेमेल! ड्राइंगरूम किसी बड़े अफ़सर का ठाठदार ड्राइंगरूम है। बाकी दोनों कमरे, तृतीय-वर्ग के किरानियों के कमरों जैसे होंगे—आँगन और बरामदे का हाल देखकर कुम्मी ने अन्दाज किया।

"तुम्हारी आँखें मुँदी जा रही हैं। जाओ...तुम अब सो जाओ, बाबू!...शीना सो गई? और डब्बू...? मालकिन, डब्बू सो गया?" रसिकलाल आँगन में पानी

के नल पर खड़ा था। हाथ-मुँह धो रहा था। बाबू ने अथवा मालकिन (रसिकलाल की धर्मपत्नी, जयमाला) ने कोई उत्तर नहीं दिया।

जयमाला को अब तक मुनियाँ से और बाबू से मालूम हो चुका था, कि रसिकलाल के साथ एक लड़की आई है...काली-कलूटी, लेकिन कम उम्र,...ड्राइंगरूम में बैठी हुई है। क्यों आई है, यह बाबू समझ नहीं सका था। रसिकलाल से उसके घर पर मिलने, शायद ही कभी कोई आदमी आता है। वह ज़्यादातर घर से बाहर ही रहता है, अपने हज़ारों धन्धों में, अपने दफ़्तर में! सुबह में घर से निकल गया तो रसिकलाल रात के ग्यारह-बारह से पहले वापस नहीं आएगा।...लेकिन आज वह इतने सवेरे आ गया है, एक औरत के साथ। यह औरत कौन है?

मालकिन रसोई में थी। चाय उबाल रही थी। पिछले कई दिनों से वह रसिकलाल को कहना चाहती थी कि उसके पेट का दर्द फिर उभर आया है। मगर वक़्त ही नहीं मिल पाया था। आज वह जल्दी आया भी है, साथ में एक हवाई जहाज़ ले आया है! मालकिन को 'गैस' की बीमारी है। महीने भर ठीक रहती है, चार महीने बीमार!...लेकिन घर का सारा काम-काज खुद करती है। मिज़ाज थोड़ा कड़ा है, नाक पर गुस्सा चढ़ा रहता है। डब्बू के जन्म के बाद से ही यह मुसीबत शुरू हुई है। पेट की बीमारी पक गई है...रसिकलाल ज़्यादा-से-ज़्यादा वक़्त बाहर ही बिताता है।

जयमाला बोली, "अभी चाय पिओगे तो खाना कब खाओगे?" रसिकलाल ने नल बन्द किया। कन्धे पर रखे तौलिए से हाथ-मुँह पोंछता हुआ ड्राइंगरूम की तरफ़ चला गया। मुनियाँ बरामदे में खड़ी थी, डब्बू को गोद में लिए हुए! "बाबू सो गया?...तू यहाँ क्या कर रही है? अब तक घर नहीं गई? यहीं रहेगी?" रसिकलाल ने पूछा और उसके क़रीब जाकर रुक गया। मुनियाँ ने डब्बू को अच्छी तरह अपनी बाँहों में सँभाल लिया फिर बोली, "डब्बू सी-सी किए बिना सो गए थे! बिस्तरा खराब हो जाता। इसलिए उठाकर यहाँ लाए हैं।...सी-सी कराके सुला देंगे।" फिर रसिकलाल के नज़दीक जाकर धीमी आवाज़ में कहने लगी, "मालिक, एक-ठो काम था।...कुछ पैसा का जरूरत है। ज्यादा नहीं, पाँच रुपया! बहुत जरूरी है।"

मुनियाँ खड़ी थी, उसकी बाँहों में चार साल का डब्बू सँभल नहीं रहा था। रसिकलाल हँसने लगा। "लाओ, डब्बू को मैं इसकी नई मौसी से मुलाकात करा देता हूँ," कहते हुए उसने अपने हाथ आगे बढ़ा दिए। फुसफुसाहट-भरे स्वर

में मुनियाँ ने दुबारा अपनी बात कही। "घंटा-भर रुक जाओ", रसिकलाल ने उसकी कलाई दबाते हुए धीमे-से कहा।

डब्बू रोने लगा। उसकी नींद खुल गई।...रसिकलाल मुँह पोंछता हुआ, ड्राइंगरूम में चला आया। कुम्मी तब से उसी तरह बैठी हुई थी। हाथ-पर-हाथ बाँधे, घुटने मोड़े हुए...चुप, और उदास!

"यही मेरा घर है।...इस घर में मैं रहता हूँ" रसिकलाल ने मुस्कुराते हुए कहा। कुम्मी मुस्कुराने लगी। बार-बार अपने घर का, अपने इस सजे-सजाए ड्राइंगरूम का नाम लेकर, वह खुश हो रहा था। उसकी पत्नी रसोईघर में उसके लिए चाय बना रही है। बगल के कमरे में उसकी नौकरानी उसके छोटे बच्चे को सुला रही है। छह साल की उसकी लड़की उसके बिस्तरे में सो गई है। सो गया है उसका भाई।...यह उसका घर है, उसकी पत्नी इस घर की मालकिन है।

कुम्मी बार-बार मुस्कुराने लगी, लेकिन अन्दर-ही-अन्दर उसे गुस्सा आ रहा था। किसी भी हालत में, वह आज नौ बजे तक अपने घर पहुँचना चाहती थी। कुम्मी ने पूछा, "कितना किराया देते हैं, इस मकान के लिए? आपका मुहल्ला गन्दा ज़रूर है, लेकिन यह कमरा..."

"पूरे सौ रुपए देता हूँ।" कुम्मी की पीठ पर हाथ लगाकर पूरे जोश में रसिकलाल ने कहा। वह चाँद-मार्का लुंगी पहने हुए था। लुंगी और सफ़ेद कुरता। और वह अपनी उम्र से ज़्यादा दिख रहा था। माथे पर तिकोना चाँद निकल आया है...आँखों के नीचे काली धारियाँ जम गई हैं। वह बहुत थका हुआ है, शायद।...कुम्मी ने महसूस किया, उसके बाएँ कन्धे पर रसिकलाल का हाथ रुक गया है। उसने एतराज़ नहीं किया। वह रसिकलाल को महसूस करती रही।

अपने घर की बात खत्म करने के बाद, रसिकलाल ने उसे बताना शुरू किया कि उसकी नौकरानी को जब भी रुपया माँगना होता है, अपनी तनख़्वाह के बाद ऊपर का रुपया, वह इसी वक़्त माँगती है। मालकिन से छिपाकर माँगती है। इसके बाद, उसने एक देहाती फ़िकरा कसा, "शाम बाद अगर जवान औरत हवाई जहाज़ भी माँगे तो इन्कार नहीं करना चाहिए!" फ़िकरा कसकर, रसिकलाल हँसने लगा--किक्-किक्-किक् हँसी!

रसिकलाल का फ़िकरा वह समझ गई। समझने के बाद, कुम्मी ने घूमकर रसिकलाल का बायाँ हाथ थाम लिया और बहुत मीठी होकर बोली, "मुझे जल्दी फुरसत दे दीजिए।"

थोड़ी देर बाद मुनियाँ चाय की ट्रे उठाए हुए अन्दर आ गई। चाय के

प्यालों से गर्म भाप उठ रही थी। चाय की ताज़ा पत्तियों की उबली हुई सुगन्ध कुम्मी को पसन्द आ गई। एक प्याला उठाकर उसने रसिकलाल को थमा दिया है। खुद भी चाय पीने लगी। रसिकलाल बोला, "ये मुनियाँ है! नौकरानी नहीं है, हमारे घर की लड़की है!...पहले इसकी माँ यहाँ काम करती थी।"

मुनियाँ ने देखा, रसिकलाल इस औरत की पीठ से सटकर खड़ा है। पर्दे की आड़ में खड़ी मालकिन ने भी देख लिया।...मालकिन वापस चली गई। मुनियाँ को पैसों की सख़्त ज़रूरत है। पता नहीं, यह औरत कब वापस जाएगी और कब रसिकलाल पाँच रुपए का एक हरा नोट उसकी खुली मुट्ठी में डालेगा...

तीन स्त्रियाँ हैं, और आपस में कोई परिचय न करके भी, एक-दूसरे की पूरक बन गई हैं। तीन स्त्रियाँ हैं और एक-दूसरे को पूरा करती हैं...मालकिन चाहती नहीं थी कि मुनियाँ उसके यहाँ काम करे। उसकी माँ थी, सारा कुछ ठीक-ठाक चल रहा था। लेकिन पैंतीस-छत्तीस की वह बुढ़िया अब भिखना पहाड़ी-चौरस्ते पर एक किनारे चाय और घुघनी-पापड़ का एक 'स्टॉल' निकालकर बैठ गई है। मुनियाँ को वह 'स्टॉल' पर बैठने नहीं देती। कहती है, "छोकरी की सगाई हो चुकी है...पराई चीज़ है यह। दुकान पर बैठेगी...कहीं कोई दाग़ लगा बैठी तो इसके आदमी से गाली-गलौच हमको सुनना पड़ेगा।" इसीलिए मुनियाँ रसिकलाल के घर में चौका-बर्तन करती है।...लेकिन, मालकिन को उसके लच्छन पसन्द नहीं हैं। मालकिन को वह पसन्द नहीं है। लेकिन इतनी मेहनत और इतनी पवित्रता से काम करने वाली कोई दूसरी औरत इतने कम पैसों में मिल नहीं सकती।

बाबू अपने कमरे की फ़र्श पर, कम्बल-तोशक बिछाकर, आँखें बन्द किए हुए चुपचाप पड़ा था। बड़े भैया ने सो जाने को कहा है तो सो जाना ही पड़ेगा। बगल के मकान में अभी तक रामायण पढ़ने की आवाज़ आ रही है, "पंचवटी सो गई एक बारा, देखि बिकल भइ जुगल कुमारा... ।" मुनियाँ दबे पाँव कमरे में जाकर बाबू के सिरहाने बैठ गई। "भैयाजी,...भैयाजी,...सो गए?" बाबू ने आँखें खोली। ऊनी चादर के नीचे से उसके नंगे पाँव बाहर निकल आए। मुनियाँ ड्राइंगरूम का हाल बताने के लिए बेकल हो रही थी।...कहने लगी, "वह औरत...वह औरत बड़े...वह औरत बड़े भैया से चिपककर बैठी हुई है।...दोनों जने चाय पी रहे हैं।... कौन है यह औरत?"

"तुम अपने घर जाओ, मुन्नी! मेरे पास बैठोगी तो भाभी गुस्सा करेंगी।... मैं क्या जानूँ, कौन है वह औरत! कोई भी हो, हमको क्या है।...तुम जाओ

मुन्नी, कहीं भैया ने सुन लिया तो मुफ़्त में डाँट-फटकार सुननी पड़ेगी''—बाबू ने कहा, और करवट बदलकर सो गया। नींद में नहीं, नींद के बहाने में! बगल में कोई जवान और पढ़ी-लिखी लड़की खिलखिलाकर हँस रही हो, कोई आदमी उस लड़की के साथ चिपका हुआ उसे गुदगुदा रहा हो...नींद कैसे आएगी? फिर यह सोने का वक़्त भी नहीं है।

मालकिन कमरे में आई। मुनियाँ को उसने ड्राइंगरूम में भेजना चाहा, यह पूछने के लिए कि रसिकलाल खाना कब खाएगा। मगर मुनियाँ नहीं जाएगी। जाने से मालिक गुस्सा करेंगे। बाबू आँखें बन्द करके, खर्राटा मारने लगा।...
''तू अपने घर क्यों नहीं जाती? मालिक ने रुकने को कहा है?''

जयमाला ने पूछा। मुनियाँ 'हाँ' या 'नहीं' कुछ भी नहीं बाली। सिर अपना उसने इस तरह हिलाया, जिसके मतलब दोनों ही हो सकते थे।

रसिकलाल अपनी धर्मपत्नी को 'मालकिन' कहता है। गुस्से में भी उसका नाम नहीं लेता। पन्द्रह-सोलह साल पहले जयमाला इस घर में आई थी। पहली ही रात के बाद 'मालकिन' कही जाती है, कहीं जाना नहीं चाहती। मालकिन वह नहीं है। वह नौकरानियों से भी बदतर ज़िन्दगी बिताती है। नरक की ज़िन्दगी—मालकिन कहे जाने पर जयमाला सोचती है। सोचते रहने के सिवा, और अपने पेट की बीमारियों से परेशान होते रहने के सिवा, और वह कुछ नहीं कर पाती है!

उसके दो बच्चे सारे दिन गली में खेलते रहते हैं। शीना छह साल की हो गई, लेकिन क...ख...ग...उसने शुरू नहीं किया है। घर आकर पढ़ाने वाले ट्यूटर कई बार रखे गए, लेकिन चार-छह दिन से ज़्यादा टिक नहीं सके। शीना पहले ही दिन से अपने रंग-ढंग दिखाना शुरू करती है...जयमाला कहती है, ''मास्टरबाबू, मारपीट कीजिएगा तो हमारी बेटी नहीं पढ़ेगी!'' शीना नहीं पढ़ती।...बाबू पढ़ना-लिखना चाहता है। मगर शैतान से भी ज़्यादा शैतान दो बच्चों, और उनकी देहाती माँ! मगर, ड्राइंगरूम में बैठकर पढ़ने-लिखने की उसे इजाज़त नहीं है।

...बाबू का मन हमेशा ड्राइंगरूम में हब्शी औरत वाले टेबुललैम्प के नीचे बैठकर, कोई कविता-कहानी लिखने के लिए ललचाता रहता है। मगर ड्राइंगरूम में बच्चे तक नहीं घुसते। डरते हैं। ड्राइंगरूम में जाना ग़लत काम है—यह बात उनकी समझ में आ गई है। मगध समाचार के दो-तीन विशेषांकों में बाबू की कविताएँ छपी हैं। एक कविता उसने अपनी भाभी के बारे में लिखी है। मगर इस कविता को वह कहीं छपवाएगा नहीं। बड़े भैया सुनेंगे तो समझ जाएँगे।

रसोईघर से निकलता हुआ काला धुआँ,
बरामदे में लेटी हुई बिल्ली...
बीमार घर,
बीमार दरवाज़ों में मौत की
लगातार परछाइयाँ...
लगता है, कई सदियों से एक औरत
बीच आँगन में खड़ी है,
चुपचाप!

रसिकलाल अपना नया 'एलबम' कुम्मी को दिखा रहा था। 'एलबम' में अच्छी तस्वीरें नहीं हैं। गन्दी और अश्लील औरतों की तस्वीरें...बीमार मर्द,... अपाहिज, लँगड़े-लूले आदमी कवायद करते हुए...लेकिन, कुम्मी शरमाई नहीं। वह उत्सुक होकर और हँसती-खिलखिलाती हुई, तस्वीरें देखती रही।

...रसिकलाल ने 'एलबम' उसी की गोद में डाल दिया और एक-एक पन्ना उलट-उलटकर वह कुम्मी को तस्वीरों का अर्थ और परिचय बता रहा था।

एक तस्वीर में अपने छोटे बच्चे को दूध पिलाती हुई जयमाला चटाई पर नंगी लेटी हुई है। नंगी, बदसूरत, अश्लील दिखती हुई एक बीमार औरत– जयमाला! रसिकलाल ने कहा, "यह मेरी धर्मपत्नी है! इसके साथ मैंने ज़िन्दगी के लम्बे-लम्बे बीस साल काट दिए हैं, पाँच बरसों तक प्रेम करके, और पन्द्रह बरस शादी करके।...देखती हो, मालकिन की कमर कितनी मोटी हो गई है? दिखती हो न?...वह तस्वीर खिंचाने के लिए राज़ी ही नहीं होती थी...मगर मुझे यह तस्वीर लेनी ही थी! तस्वीर मैंने ली।

...मालकिन ने गुस्से से आँखें बन्द कर ली हैं। शर्म बचाने के लिए! मगर भाई, आँखें बन्द कर लेने से कहीं शर्म बचती है?

ठीक इसी वक़्त जयमाला ड्राइंगरूम के अन्दर आ गई। उसने कुम्मी की जाँघ पर पड़े 'एलबम' को, और अपनी तस्वीर को देख लिया...और कुम्मी के हाथों से 'एलबम' छीन लेने के लिए वह चील की तरह झपटने लगी...फिर रुक गई। सकते में आ गई।

"क्या बात है?...चाय के प्याले उठाने आई हो? मुनियाँ चली गई...नहीं गई है? उसे मेरे पास भेज दो!" अपनी जगह से एक इंच भी हिले बग़ैर रसिकलाल ने कहा। चाय के प्याले उठाकर, कनखियों से कुम्मी को देखती हुई, वह पर्दा हटाकर बाहर चली गई। प्याले उसने नल के पास चबूतरे पर रख दिए। ऊपर आसमान में चाँद हँसुली की तरह लटका हुआ था। हवा में केले के पत्ते झूम

रहे थे। बगल के मकान में रामायण-पाठ बन्द हो चुका था।...आँगन से ही उसने सुना, कुम्मी रसिकलाल से कह रही थी, ''शादी करने से औरत की ज़िन्दगी बरबाद हो जाती है।''

''औरत की नहीं, उसके मर्द की ज़िन्दगी!...मैं बरबाद हुआ हूँ। मालकिन तो मौज़-मज़े से रहती है...उसको किसी बात की तकलीफ़ नहीं है।'' रसिकलाल ने 'एलबम' बन्द करते हुए कहा...फिर टेबुल पर 'एलबम' रखकर, उसने कुम्मी का सिर दोनों हाथों से पकड़कर उसे चूमना चाहा। लेकिन अपना चेहरा कुम्मी के होंठों के पास ले जाते हुए, अचानक उसका विचार बदल गया।...रसिकलाल उठकर खड़ा हो गया और दोनों हाथ फैलाकर जँभाई लेने लगा।

कुम्मी, उर्फ़ कुमुदिनी उर्फ़ कुमारी शरमा गई और चेहरा घुमाकर दूसरी तरफ़ देखने लगी...बगल के कमरे में मुनियाँ और बाबू घुसुर-फुसुर कर रहे थे। जयमाला आँगन में खड़ी थी और अपने गले की हँसुली उतारने की कोशिश कर रही थी। चन्द्रमा को देखकर ही उसे हँसुली उतारने की बात याद आई।...गले के नीचे एक फोला उग आया है। दो दिन बाद पकेगा। पककर फूट जाएगा। हँसुली के दबाव से फोला दुखने लगता है। मगर हँसुली गले से निकलती ही नहीं! हँसुली छोटी हो गई है, क्योंकि गले पर अब काफ़ी गोश्त है, पिछले पन्द्रह बरसों से गले के इर्द-गिर्द चढ़ता हुआ गोश्त।...शादी के बाद, आज तक सोने की यह मोटी हँसुली अपने गले से उतारी नहीं है...

''किसी दिन आपके ड्राइंगरूम में बैठकर अपनी दस-बीस तस्वीरें उतरवाऊँगी! बहुत खूबसूरत है, आपका यह ड्राइंगरूम!...ये तस्वीरें क्या आपने बनाई हैं?...यह 'बुककेस' कहाँ से लिया है? अपनी एक जाँघ पर, दूसरी जाँघ रखकर कुम्मी ने कहा। रसिकलाल 'बुककेस' से कोई किताब निकाल रहा था। घूमकर बोला, ''इस ड्राइंगरूम की सारी चीज़ें मैंने खुद अपने हाथों से बनाई हैं, सिर्फ़ इस सोफा-सेट के सिवा! तस्वीरें, फूलदान, 'बुककेस' दीवालगीर, मोढ़े...सब मैंने बनाए हैं। मगर इस ड्राइंगरूम से बाहर नहीं! बाकी दोनों कमरे, रसोईघर, आँगन, बरामदे मालकिन के मन और मर्ज़ी के मुताबिक रखे गए हैं।...गन्दा, घिनौना, काई-कीचड़ से लथपथ, जहाँ एक मिनट खड़े होने की तबियत नहीं हो! बच्चे बड़े हो गए हैं, किन्तु अभी तक पाखाना इस्तेमाल नहीं करते। (किसी ने उन्हें आज तक बताया ही नहीं) आँगन की नाली पर बैठ जाते हैं!...मालकिन, आख़िर मालकिन है, घर-परिवार की छोटी-छोटी बातों पर ध्यान ही नहीं देती!''

'बुककेस' से रसिकलाल ने एक किताब निकाली। वह कुम्मी के पास चला आया। उसके हाथों में किताब थमाकर बोला, ''हम लेखक नहीं हैं। मगर 1951

में हमने यह किताब लिखी थी। इस किताब की फ़िल्म भी उसी साल बनी थी!...ले जाओ, पढ़ना इसे!" किताब के कवर पर मुलगाँवकर-शैली की एक मोटी-ताज़ी, गोरी-चिट्टी औरत प्रतीक्षा की मुद्रा में, शास्त्रीय ढंग से, मसनद के सहारे लेटी हुई थी। ऊपर लिखा था–'घर-घर की लाज उर्फ़ प्रेम-दीवानी', रसिकलाल 'प्रेमी' बी. ए।

कुमारी उलट-पलटकर किताब देखती रही, और रसिकलाल देखता रहा कि कुम्मी पर इस पुस्तक की क्या प्रतिक्रिया होती है। कोई प्रतिक्रिया नहीं। उसने किताब टेबुल पर रख दी। फिर उसने अपनी कलाई में बँधी, देसी सुजाता-घड़ी में वक़्त देखा। फिर बोली, "अब जाऊँगी।...किताब ले जाती हूँ।...कल मेरा काम हो जाएगा न?"

"जरूर हो जाएगा। मगर अभी नहीं...अभी रुको। दस मिनट बाद चली जाना," रसिकलाल ने कालेज के लड़कों की तरह, मद्धिम, मुलायम और आवेश में थरथराते हुए स्वर में कहा।...कुम्मी रुक गई। उसे कोई जल्दी नहीं थी। रात में देर से वापस होने पर, कोई उस पर नाराज़ नहीं होता...कोई नहीं! माँ नहीं है, भाई नहीं है, पिताजी साथ रहकर भी नहीं रहते। कुम्मी अक्सर देर से घर लौटती है।...वह रुक गई। रसिकलाल उसकी बगल में बैठ गया। फिर कुम्मी की बाईं तलहत्थी अपने हाथों में लेकर सहलाता हुआ बोला, "मैं हाथ देखना जानता हूँ!...खासकर कलाकारों का हाथ!...तुम कला-क्षेत्र की सबसे अच्छी महिला-कलाकार हो...!"

हाथ देखने में और पाँव की रेखाएँ देखने में (कि ये पाँव विदेशों के दौरे कर सकेंगे या नहीं...) लगभग आधा-घंटा भर बीत गया। इस घंटे भर के दौरान, कुम्मी हर बात पर हँसती रही, यहाँ तक कि बीच में एक बार वह हँसती-हँसती खाँसने लगी, उसकी आँखों में आँसू आ गए, और उसने दोनों हाथों से अपना कलेजा थाम लिया।

कलेजा थामने के बाद, कुम्मी ने कहा, "मैं ज़रा बाथरूम जाऊँगी...।" रसिकलाल उसे घर के अन्दर ले जाना नहीं चाहता था। लेकिन ले जाना पड़ा। कुम्मी आँगन पार करके बाथरूम में चली गई...पाखाने की बदबू से उसकी नाक फटने लगी। उसे लगा कि वह बेहोश हो जाएगी। बाथरूम की दीवार पर, कुम्मी की नाक के ठीक सामने, किसी ने लाल-हरी पेन्सिल से लिख रखा था–'इस्तेमाल के बाद पाखाने में पानी डालना मत भूलें!'

रसिकलाल बगल के कमरे में मुनियाँ को देखने चला गया।...कमरे की रोशनी बुझी हुई थी। और फ़र्श पर बिछी चटाई पर, एक किनारे मालकिन,

नौकरानी और बाबू एक-दूसरे से सटकर, कान-से-कान मिलाए बैठे थे, पत्थर की मूर्तियों की तरह!

"...अब हाथ-पैर धोने गई है!" जयमाला कह रही थी। रसिकलाल को देखते ही वह चुप हो गई। मगर उसी तरह बैठी रही, बाबू और मुनियाँ से चिपकी हुई। रसिकलाल ने कहा, "अब खाने-पीने का इन्तज़ाम करो!"

कुम्मी बाथरूम से निकलकर ड्राइंगरूम की तरफ़ आ रही थी। रसिकलाल कमरे से बाहर आकर बोला, "कुम्मी, तुम खाना नहीं खाओगी?"

"आज नहीं! और किसी दिन..." कुम्मी ड्राइंगरूम में चली आई। रसिकलाल चौराहे के मोड़ तक उसे छोड़ने के लिए गया। वह रिक्शे पर बैठकर बोली, "आप बड़े बदतमीज़ हैं।" और, इतना बोलकर वह हँसने लगी। इस हँसी में शर्म और हया नहीं थी, मगर नंगापन भी नहीं! कुम्मी की यह हँसी उसके भोले मुखड़े पर गुलाब की तरह खिल रही थी। रसिकलाल मुस्कुराता हुआ बोला, "तुमसे एक डिग्री कम!"

कुम्मी चली गई। रसिकलाल ने पास की दुकान से एक पैकेट 'कैप्स्टन' सिगरेट और एक माचिस उधार ली और वापस चला आया। मुनियाँ को पाँच रुपया देना ज़रूरी है। ज़रूरी यह भी है कल-परसों तक कुम्मी का काम कर दिया जाए। कुम्मी... मुनियाँ... मालकिन...रात के दस-ग्यारह बजे भिखना पहाड़ी चौराहे से आनन्दबाग लेन के अपने मकान तक आता हुआ, रसिकलाल इन तीनों नामों से एक तिकोना 'पिरामिड' बनाता रहा, ताश के तीन पत्तों का तिकोना 'पिरामिड'। 'फ़्लैश' के खेल में इस 'पिरामिड' को 'ट्रेल' कहते हैं। ताश की बीवियों की ट्रेल! ... कुम्मी लालपान की बेगम, मुनियाँ कालेपान की बेगम और ईंट की बेगम जयमाला, इस घरौंदे की मालकिन!

रसिकलाल को महसूस हुआ कि वह इस तिकाने 'पिरामिड' के अन्दर मिस्र देश के किसी बादशाह फ़राऊन की 'ममी' की तरह क़ैद कर दिया गया है। वह आबनूस की लकड़ी के बने काले ताबूत में लेटा हुआ है, 'ममी' की तरह!... रसिकलाल की देह पर झुरझुरी भर आई।...लालपान की बेगम, कालेपान की बेगम, ईंट की बेगम—उसने 'पिरामिड' तोड़कर, तीन पत्तों को ताश के बाकी उनचास पत्तों में फेंटकर मिला दिया, और तेज़ क़दमों से चलता हुआ अपने घर चला आया।

ड्राइंगरूम खुला हुआ था। मुनियाँ दरवाज़े से चिपकी हुई खड़ी थी। रसिकलाल अन्दर आ गया तो वह बोली, "बहुत देर हो गई, मालिक!...रुपया दे देते!"

रसिकलाल ने पूछा, "तुझे किस बात की देर हो रही है?...बगल में घर है तेरा!" मुनियाँ सिर झुकाए खड़ी रही। रसिकलाल सोफ़े पर जाकर आराम से फैल गया। मन-ही-मन वह अपने जादूगर व्यक्तित्व के बारे में सोचता रहा। वाक़ई रसिकलाल जादूगर है!...ज़िन्दगी जीने का जादू वह जानता है।

लेकिन ठीक उसी मौके पर, जबकि रसिकलाल अपने सोफ़े में लेटा हुआ, महसूस कर रहा था कि उसका शरीर फूलता जा रहा है, धीरे-धीरे बैलून की तरह हल्का होता जा रहा है...जयमाला ड्राइंगरूम में चली आई। अपनी कमर पर हाथ रखकर, बीच कमरे में खड़ी हो गई। चुपचाप, पत्थर बनकर!

मुनियाँ सोफ़े के सहारे, फ़र्श पर बैठी हुई थी, और रसिकलाल के पाँवों की उँगलियाँ तोड़ रही थी। मालकिन के देखते ही वह घबड़ाकर उठ खड़ी हुई। दो मिनट पहले उसने मालकिन को बताया था कि वह अपने घर जा रही है। मालकिन उसे दरवाज़े तक छोड़ने आई थी। मगर थोड़ी देर गली में रुककर, वह फिर वापस चली आई थी और दरवाज़े में छिपकर रसिकलाल का इन्तज़ार कर रही थी। रुपए उसे इसी वक़्त चाहिए...

लेकिन मालकिन को देखकर वह घबड़ाकर उठ खड़ी हुई और सिर झुकाकर, ड्राइंगरूम से बाहर चली गई। रसिकलाल उसी तरह लेटा रहा, अपनी आँखें बन्द करके, सिगरेट पीता हुआ।...जयमाला ने ड्राइंगरूम का दरवाज़ा अन्दर से बन्द कर लिया। फिर रसिकलाल के पास आकर बोली, "चलो खाना लगा दिया है!"

स्टिल लाइफ़

मेरी नींद देर से खुलती है। मैं ज़मीन पर सोता हूँ। ज़्यादातर सोता नहीं, जगा रहता हूँ। नींद की स्याह में पंख फड़फड़ाता हुआ एक अजनबी पंछी। स्टोन-चिप्स और सीमेण्ट की यह ज़मीन कितनी सख़्त है! कितनी बेज़रूरत! इस ज़मीन का और कोई उपयोग नहीं हो सकता। इतिहास लिखने के लिए भी नहीं।

मैं लेटता हूँ तो नीचे धँसने लगता है, एक बड़े नीलाम घर से ख़रीदा गया यह स्प्रिंगदार तोशक। बेहद ही फूला हुआ है। मैं लेटता हूँ तो लगता है, नीचे की ज़मीन धँस रही है। तोशक पर जापानी ढंग के फूल बने हैं। खूबसूरत चटकीले, हमारे घर की उस पहाड़ी आया की तरह, जो एक बार मेरे पिताजी को भगा ले गई थी। महीने-भर बाद जब वे दोनों गन्दे कपड़े पहने, बुझे-बुझे हुए, वापस आए थे तो माँ कितनी हँसी थी! माँ इतनी खुश थी, और इतनी तेज़ी से यहाँ-वहाँ भागने लगी थी, पड़ोसियों को खबर देने, पण्डितजी को पूजा के लिए बुलवाने। पिताजी के दोस्तों को टेलीफ़ोन करने लगी थी। मैं छोटा था, फिर भी सोचता था कि माँ अब पागल हो जाएगी। पागल हो जाएगी और पिताजी उसे राँची के पागलखाने भेज देंगे। और जापानी ढंग से छपे फूलोंवाली यह पहाड़ी आया मुझे एक रूटीन में क़ैद कर देगी; चाय सात बजे सुबह, पढ़ना-लिखना दस बजे तक, स्कूल से लौटना तीन बजे, नाश्ता चार बजे और छह बजे शाम तक घर वापस आ जाना!

मुझसे यह नहीं हुआ। मुझसे यह नहीं होता है। मैं इतना थका रहता हूँ, तुरन्त नींद आ जाती है। अख़बार के पन्ने बाँहों में दबे-सिकुड़े रह जाते हैं। पूरा अख़बार मैं किसी रात पढ़ नहीं पाता। रामलाल कहार ने अपनी सगी बहन के साथ बलात्कार किया और उसे कत्ल करके बाली-ब्रिज के नीचे फेंक दिया। सोचता हूँ, कल अदालत जाऊँगा। केस चल रहा है, देखूँगा कि यह रामलाल कहार कैसा आदमी है! सीधा-सादा शरीफ़ आदमी या दस शीश और बीस भुजाओंवाला राक्षस! नींद आ जाती है। और धूप चढ़ने के बाद नींद खुली

है। नींद। धूप। तीखी रोशनी। सड़कों पर भागती भीड़। धुआँ उगलती हुई चिमनियाँ। आवाज़ें। सामने पाइप पर नहाती हुई मोटी औरत। रोता हुआ उसका बच्चा। रेडियो पर राष्ट्रीय गाने–यह देश हमारा है। यह धरती हमारी है। दीवार पर बहुत देर से एक फ़ोटोग्राफ़ में रुकी हुई लड़की। मेरी माँ। मेरी पहाड़ी आया। मेरी सगी बहन, जिसे मैं कत्ल करके बाली-ब्रिज के नीचे फेंक चुका हूँ। मगर वह लड़की नहीं, रुकी हुई वह लड़की नहीं।

वह लड़की, जो कुछ देर बाद अपने घर से निकलेगी। स्कूटर पर बैठकर कनॉट प्लेस तक आ जाएगी। नफ़रत-भरी निगाहों से फुटपाथ पर चलते हुए लोगों को देखती हुई, "मुझे बताओ। तुम्हें क्या हो गया है?" कनाट प्लेस के किसी रेस्तराँ में हम मिलेंगे, और एक-दूसरे से दूर-दूर बैठेंगे, और वह मुझसे सवाल करेगी। "मुझे बताओ। तुम्हें क्या हो गया है? दिन-ब-दिन तुम ऐसे क्यों होते जा रहे हो?" हम एक-दूसरे से दूर-दूर बैठे हैं, आज वह बंगाली औरतों की तरह भारी जूड़ा लपेटकर आई है, और चेहरे पर उदासी की मोटी परतें डालकर मुझे समझाना नहीं चाहती है कि आज भी उसकी माताजी ने उसे गाड़ी ले जाने की इजाज़त नहीं दी। "मुझे बताओ। तुमने आज शेव नहीं किया। मुझे बताओ। तुम आर्ट थियेटर वालों के पास क्यों नहीं गए? मैंने सब तय कर दिया था। एक नाटक के सात सौ रुपए कम नहीं होते हैं। फिर किताब भी छप जाती। उससे भी रुपए मिल जाते। तुम किससे बदला ले रहे हो?" वह बोलती रही और सामने छोटे-से स्टेज पर माइक थाम कर खड़ी देखती रही।

कोना-कॉफी की नीली बोतल उठाकर मैं उस लड़की का सिर तोड़ दूँ, तो मुझे ताज़ीराते-हिन्द की किस दफ़ा में गिरफ़्तार करेंगे? शायद गिरफ़्तार नहीं करेंगे, सिर्फ़ मेरी बेवकूफ़ी पर हँसेंगे। दीवार पर तस्वीर के फ्रेम में रुकी हुई लड़की को चोट नहीं लगती है। न ही कोना-कॉफी की बोतल से और न ही, 'वैट-सिक्सटी-नाइन' की नीली बोतल से। वह लड़की नहीं है, महज एक फ़ोटोग्राफ़ है। सोफ़े के एक किनारे अपनी सियामी बिल्ली के साथ बैठी हुई एक लड़की। स्टिल लाइफ़। रुकी हुई ज़िन्दगी।

मुझे इस ज़िन्दगी से नफ़रत नहीं है। इश्क है। मैं प्यार करता हूँ। मैं रुकी हुई, चलते-चलते थककर टूट गई ज़िन्दगी से प्यार करता हूँ। यही मेरी किस्मत है। नींद देर से खुलती है। उठकर खड़ा होता हूँ। बाँहें सीधी करता हुआ, दाईं ओर बन्द खिड़की के फ्रेम भी एक नीलामघर से उठाया गया है।

शीशे के सामने एक बीमार आदमी। एक आदमी मर जाना चाहता है।

आत्महत्या। लम्बी नींद। धूप। आवाज़ें। यह देश हमारा। धरती अपनी। सड़कों पर रेंगती हुई भोड़। तीखी रोशनी। दीवार पर बहुत देर से फ़ोटोग्राफ़ में रुकी हुए एक लड़की। एक सियामी बिल्ली। एक बीमार आदमी। आत्महत्या से ही शुरुआत और आत्महत्या पर ही समाप्ति। जीवन यहीं से शुरू होता है और यहीं वापस लौटकर ख़त्म हो जाता है। यानी, मेरा जीवन। किसी दूसरे का नहीं, सिर्फ़ मेरा जीवन। मैं सुबह उठकर शीशे के सामने खड़ा होता हूँ, और अपने दोनों हाथ देखता हूँ—उँगलियों पर खून के धब्बे बाकी नहीं हैं। केवल गन्ध है। अरब का सारा इत्र इस गन्ध को मिटा नहीं सकेगा। मैं डर जाता हूँ। मैं अपना चेहरा शीशे के करीब ले जाता हूँ और बड़ी-बड़ी खाइयों में चमकती हुई अपनी आँखों की पुतलियों को देखकर डर जाता हूँ। इस डर से जीवन शुरू होता है। इसी डर के कारण जीवन ख़त्म हो जाता है। समाप्त। प्रारम्भ। दोनों में ज़रा भी, किसी प्रकार का भी फ़र्क़ नहीं है। कभी नहीं था।

फ़र्क़ नहीं था, इसीलिए मैं कनॉट प्लेस चला आया था। इसीलिए मैं चला आता हूँ। वह टेलीफ़ोन रख देती है। सिर्फ़ इतना कहकर रख देती है कि वह रेस्तराँ ठीक नौ बजे खुल जाता है। वह रेस्तराँ, जहाँ बैठकर लगता है कि हम किसी ज्वालामुखी की छाती पर बैठे हुए हैं। लावा फूट रहा है। सुर्ख़ कोहरा। और अन्धकार कितना पीला हो गया है!

मैंने उसकी बातों का कोई उत्तर नहीं दिया। चुपचाप चम्मच से उठा-उठाकर कॉफ़ी की एक-एक बूँद पीता रहा। माइक पर खड़ी यह एंग्लो-इंडियन लड़की। पीले अँधेरे में सफ़ेद सायों की तरह चलते हुए बैरे एक कोने में बैठे हुए लड़के किसी बात पर जोरों का ठहाका लगाते हैं। मैं कितना बूढ़ा और बदशक्ल हो गया हूँ। कितना बीमार! अब मुझे मर जाने से कौन रोक सकता है? मुझे कोई क्यों रोकेगा?

"मुझे बताओ। तुम्हें सुबह-सुबह शराब कहाँ से मिल जाती है? और आज तो ड्राई-डे है।"—उसने अपने कन्धों को हल्का-सा झटका दिया। वह बंगाली औरतों का-सा बड़ा-सा जूड़ा बाँधकर आई है! जूड़े में डालने के लिए इतने सारे गुलाब तुम्हें कहाँ से मिल जाते हैं? यह तो फूलों का मौसम है भी नहीं!" मैं उसे अपने पास बुलाकर पूछना चाहता हूँ। मगर पूछ नहीं पाता। वह एंग्लो-इंडियन लड़की हमारी ही तरफ़ देख रही है। ये लोग इतने दूर-दूर क्यों बैठे हैं? वह बड़ी ही मद्धिम धुन में एक गीत शुरू करती है। ऐसा सपना, जिसके लिए नींद का आना ज़रूरी न हो। मैं हँसने लगता हूँ। नींद और सपने के रिश्ते को टूटता हुआ देखकर मैं हँसने लगता हूँ।

शीरीं चौंक जाती है। नाराज़ होकर मेरी तरफ़ देखती है। मैं हँसता रहता हूँ। फिर कहने लगता हूँ, "मैं तंग आ गया हूँ। तुम्हारे आर्ट थियेटर का पैसा मुझे नहीं चाहिए। तुम मेरी बात समझने की कोशिश क्यों नहीं करतीं? पैसों का क्या करूँगा?" फिर शीरीं के चेहरे पर जमी हुई नाराज़गी को मैं देखता रहता हूँ। उसकी माताजी एक बड़े मिनिस्टर की ख़ास दोस्त हैं। पिताजी नहीं हैं। शायद पिताजी कभी थे भी नहीं। एक अक़्लमन्द आदमी था, जो पहले क्रान्तिकारियों के साथ नारियल के गोले में शराब और सोना और अफ़ीम भरकर धन्धा करता था। वह अक़्लमन्द आदमी अब मिनिस्टर है और शीरीं की माताजी अब भी हर शाम पहले एक लैडीज सैलून में जाती हैं, फिर उस मिनिस्टर के ख़ास दरबार में। मगर माताजी की यह लड़की अक़्लमन्द नहीं है। आठ बजे सुबह अपने घर से निकलती है और दस बजे तक इस रेस्तराँ में एक बीमार आदमी का इन्तज़ार करती है। क्यों इन्तज़ार करती है? क्यों नाराज़ होती है?

क्यों उदास होकर चेहरा झुका लेती है और खादी की छपी हुई कीमती साड़ी में अजन्ता-फ्रेस्को की किसी बौद्ध राजकन्या की तरह दिखती है? मुझे गुस्सा आने लगता है। मुझे अपने-आप पर गुस्सा आने लगता है। आदमी क्या पैसों के बिना जी नहीं सकता? खुश नहीं रह सकता? और खुशी तो ज़्यादा जरूरी चीज़ नहीं है। ज़रूरी चीज़ है ज़िन्दगी। जीते रहना। किसी तरह भी जिए जाना। मगर क्या यह पैसों के बिना सम्भव नहीं है? किसी-न-किसी तरह बिक जाना ही होगा?

मुझे लगता है, अब वह धीरे-धीरे ऊबने लगी है। तीस साल की यह नन्ही-सी उदास और मासूम लड़की! उम्र के तीस साल कम नहीं होते हैं। मगर शीरीं अब तक बचपन की किताबों में ही लिपटी हुई है। सपना चाहती है, नींद नहीं। मौत नहीं। मौत चाहती है, मगर यह भी चाहती है कि उसकी कब्र पर एक ताजमहल बना दिया जाए। क्या यह सम्भव नहीं है?

डेमोक्रेसी के इस युग में कुछ सम्भव नहीं। सब कुछ असम्भव है। जो होता है, वह भी। जो नहीं है, वह भी असम्भव है। समाजवाद। धूप। तीखी रोशनी। सड़कों पर रेंगती हुई भीड़। वहशी नारे लगाता हुआ जुलूस। आदमी। सामने की पाइप पर अधनंगी नहाती हुई मोटी औरत। रेडियो पर राष्ट्रीय गाने। शीरीं समझ नहीं पाती है कि मुझे पैसों की बेहद ज़रूरत है, इसीलिए मैं पैसों से नफ़रत करता हूँ। मुझे पैसे चाहिए। और किसी चीज़ के लिए नहीं, दो-तीन साल की अपनी लड़की के लिए, जिसे मैं अपनी माँ के पास छोड़ आया हूँ। मगर क्या ज़रूरी है कि वह लड़की भी जिन्दा रहे?

"तुम किसकी बात सोच रहे हो? इसी तरह चुप रहना था तो मुझे मना कर देते। मैं नहीं आती। इससे बेहतर था, मैं क्लब चली जाती।"—शीरीं ने कहा। मैं तीस की शीरीं में, अपनी तीस साल की लड़की ढूँढ़ रहा था। वह भी बड़ी होकर मुझसे यही कहेगी। हर लड़की हर आदमी से यही कहती है। हर आदमी से यही कहती है। कहकर, दूसरे आदमी के पास चली जाती है। रुकना नहीं चाहती। तस्वीर बनकर रुकना नहीं चाहती। रुक जाना भी मौत है। और क्या हम सभी लोग समय के इस आपार विस्तार में सिर्फ़ रुके हुए ही नहीं हैं? यह चलना-फिरना कोई मानी रखता है? कोई भी अर्थ? और कोई भी व्याख्या?

किसी बात की कोई व्याख्या नहीं है, क्योंकि सारे अर्थ पुराने पड़ गए हैं। सारे अर्थ टूट गए हैं। सारी व्याख्याएँ झूठी हैं। "जाओ, अब भी चली जाओ। नहाती रहो। जब तक डूब नहीं जाओ। नहाती रहो, शीरीं! जब तक डूब नहीं जाओ..."—मैं इतनी सख़्त और बेसुरी आवाज़ में कहने लगा कि दूसरा गाना शुरू करने की कोशिश करती हुई वह लड़की डर गई। चुप हो गई। पीछे घूमकर वायलिन बजानेवालों से हमारे बारे में बातें करने लगी। फिर हँस पड़ी।

उसकी बेलौस हँसी ने शीरीं का दिल तोड़ दिया। वह ज़ख़्मी हो गई। बोली कुछ नहीं। चुपचाप उठी, और बिना एक बार मेरी तरफ़ देखे, रेस्तराँ से बाहर जाने लगी। मैं उदास-उदास आँखों से थोड़ी देर तक पीले अँधरे में चमकते हुए दरवाज़े की ओर देखता रहा। अचानक खुल गई नींद के टूटे हुए सपने की तरह शीरीं चली गई। दरवाज़े के पास वह एक क्षण रुकी थी। मुड़ी नहीं थी, मेरी ओर देखा नहीं था। चुपचाप रुक गई थी। बुत की तरह। दीवार पर रुकी हुई तस्वीर की तरह। फिर दरवाज़ा खोलकर बाहर चली गई थी। मैं उठकर सीधा बाथरूम में चला जाता हूँ। मेरी जेब में रेक्टीफ़ाइड स्पिरिट की एक छोटी-सी शीशी है। कलेजा जलने लगता है। लगता है, मैं वोमिट करने लगूँगा और बलगम के साथ-साथ मेरी अँतड़ियाँ खिंचकर बाहर चली आएँगी। अन्धकार है। बेहद पीला अन्धकार है। और बाथरूम के बड़े शीशे के सामने मैं खड़ा हूँ। यह शीशा भी एक नीलामघर से ख़रीदा गया है।

शीशे के सामने खड़ा एक बीमार आदमी। एक सियामी बिल्ली। एक लड़की। दीवार पर बहुत देर से फ़ोटोग्राफ़ में रुकी हुई एक लड़की। मेरी माँ। मेरी पहाड़ी आया। मेरी बहन। तीन साल की मेरी नन्ही-सी बच्ची। एक ऐसा सपना, जिसके होने के लिए नींद ज़रूरी नहीं है। एक ऐसा सपना, जिसके लिए और कोई चीज़ नहीं है। यह सपना मृत्यु है। आत्महत्या है। ज़िन्दगी इसी

आत्महत्या से शुरू होती है और इसी आत्महत्या पर ख़त्म होती है। साठ साल की उम्र में मोपांसा का एक बूढ़ा आदमी एक छोटी-सी लड़की की मुस्कुराहट याद करता है, उस क्षण की मुस्कुराहट, जब वह खुद भी एक नन्हा-सा लड़का ही था। अबोध। अनजान। और मैं ही वह लड़का हूँ, जो अब अचानक इस अपरिचित वातावरण में आकर साठ साल का बूढ़ा आदमी बन गया है। उम्र नहीं होती है। आदमी की कभी कोई उम्र नहीं होती है।

बाथरूम से वापस आया तो मैंने देखा, शीरीं वापस आ गई है, और स्टेज के पास जाकर उसी एंग्लो-इंडियन लड़की से बातें कर रही है। गाना ख़त्म हो चुका है। रेस्तराँ में बैरों के सिवा और कोई नहीं है। शीरीं शरमा रही है। गानेवाली लड़की को कुछ कहती हुई शीरीं शरमा रही है। ज्वालामुखी नहीं है। अब यह रेस्तराँ ज्वालामुखी नहीं है, एक रुका हुआ गीत है।

शीरीं आ गई है, और अब फिर दीवार के इस फ्रेम में अपनी सियामी बिल्ली के साथ रुक गई है। और मेरी नींद खुल गई है। मेरी नींद देर से खुली है। मैं ज़मीन पर सोता हूँ। ज़्यादातर सोता नहीं, जगा रहता हूँ। नींद की नीली घाटियों में पंख फड़फड़ाता हुआ एक अजनबी पंछी। स्टोन-चिप्स और सीमेण्ट की यह ज़मीन कितनी सख़्त है। कितनी बेज़रूरत। इस ज़मीन का और कोई उपयोग नहीं हो सकता। इतिहास लिखने के लिए भी नहीं।

एक चम्पाकली : एक विषधर

दशरथ झा का परिवार बहुत छोटा है, पर आँगन बहुत बड़ा। पहले सभी भाई साथ ही रहते थे। अब दशरथ झा, इस पुराने बड़े, उजड़े, भँग-धतूरे के जंगल से भरे आँगन में अपनी स्त्री और अपने बच्चों के साथ अकेले रह गए हैं। दशरथ की जीविका है—भैंस। दोनों शाम मिलाकर आठ-दस किलो दूध का प्रबंध इसी एक भैंस से होता है। भैंस के अतिरिक्त डेढ़ बीघा खेत, और कुछ नहीं। पत्नी—रामगंजवाली घर-आँगन में व्यस्त रहती है, एक बच्चा स्कूल में पढ़ता है, दूसरा भैंस में अर्थात् भैंस चराने में, और बारहवें वर्ष के अन्तिम चरण में छंदबुद्ध, मुग्ध, सुशील, आज्ञाकारिणी, प्रसन्नमुखी मात्र एक ही पुत्री...

पुत्री का नाम है, चम्पा।

शशि बाबू अपने बासठ साल के जीवन में जब पहली बार, अपना निकटस्थ पड़ोसी और दूर-दूरस्थ सम्बन्धी, दशरथ झा के घर में, बीच आँगन में आकर खड़े हुए, तो चम्पा दीवार पर कण्डा सहेज रही थी। रामगंजवाली थी कुआँ के पास...शशि बाबू को देखते ही पानी से भरी बाल्टी उठाकर रसोईघर में घुस गई। गाँव के रिश्ते से शशि बाबू रामगंजवाली के ससुर लगेंगे।

दशरथ झा हँसते हुए खुशामद तरंगित स्वर में बोले, "इस तरह शर्माने की क्या ज़रूरत, शशि बाबू तो अपने परिवार के आदमी हैं...चम्पा, माँ को बोलो, एक लोटा पानी का इन्तज़ाम करे। पानी का मतलब, गरम पानी।"

"गरम पानी क्यों, बाबूजी?" संयत स्वर में चम्पा ने पूछा। धीमे स्वर में रसोईघर से चम्पा की माँ बोली, "गरम पानी का मतलब, चाय। चम्पा, तुम दुकान से चाय और चीनी ले आओ। मैं पानी चढ़ा देती हूँ।"

दुकान जाने से ज़्यादा कष्ट चम्पा को और किसी काम में नहीं होता है। हर बार बाज़ार की किसी दुकान से लौटते वक़्त चम्पा कसम खाती है कि मर जाऊँगी, लेकिन अब दुकान कभी नहीं जाऊँगी। कोई भी वस्तु उधार लानी हो, चाहे एक छटाँक सुपारी, चाहे एक सेर कड़ुआ तेल—चम्पा ही दुकान भेजी

जाएगी। चम्पा विरोध करेगी–मैं नहीं जाऊँगी, जुगेसर का सवा रुपया बाकी है। वह मुझे उधार नहीं देगा।

लेकिन माँ कहेगी या दशरथ बोलेंगे–तुम नहीं जाओगी तो दूसरा कौन जाएगा। चम्पा, जुगेसर को बोलना कि उसका रुपया मैं पचा नहीं जाऊँगा। कल ही मेरा आलू उखड़ेगा। हम आलू बेचकर उसको रुपया दे देंगे। चम्पा जानती है कि बाबूजी ने एक कट्ठा भी आलू नहीं रोपा है। चम्पा का यह जाना हुआ है कि बाबूजी ऐसे ही जब-तब छोटी-छोटी बातों के लिए, झूठ बोलते हैं, सरासर झूठ।

लेकिन दक्षिणबरिया टोले के सबसे प्रतिष्ठित लोग आँगन में आ गए हैं, पहली बार आए हैं–बाबूजी को शशि बाबू से निश्चय ही कोई बहुत ज़रूरी काम है–चम्पा इतनी बात अवश्य मान रही है। इतनी बात जानने की स्त्री-सुलभ क्षमता उसमें है। अतः चम्पा माँ को बिना कोई उत्तर दिए ही जगुेसर बनिया की दुकान की तरफ़ चली गई–भगवती की प्रतिमा जैसी सुन्दर, अल्पवयस की बुद्धिमान और सुशील कन्या, चम्पा! और शशि बाबू के साथ पूरब के कमरे में चले गए दशरथ। चम्पा, चम्पा की माँ और दशरथ इसी घर में रहते हैं।

दीवार पर एक पुराना कैलेण्डर टँगा है। कैलेण्डर में अंकित चित्र। शशि बाबू मानो दशरथ से कोई महत्त्वपूर्ण गप्प सुनने की प्रतीक्षा करते, बहुत देर तक इस चित्र की तरफ़ ताकते रह जाते हैं। द्रौपदी विवश है, विवस्त्र है...क्रोध से उन्मत्त दुःशासन; गर्व से अंधा सुयोधन, ग्लानि और सन्ताप से सर झुकाए, लज्जित पाँचों पाण्डव...और ऊपर से द्रौपदी की देह पर थान के थान साड़ी गिराते श्रीकृष्ण...

राधारमण भगवान श्रीकृष्ण कैलेण्डर के चित्र में मधुर-मधुर मुस्कुरा रहे हैं।

शशि बाबू भी मन-ही-मन मुस्कुराए, बोले कुछ नहीं, लेकिन दशरथ को इतना समझने में कोई त्रुटि नहीं हुई कि मेरे आँगन में आकर, मेरे कमरे में इस पुराने पलंग पर बैठकर शशि बाबू प्रसन्न हैं। इसी प्रसन्नता की आवश्यकता दशरथ झा को है। शशि बाबू कछ ही साल पूर्व तक पूर्णिया जिला कचहरी में हेड किरानी थे। अब स्थायी रूप से गाँव में ही रहते हैं। शशि बाबू का परिवार बहुत बड़ा। दो विधवा बहनें, तीन पत्नियों से चार पुत्र, और चारों पुत्रों के अपने-अपने छोटे-बड़े परिवार। आपसी बँटवारा अभी तक नहीं हुआ है। शशि बाबू जब तक जीवित हैं, बँटवारा असम्भव।

तीन बार शादी करने के बाद भी शशि बाबू फिलहाल स्त्री-विहीन हैं।

तीसरी पत्नी पाँच साल पूर्व स्वर्गवासिनी हुई है। अब शशि बाबू बूढ़े हो गए हैं, फिर भी परिवार का और रुपये-पैसे का सारा हिसाब-किताब वे करते हैं, स्टील-सन्दूक की चाबी वे अभी भी अपने ही जनेऊ में रखते हैं।

"आप मेरा उद्धार नहीं करेंगे तो दूसरा कौन करेगा," इसी प्रेम-वाक्य से दशरथ ने अपनी बात शुरू की। शशि बाबू पॉकेट से पनबट्टी बाहर कर पान-ज़र्दा खा रहे थे। पनबट्टी बन्द कर पॉकेट में रखने के बाद, बोले, "मुझसे जो सहायता हो सकेगी, मैं अवश्य करूँगा, लेकिन आप स्पष्ट बोलिए, आपको कितने रुपये चाहिए...कम-से-कम आपको कितने रुपये..."

दशरथ झा मन-ही-मन हिसाब लगाते हैं। चम्पा की शादी का हिसाब, शशि बाबू से कितने रुपये कर्ज़ माँगने चाहिए? सात सौ? एक हज़ार? दशरथ झा को अपनी बेटी की शादी किसी साधारण परिवार में करने के लिए भी अन्ततः दो हज़ार रुपये चाहिए। हिसाब जोड़ लेने के बाद, दशरथ बोले, "पहले चाय पी ली जाए–रुपये-पैसे की बात उसके बाद कहूँगा। मैं क्या कहूँगा, रामगंजवाली स्वयं आपसे गप्प करेगी। आपसे क्या छिपा है...आपसे कैसी शर्म...आप मेरे अपने लोग हैं।"

चम्पा के लिए एक परम उपयुक्त लड़का दशरथ झा ने देखा हुआ है। लड़के के पिता से दशरथ झा की मित्रता है। भरथपुर गाँव, सहरसा से तीन कोस उत्तर। लड़का सहरसा कॉलेज में बी. ए. में पढ़ता है। रामगंजवाली शादी का सारा ख़र्च मन-ही-मन जोड़ चुकी है। यदि दस कट्ठा बेच दिया जाए तो पन्द्रह सौ रुपये अवश्य मिलेंगे। तीन ठो असर्फ़ी (सोने का गहना) घर ही में है। यदि शशि बाबू पाँच सौ की भी व्यवस्था कर दें...

चाय और चीनी की पुड़िया माँ के पास रखकर, चम्पा बरामदे में खड़ी है। शाम होने में अब कम ही देरी है। आज दोपहर में पानी बरसा था–मूसलाधार बारिश, आँगन में कीचड़...सड़क पर कीचड़...चम्पा दुकान जाते वक़्त फिसलकर गिर गई थी। माँ बोली, "तुम साड़ी बदलकर केश बाँध लो...जल्दी करो। शशि बाबू ज़्यादा देर बैठे नहीं रहेंगे। केश बाँध लो...अलगनी पर साड़ी रखी हुई है, वह पहन लो...जल्दी करो। शशि बाबू को चाय और पान दे जाओ।"

चम्पा कुएँ के पास चली गई। बाल्टी में पानी भर लिया। काफ़ी देर तक हाथ-पैर धोती रही। कोहनी में लगा हल्दी का दाग छुड़ाया। कनपट्टी के पास का मैल...भौंह का मैल...लेकिन चम्पा की देह में मैल कहीं नहीं है, मात्र मैल का भ्रम है उसके मन में। थोड़ी देर पहले दुकान के पास गिर गई थी तो अभिमन्यु चौधरी का भतीजा परीक्षित, इतनी ज़ोर से हँसा था...लाज के मारे रँग गई थी

चम्पा, लाज से, क्रोध से, अपमान से आरक्त हो गई थी। सन्देह हुआ था कि परीक्षित कोई अपशब्द भी बोला है। यद्यपि परीक्षित मात्र हँसा ही था, बोला नहीं था। चम्पा ऐसे ही इसी अल्पवयस में, सतत मैल के भ्रम से, अपशब्द के सन्देह से, अपमान के सन्देह से व्यथित और चिन्तित होती रहती है।

हाथ-पैर धो लेने के बाद लाल रंग की साड़ी और लाल ब्लाउज़ खोजने के लिए चम्पा रसोईघर के ओसरे पर आ गई। माँ कहती है तो मुँह में पाउडर लगाकर, बाल ठीक कर, लाल साड़ी पहनकर शशि बाबू के हाथ में चाय की प्याली देनी ही होगी। माँ जो कहे, वह करना चाहिए। वही करती भी है चम्पा। इच्छा नहीं भी रहती है तो भी करती है...जैसे दुकान से उधर लाना...जैसे ललितेश के आँगन जाना...जैसे इसी तरह का और भी बहुत सारा काम करने की इच्छा नहीं होती चम्पा की। चम्पा उस कमरे में प्रवेश करना नहीं चाहती है, जिसमें पलंग पर बैठे हैं शशि बाबू और खुशामद-मिन्नत की मुद्रा में एक पीढ़ी पर नीचे बैठे हैं चम्पा के पिताजी, दशरथ झा। चम्पा को शर्म नहीं होती है, होती है ग्लानि, आत्मवेदना कि बाबूजी ऐसे क्यों हैं, ऐसे दरिद्र और ऐसे क्षुद्र...बाबूजी पलंग पर क्यों नहीं बैठे हैं?...कौन-से स्वार्थ के कारण अभी शशि बाबू के लिए चाय बनाई जा रही है?...माँ इतनी अस्त-व्यस्त क्यों है?

"आप बैठें, मैं दो मिनट में आता हूँ।"—इतना कहकर दशरथ कमरे से बाहर बरामदे पर आए, लोटा हाथ में लिया और आँगन से बाहर हो गए। शशि बाबू द्रौपदी-चीर-हरण का कैलेण्डर देख रहे हैं और विचार रहे हैं कि दशरथ झा को रुपया दिया जाए या न दिया जाए। विशेष संभावना तो इसी बात की है कि रुपया डूब जाएगा। लेकिन यदि रुपया नहीं दिया जाए तो चम्पा की शादी कैसे होगी?...और दशरथ चले कहाँ गए? वे कहते थे कि रामगंजवाली खुद हमसे बात करेगी। वह क्यों करेगी बात?

आगे-आगे रामगंजवाली एक हाथ में हलुए की तश्तरी, दूसरे हाथ में पानी का लोटा-गिलास लिए और उसके पीछे में छिपी-सी, लाल साड़ी और लाल ही ब्लाउज़ पहने काफ़ी सकुचाई हुई, अति लजबिज्जी चम्पा...

रामगंजवाली ने घूँघट नहीं डाला है। बड़ी-बड़ी आँखों में सुन्दरता तो अवश्य है लेकिन स्त्री-सुलभ लज्जा नहीं। लज्जा स्त्री-आँख की आन्तरिक ज्योति है... रामगंजवाली की आँखें जैसे पत्थर से बनाई गई हों, सुन्दर, किन्तु जिसमें कोई आकर्षण-शक्ति नहीं। चम्पा के हाथ से चाय की प्याली लेते वक़्त शशि बाबू ने अनुभव किया कि चम्पा का हाथ थरथरा रहा है...कि चम्पा का अंग-अंग काँप रहा है। समूचा ललाट पसीने से भीगा...दोनों आँखें जैसे आँसू से झलमलाती

हुई। शशि बाबू ने अनुभव किया—यदि क्षण-भर भी चम्पा यहाँ खड़ी रहे तो इसी जगह तिलमिलाकर गिर जाएगी, बेहोश हो जाएगी।

माँ की किसी नई आज्ञा की प्रतीक्षा चम्पा ने नहीं की। चाय की प्याली शशि बाबू के हाथ में देने के बाद, चम्पा माँ की तरफ़ उपेक्षा की तीक्ष्ण दृष्टि से देखती हुई, चुपचाप कमरे से बाहर हो गई, आँगन में एक क्षण खड़ी रही और आँगन से बाहर होकर अपनी सहेली, अन्नपूर्णा के आँगन की तरफ़ चली गई। चम्पा जब काफ़ी दुख में डूबी रहती है तो चुपचाप अन्नपूर्णा के घर में जाकर सो जाती है।

"दशरथ रुपये के विषय में कुछ नहीं बोले...कितने रुपये चाहिए और क्या-क्या चाहिए और क्या-क्या, सो तो आप लोग ही कहेंगे"—शशि बाबू ने चम्पा के तीव्र पलायन से थोड़ा अप्रतिभ और थोड़ा निश्चिंत होते हुए, समीप में खड़ी रामगंजवाली से पूछा, "दशरथ कहाँ हैं?"

रामगंजवाली बोली, "वे तो बथान (भैंस बाँधने का अड्डा) की तरफ़ गए हैं। आते ही होंगे...लेकिन उनके रहने से क्या, और उनके न रहने से क्या... उनको आपसे कोई बात कहते शर्म होती है। वे नहीं कहेंगे। मैं ही कहूँगी। चम्पा मेरी बेटी है, मैं चम्पा की माँ हूँ। बेटी पर मात्र माँ का ही अधिकार रहता है, पिता का कोई अधिकार नहीं। माँ अपनी बेटी के लिए प्राण देती है। मैं भी देती हूँ। इसीलिए मैं ही आपसे बात करूँगी।"

रामगंजवाली के इस निर्द्वन्द्व, ओजस्वी और स्पष्ट भाषण से शशि बाबू मन-ही-मन संशकित होते हैं। क्या कहना चाहती है दशरथ की स्त्री? शशि बाबू थोड़ा सँभलकर बैठते हैं और पीठ तले तकिया रख लेते हैं। दशरथ क्यों चले गए? चम्पा क्यों भाग गई? क्यों रामगंजवाली इतनी निकटता से और इतनी भूमिका बाँधकर बातें कर रही है? शशि बाबू गाँव के नहीं हैं, सब दिन शहर-बाज़ार में ही रहे। शहर के आदमी हैं शशि बाबू। नौकरी छोड़कर अब स्थायी रूप से गाँव आए हैं। गाँव के रीति-रिवाज, गाँव की राजनीति, गाँव के लोगों के आचार, भाषा और व्यवहार जाना हुआ नहीं है। इसीलिए रामगंजवाली की भूमिका को जानने की उचित क्षमता शशि बाबू को नहीं है।

शशि बाबू पान का बीड़ा उठाए, ज़र्दे की डिबिया खोले। असली बात सुनने की प्रतीक्षा करने लगे। रामगंजवाली एक बार आँगन से हो आई। चम्पा कहाँ गई? किसी पड़ोस के आँगन की कोई स्त्री अगल-बगल खड़ी तो नहीं है? रामगंजवाली लौटकर कमरे में आई।

"अब मुझको देर हो रही है...दशरथ कहाँ हैं?"—शशि बाबू ने प्रश्न किया।

रामगंजवाली मुस्कुराई। बोली, "चम्पा की शादी में कुछ नहीं तो दो-सवा दो हजार रुपये लगेंगे, हम लोगों के पास मात्र एक बीघा दस कट्ठा खेत है। और एक भैंस है। यदि दस कट्ठा खेत बेचूँ तो मिलेंगे पाँच सौ रुपये।"

शशि बाबू ने बीच में ही टोका, "भैंस क्यों बेचिएगा? खेत क्यों बेचिएगा? और बेच लीजिएगा तो जीवन कैसे चलेगा?"

रामगंजवाली सम्भवतः यही प्रश्न सुनना चाहती थी। अतः यह प्रश्न सुनकर हँसी। जैसे किसी सुखान्त नाटक की नायिका-अभिनेत्री हँसती है, उसी तृप्त मुद्रा में हँसकर रामगंजवाली बोली, "आपने ठीक कहा, जब यह सब बेटी की शादी में बेच ही लूँगी, तब जीवन नहीं चलेगा। अपनी ही लात अपने ही पेट पर मारना उचित नहीं, इतना मैं जानती हूँ। इसीलिए हम लोग अर्थात् मेरा मालिक, मैं और मेरी बेटी, चम्पा आपके शरण में आए हुए हैं...आप ही, मात्र आप ही हम लोगों का उद्धार कर सकते हैं।"

'आप ही हम लोगों का उद्धार कर सकते हैं'–रामगंजवाली के मुँह से यह बात सुनकर शशि बाबू विरक्त हो गए। गुस्सा आया, कि हम क्यों यहाँ समय नष्ट कर रहे हैं। कल-परसों से ही दशरथ झा हज़ार बार इस वाक्य की आवृत्ति कर रहे हैं कि शशि बाबू उनका और उनके परिवार का उद्धार कर सकते हैं।

जबकि उद्धार करने हेतु नहीं एक दूसरे स्वार्थ से शशि बाबू इस असमय में ऐसे एकान्त में दशरथ झा के आँगन आए हैं। शशि बाबू योजना बनाकर कोई काम करते हैं। जीवन का शतरंज कैसे खेला जाए, कैसे जीवित मनुष्य को लकड़ी का प्यादा किम्वा लकड़ी का हाथी-घोड़ा बनाया जाए। यह मर्म जाना हुआ है उनका।

शशि बाबू का घरडीह बहुत छोटा है। परिवार बहुत बड़ा है। और दशरथ झा का आँगन शशिबाबू की दीवार से सटा ही है पश्चिम की तरफ़। यदि दशरथ झा अपने आँगन के पूरब के हिस्से से बारह धूर ज़मीन शशि बाबू के हाथ बेच दें, तो उसके मूल्य रूप में चम्पा की शादी में हज़ार-बारह सौ रुपया देने में शशि बाबू को कोई कष्ट नहीं होगा। शशि बाबू उद्धार करने नहीं, बारह धूर घरडीह ख़रीदने के लिए दशरथ झा के आँगन आए हैं। अस्तु, रामगंजवाली की बात से उनको कोई प्रसन्नता नहीं हुई। वे विरक्त हुए कि रामगंजवाली मूल कथा पर नहीं, भूमिका पर इतना समय नष्ट कर रही है।...लोग मुफ़्त में सन्देह करेंगे कि शशि बाबू क्यों अपने पड़ोसी के आँगन में इतनी देर तक एकान्त कमरे में बैठे हैं।

काफ़ी देर बाद अपने मन को स्थिर करके, किंचित् गम्भीर मुद्रा बनाकर,

थोड़ी हतप्रभ जैसी, रामगंजवाली बोली, "मैं खेत नहीं बेचूँगी, घरडीह नहीं बेचूँगी, भैंस नहीं बेच सकती हूँ। मुझे एक चम्पा ही नहीं है, और सन्तानें भी हैं। उन लोगों के मुँह में जाबी नहीं लगाई जा सकती है।"

शशि बाबू ने पूछा, "घरडीह नहीं बेचिएगा तो क्या कीजिएगा? कितना रुपया लीजिएगा हमसे?"

रामगंजवाली ने उत्तर दिया, "आपसे ज़्यादा नहीं, पन्द्रह सौ रुपया हम लोग लेंगे। पन्द्रह सौ रुपया नगद और अपने मन से चम्पा को आप जो गहना, कपड़ा, साड़ी, जो दीजिएगा, सो अपने मन से। आप-जैसे धनी, समझदार और विद्वान् लोग के साथ चम्पा जीवन-भर सुखी रहेगी। जीवन-भर आनन्द करेगी..."

'आप ही हम लोगों का उद्धार कर सकते हैं'—शशि बाबू अब इस बात का असली अर्थ समझ गए। इसी कारण से इतनी भूमिका बाँधी जा रही थी। शशि बाबू स्वयं चम्पा से शादी करें—यह दशरथ झा, और रामगंजवाली का उद्देश्य। यह योजना स्वयं रामगंजवाली ने बनाई है। यदि साठ साल का सुन्दर स्वस्थ, पराक्रमी वृद्ध, शशि बाबू तेरह साल की आत्ममुग्ध, लल्जामयी, स्पर्शहीन, नवीन चम्पा-कली से शादी करें तो शशि बाबू के सम्पूर्ण राजकाज, सम्पूर्ण धन-सम्पत्ति पर रामगंजवाली का और दशरथ का पंजीकृत अधिकार अर्थात् एकाधिकार हो जाएगा और महारानी जैसे, वृद्ध शशि बाबू के संसार में पटरानी-सी राज करेगी मेरी चम्पा, मेरी चम्पा-कली।

चाय देते वक़्त चम्पा आई थी। शशि बाबू को अवश्य ही पसन्द आई है, मेरी बेटी, मेरी प्यारी-सुकुमारी बेटी। ऐसी बड़ी-बड़ी आँखें, ऐसा सरल-निश्छल स्वभाव। ऐसा बुद्धि-विचार गाँव-भर में दूसरी किसी की बेटी का नहीं है।

एक बार अपने दालान पर अपनी मित्रमण्डली के समक्ष परिहास अवश्य किया था। शशि बाबू ने कहा था कि मन होता है कि फिर एक शादी कर लूँ। लेकिन यह विनोद ही था, सत्य नहीं। बासठ साल की इस विचित्र उम्र में शादी करने की कोई आकांक्षा शशि बाबू नहीं रखते हैं। मुक्त-हृदय हैं वे, अब किसी जाल-जंजाल में नहीं पड़ेंगे।

अतएव, पलंग से नीचे उतरकर, धरती पर खड़े होते, शशि बाबू कठिन स्वर में बोले, "आपकी बात मैंने सुनी। दशरथ झा से आप कह दीजिएगा, मैं इतना मूर्ख नहीं हूँ। बहुत नहीं, चम्पा मेरी बेटी कल्याणी से बाईस साल छोटी है। और मेरी बेटी की बेटी, मुन्नी से चार साल छोटी है। मैं चम्पा से कितने साल बड़ा हूँ? आपके पतिदेव दशरथ झा हमसे कितने साल छोटे हैं, रामगंजवाली? ...आपके मन में ऐसा विचार कैसे आया?"

रामगंजवाली ने परम विषाक्त और परम विरक्त दृष्टि से एक बार शशि बाबू की तरफ़ देखा। शशि बाबू आतंकित हो गए। जैसे उनके सामने कोई स्त्री, कोई रामगंजवाली बहू नहीं खड़ी हो, जैसे उनके सामने फन काढ़े...कोई विषधर खड़ा हो...कोई भयावह विषधर...

रामगंजवाली ने शशि बाबू को कोई उत्तर नहीं दिया। कोई वाक्य नहीं, कोई शब्द नहीं। विषधर का उत्तर होता है उसका विष, उसका विषदन्त!

लेकिन विधि का यह कैसा विधान है कि इस सामाजिक घटना में शशि बाबू विषधर नहीं हैं, विषधर है चम्पा की माँ रामगंजवाली!

सुरमा सगुन बिचारै ना

दालान के एक कोने पर ओलती में टँगा लालटेन थोड़ी ही देर में बुझ जाएगा। मामाजी चौकी पर बैठे कुएँ की ओर देख रहे हैं। ध्यानमग्न। तेल नहीं है, बत्ती भी जल गई है। लालटेन बुझता जा रहा है। बड़ा कुआँ। नज़दीक में ही मौलसिरी का एक गाछ। मंजरयुक्त। अन्धकार में कौन पानी भर रहा है? कौन है? कौन हैं आप? रात-भर इसी तरह कोई पानी भरता रहेगा और सुबह होते-होते कुआँ सूख जाएगा। सबेरे लोग कहेंगे—जा, कुआँ सूख गया! आश्चर्य से आँखें उलट जाएँगी। पानी नहीं, सुबह में कुएँ से निकलेगा कीचड़-कादो, दो-चार अदद मरे हुए मेढक, एक अदद पीपल का लोटा। कुछ फूटी हुई चूड़ियाँ। एक स्लेट। फूटे घड़े का कनखा। दो गिलास। पाँच कटोरा। जैसे समुद्र-मंथन से ऐरावत, भूरिश्रवा, विषकुम्भ निकलते हों। लेकिन लक्ष्मी नहीं निकलेंगी। लेकिन पानी नहीं निकलेगा।

अपने चिन्ता-विचार पर स्वयं ही हँसी आती है। सूर्यास्त से पहले भाँग पी ली थी। भक्क अभी भी नहीं टूटा है। कितनी रात हो गई है? सुनरा बुलाने नहीं आया है। कब आएगा?

कौन है कुएँ पर? मामाजी ने बड़े स्नेह से पूछा। कोई उत्तर नहीं। कुएँ पर अन्धकार है, पछिया हवा है, दो गड़े हुए बाँस, एक डोल (कुएँ से पानी भरने के लिए छोटी बाल्टी) और एक मौलसिरी का गाछ, कोई आदमी नहीं। मैंने कहा—मामा! आपको भाँग लग गई है, कुएँ पर कोई नहीं है। मामा! कचहरी में क्या हुआ। तारीख़ पड़ी?

मामाजी ने आँखें बन्द कर लीं। बहुत देर तक चुप ही रहे। फिर बोले—कुएँ पर तुम्हारी मामी थीं। ठीक इसी समय पानी भरने आती हैं। सीधा शिवलोक से आती हैं। कैलास-पर्वत से। भोलानाथ महादेव कहते हैं—बहू, एक बाल्टी पानी ले आइए, और तुम्हारी मामी बाल्टी उठाकर सीधा इसी कुएँ पर चली जाती हैं। ठीक इसी वक़्त। अन्धकार में पानी भरती हैं।

मामी के स्वर्गवास हुए पूरे आठ महीने बीत गए हैं। मलेरिया हुआ था।

टाइफाइड हो गया। मर गईं। निस्सन्तान। मनोरथ साथ ही गया। मामी ने बहुत प्रयास किया कि मामाजी की दूसरी शादी उन्हीं की छोटी बहन से हो जाए। अपनी तो नहीं हुई, बहन की सन्तान को ही अपना समझूँगी। शान्ति कई बार अपनी बड़ी बहन की ससुराल आई भी थीं। चम्पा फूल की कली-सी पवित्र और सुन्दर। मुझे बहुत पसन्द थीं। फिर डर हुआ, यदि मामाजी अपनी साली से शादी कर ही लें? मामी ने कितने यत्न किए। शान्ति, उनके लिए चाय बनाओ। शान्ति, उनके लिए भाँग पीसो। सुनो शान्ति, शर्म मत करो, तुम तो उनकी साली हो। लेकिन मामाजी ने एकबारगी ही कहा—सोनपट्टीवाली, आप अपनी माँ को खबर भेज दीजिए। शान्ति के लिए एक 'कथा' तय कर रखा है। पात्र बी.ए. पास है। पटना में नौकरी करते हैं। रुपये-पैसे नहीं लेंगे।

शान्ति की शादी हुई। मामाजी भाँग पीते रहे, गोतियों के साथ मुकदमा लड़ते रहे। सप्ताह में दो बार पूर्णिया कचहरी आते हैं। कटिहार में हाट-बाज़ार करते हैं। मामी निस्सन्तान ही मर गईं। मामाजी दालान पर ही रहते हैं और शाम को भाँग पीकर, जो बीत गया उसकी और जो नहीं बीता है उसकी चिन्ता करते हैं। वर्तमान की कोई चिन्ता नहीं। वर्तमान को अपनी इच्छानुसार मोड़ लेने की, सुलझा लेने की कोई आशा नहीं, कोई उपाय नहीं। जो बीत गया उसके किस्से-कहानी मन को आनन्दित करेंगे। जो बीत गया, वह बेहतर था, उचित था, श्रेयस्कर था। और जो नहीं बीता है, उसकी चिन्ता करने से वर्तमान भूला और खोया रहता है।

सुनो कमल, एक किस्सा कहता हूँ। किसी गाँव में एक प्रकाण्ड पण्डित थे। समूचा महाभारत और भागवत् कंठस्थ था। कथा बाँचकर ढेरों सम्पत्ति जमा की। खेत-खलिहान ज़्यादा नहीं ख़रीदे, लेकिन बोरा-का-बोरा असली चाँदी के रुपये मिट्टी में गाड़कर रखे। तदुपरान्त स्वयं स्वर्गवासी हो गए। रह गई थी विधवा ब्राह्मणी, अनब्याही तीन बेटियाँ और छोटे-छोटे दो बेटे। ब्राह्मणी काशीवास करने चली गई। बेटे कलकत्ता अथवा मोरंग भाग गए। चाँदी के रुपये मिट्टी में पड़े ही रह गए। रह गईं तीन कुँआरी कन्या। तुम लोग तो पढ़े-लिखे लोग हो। अब बताओ तो तीनों बहनों के क्या हाल हुए! कौन घाट लगीं?

मामाजी लालटेन की बुझती रोशनी में किस्सा कहते हैं। किस्सा नहीं सत्यकथा। मेरी मामी तीन बहन थीं। पिता के मरने के बाद बिलटने लगीं। बड़ी बहन शोभा पागल हो गई थी। किसी तरह शादी हुई, अब विधवा है। नैहर में रहकर ही गुज़र कर रही हैं। मँझली बहन विभा मेरी मामी हुईं। शान्ति पटना में हैं, अपने स्वामी के साथ। तीनों बहनों के अलग-अलग किस्से। तीन

नदी, तेरह धारा। एक नदी सूख गई। दूसरी नदी भी सूख गई। तीसरी नदी में बाढ़ आई है। कैसी बाढ़?

कुएँ पर कौन खड़ा है?

सुनरा आ गया। बोला–चलिए छोटे मालिक, भोजन तैयार हो गया। बड़े मालिक को निमंत्रण ही है। जोतसी (ज्योतिषी) काका बिझो कराने आए थे।

हाँ, मुझे निमंत्रण है। रात में दही-चूड़ा खाना पड़ेगा। बुखार लग जाएगा। मर जाऊँगा। लेकिन जोतसी काका माननेवाले व्यक्ति नहीं–मामाजी तम्बाकू होंठ में रखते हुए उठे और अलगनी से रेशमी चादर उठाकर कन्धे पर डाल ली।

सुनरा के पीछे-पीछे मैं भी आँगन में गया। एक ही क्रम से चार कोठरियाँ। आँगन बहुत बड़ा। चारों ओर दीवार। कहीं-कहीं टूटी हुई। एक ओर बाड़ी। नीबू, अमरूद, शरीफ़ा और हरसिंगार के गाछ। इतना बड़ा आँगन सूना। भाँय- भाँय करता हुआ। मौसी बरामदे पर थाली रख रही हैं। बालविधवा मौसी सब दिन नैहर में ही रहीं। रसोई करती रहीं। जन-हलवाहों के लिए रोटी पकाना। धान उबालना। चूड़ा कूटना। मौसी ने कभी कोई तीर्थ-व्रत नहीं किया। वैद्यनाथ धाम नहीं गईं। भागवत्-पुराण नहीं सुना। घर-परिवार की टूटी दीवार की लक्ष्मण-रेखा में घिरी रहीं। छोटी उम्र में शादी हुई। किसी भी दिन ससुराल का मुँह नहीं देखा। जैसे थीं, जीवन-भर वैसे ही रह गईं। लेकिन मौसी को कोई दुःख, कोई आन्तरिक व्यथा नहीं है। गतिहीन देह का भार आँखों में सँभाले हुए, सफ़ेद साड़ी की परिधि में मन को समेटते हुए, मौसी सदा व्यस्त रहती हैं।

काम में, रसोई में, होंठों पर उतर आए किसी गीत के किसी आखर में मौसी उलझी रहती हैं। इस तरह उलझी रहती हैं कि किसी चिन्ता-विचार की फुर्सत नहीं रहती।

सुनरा बोला–छोटे मालिक, आपको भूत-प्रेत पर विश्वास होता है? आज ही शाम को मधुसूदन बाबू ने बड़े पीपल के पास भूत देखा। बुखार लग गया है। अर्र-दर्र बोलते हैं। बड़े पीपल पर आजकल भूत का डेरा है। गाँव-भर की डाइनें रात में वहाँ पूजा करने जाती हैं।

सुनरा की बातें सुनकर मौसी हँसने लगीं। थाली में घी डालती बोलीं– बड़े पीपल क्यों, अपने दालान पर भूत-प्रेत रहते हैं–कुएँ में। भाईजी भाँग पीकर दालान पर बैठते हैं तो देखने में आता है कि कुएँ पर कोई पानी भर रही है। और कोई नहीं तो मेरी भौजी।

मौसी, मेरे मामाजी भँगबताह नहीं हैं। आप उनसे मज़ाक न करें। मामी को मरे अभी साल भी नहीं बीता है—मैंने कहा। लेकिन मौसी की हँसी से पूरे आँगन-बरामदे में रोशनी फैल रही है। लाल-हरी रोशनी। एक इन्द्रधनुष। सूने प्रांतर में एक मौलसिरी का गाछ। अँधेरे घर में कोई गीत। मौसी बोलीं—आप तो कमल बाबू, भूत-प्रेत पर विश्वास ही नहीं करते हैं। लेकिन कुएँ पर मैंने भी एक-दो बार भौजी को देखा है। उजली साड़ी पहने, कुएँ पर खड़ी, बाल्टी-का-बाल्टी पानी भरते।

और इतनी देर के बाद फिर वही हँसी। वही रोशनी। वही मौलसिरी का गाछ। मौसी कहती जाती हैं—इस्स! एक रात तो अनर्थ हो जाता। मुझे बहुत जोर से प्यास लगी। नींद टूट गई। घड़े में एक बूँद पानी नहीं था। क्या करती, लोटा लेकर कुएँ पर चली गई। पानी भरा। अँधेरी रात। डर होता था। तभी दालान पर भाईजी चिल्लाए—कौन है कुएँ पर? कौन हैं आप? और भाईजी इतना कहकर हड़बड़ाकर उठे, कुएँ की ओर आने लगे। लेकिन चारों ओर अँधेरा था। मैं अँधेरे में छिप गई। भागी-भागी आँगन चली आई।

अर्थात् उसी रात से मामाजी कुएँ पर मामी को देखते हैं, यही कहोगी न मौसी?—मैंने पूछा। मौसी शरमा गई। मौसी ने सुनरा को कहा—तुम बैठे हो? कमल बाबू के लिए पान नहीं लगाओगे?

जा, भूल ही गया—कहता हुआ सुनरा चला गया। मौसी आश्वस्त हुईं। दही परोसते वक़्त बोलीं—हम लोग भी तो एक प्रकार से भूत-प्रेत ही हैं कमल बाबू।

सुरमा सगुन बिचारै ना

रात बीती। चिड़ियाँ चहकने लगीं। दालान पर मैं सोया हुआ हूँ और मामाजी सोए हुए हैं। सुनरा दो गिलास चाय लेकर आता है—छोटे मालिक, उठिए, चाय लीजिए!

चाय पीते वक़्त मामाजी पूछते हैं—तुम्हारा कॉलेज कब खुलता है?...मेरा विचार है, एक बार जगन्नाथपुरी हो आएँ। गायत्री को भी तीर्थ करा दूँगा। कभी कोई तीर्थ-व्रत नहीं किया है उन्होंने। मेरी भी तबीयत ठीक नहीं रहती है। रात में नींद नहीं आती है। लगता है, तुम्हारी मामी बुला रही हैं। डर होता है। एक बार जगन्नाथ धाम से हो आऊँगा। तुम्हारा क्या विचार?

मेरा क्या विचार होगा? गायत्री मौसी जीवन में पहली बार गाँव से बाहर जाएँगी। तीर्थ करेंगी। देव-दर्शन से आत्मा को शान्ति मिलेगी। आपको भी

मुकदमेबाजी से, खेत-पथार से, दुःस्वप्न से कुछ दिनों के लिए शान्ति मिलेगी—मैंने शान्त स्वर में कहा। मामाजी चाय पीते रहे। कुएँ के पास मौलसिरी के गाछ की ओर देखते रहे।

अब दालान पर धूप आ रही है। मैं चाय पी रहा हूँ, और मन-ही-मन गिन रहा हूँ कि छुट्टी में अब कितने दिन बाकी हैं। छुट्टी में मातृक आता हूँ तो मामाजी के स्नेह में मौसी के लाड़ में शान्ति मिलती है। मामी थीं तो और भी सुख और भी शान्ति मिलती थी।

लेकिन अब शान्ति नहीं मिलेगी। न मातृक आने में और न मातृक से चले जाने में। क्यों नहीं मिलेगी?

ननद-भौजाई

पदुमा बहुत दुखी और अत्यन्त चिन्तित-सी आँगन में आई। आँखों में अपराध और पश्चात्ताप की सलज्ज रेखा थी। अपनी भौजी से बिना कुछ बोले ही, पूरब की कोठरी में घुस गई। रसोईघर से भौजी ने पूछा, "लाल दाई हैं क्या?"

बिना कोई उत्तर दिए, पदुमा आईना-कंघी लेकर घर से बाहर आई और आँगन में रखी चटाई पर बैठ गई, अत्यन्त उदास-सी।

पसीने से भीगे मुँह को आँचल से पोछती हुई रामगंजवाली, रसोईघर से बाहर हुई और ननद के उदास नेत्र, शिथिल चेष्टा और झुके मस्तक को देखकर सन्न हो गई–"रुपये-आठ आने भी नहीं मिले क्या?"

नजदीक आकर, बड़े स्नेह से पदुमा के मस्तक पर हाथ फेरती, रामगंजवाली बोली, "क्यों भई? इस तरह मन क्यों दुखी है? बंगट बाबू से भेंट नहीं हुई क्या?"

"नहीं, भौजी, ऐसी बात नहीं है! बंगट से तो भेंट हुई थी, दो रुपये भी दिए हैं, लेकिन एक विचित्र बात हो गई। ओह अनर्थ हो गया, भौजी! मैं आपसे क्या कहूँ।"–सूखे होंठों को जीभ से चाटती हुई पदुमा बोली।

आँचल में बँधे एक रुपये के दो नोट निकालकर पदुमा ने भौजी के हाथ में रख दिए। भौजी की चिन्ता समाप्त हुई–अब कुछ भी हो। हाथ में दो रुपये हैं तब कौन चिन्ता, किस बात की चिन्ता?

पदुमा और पदुमा की भौजी दोनों विधवा हैं। पदुमा की उम्र तेईस-चौबीस, रामगंज-वाली की बत्तीस-तैंतीस। और दोनों निस्सन्तान, दोनों स्वाधीन प्रकृति की।

पदुमा का गाँव, वनग्राम बहुत विशाल गाँव है। गाँव में हाईस्कूल, थाना, पोस्ट ऑफिस, अस्पताल और हाट-बाज़ार। इसीलिए इन दो विधवा ब्राह्मणियों का जीवन- निर्वाह कोई बड़ी बात नहीं है। दो हज़ार घर की इस बस्ती में दो सौ बंगट अवश्य ही हैं।

लेकिन फिर भी आज रात पदुमा बहुत दुखिता थी। भौजी ने फिर पूछा, "लाल दाई! आप बहुत बच्चों की तरह करती हैं। इस तरह काम नहीं चलेगा। मुझे बताइए, क्या हुआ है। कहीं रास्ते में थानावालों ने तो नहीं पकड़ लिया? आजकल रात-भर सिपाही लोग गाछियों में ही भटकते रहते हैं।"

"किसी सिपाही की मजाल है कि मुझे पकड़ेगा। मुझे क्या दरोगा साहब नहीं पहचानते हैं? मैं आपको कैसे कहूँ कि क्या हुआ है, भौजी! यही समझिए कि मैं जीवित नहीं हूँ! मर गई हूँ।"

भौजी हँसी, "यह तो समझी कि आप मर गईं! लेकिन यह कहिए कि किसने मारा, कैसे मरीं।"

तब, पदुमा ने अपनी रात्रि-कथा प्रारम्भ की–

"मन्दिर के पास ही बंगट मिल गया। मन्दिर के पिछवाड़े में ले जाकर मैंने कहा, 'ओए बंगट, पाँच रुपये चाहिए।' वह बोला, 'तुम भुतही गाछी की ओर चलो, मैं रुपये लेकर आता हूँ।' मन्दिर में और कुछ करने का साहस नहीं हुआ उसे। मैं भुतही गाछी में पाकड़ के पेड़ के नीचे खड़ी-खड़ी उसका रास्ता देखती रही। बहुत देर बाद बंगट आया। मेरे ब्लाउज़ में दो रुपये खोंस दिया और हाथ पकड़ते हुए बोला, 'अभी दो ही रुपये हुए। बाकी तीन अलस्सुबह आकर दे दूँगा।' और फिर काफ़ी देर तक चुम्मा-चाटी लेता रहा। मैं हड़बड़ाई हुई थी कि अधिक देर हो जाएगी तो भौजी बिगड़ेंगी, लेकिन वह छोड़ता ही नहीं था। कभी बाँहों में भर ले, कभी और ही कुछ करे। तब मेरा मन भी अपने काबू में नहीं रहा, लगा जैसे समूची गाछी झूला बन गई हो और मैं बंगट के साथ आकाश में उड़ी जा रही हूँ।"

अकस्मात् पदुमा को बाँहों में भरकर ज़ोर से दबाती हुई रामगंजवाली बोली, "लाल दाई, बात को इतना मत छितराइए। यह कहिए कि फिर क्या हुआ?"

पदुमा कहती रही, "तब बंगट ने मुझे निर्वस्त्र कर दिया। मुझे तो समझ लीजिए कोई होश नहीं था। लेकिन इतने में ज़ोर-ज़ोर से गीत गाता एक सिपाही गाछी में घुसा। सिपाही को देखते ही बंगट उसी अवस्था में मुझे छोड़कर भागा। मुझसे रहा नहीं गया। कैसा भीरु था वह। मैं भी बंगट के पीछे-पीछे दौड़ी। लेकिन वह तो अँधेरी गाछी में अदृश्य हो गया। लाख खोजूँ, मिले ही नहीं। एक-दो बार नाम लेकर भी चिल्लाई, कोई पता नहीं। वह सिपाहिया तो अपना रास्ता पकड़े चला गया था और मैं गाछी-गाछी ही भटकती रही। बहुत देर बाद कहीं से बंगट चिल्लाया, 'पदुमा! अरी ओ पदुमा! दौड़ो री।' जिधर से बंगट के शब्द आए थे, उधर ही दौड़ी। देखती हूँ, एक गाछ के नीच बंगट नंगा पड़ा

है छटपटा रहा है, चिचिया रहा है। लेकिन भौजी मैं तो जैसे भाँग खाई मस्त थी। चाँदनी रात में बंगट की समूची देह, सारे अंग एकबारगी देखकर रहा नहीं गया। रत्ती-भर भी होश नहीं रहा कि कहाँ हूँ, क्या कर रही हूँ, क्यों कर रही हूँ। इससे अधिक क्या कहूँ, भौजी, इसके बाद क्या हुआ वह अभी भी याद नहीं आता है। लेकिन जब होश आया तो देखती हूँ कि बंगट नहीं है, मात्र उसका शरीर ही है।''

''बाप रे!''–रामगंजवाली चिल्लाई।

पदुमा भी चिल्लाई, ''भौजी, बंगट को साँप ने काट लिया था, इसीलिए वह मेरा नाम लेकर चिल्लाया था। भौजी, मैं मरे हुए व्यक्ति के साथ सोई, अब कैसे बचूँगी।''

पदुमा रोने लगी। बहुत देर तक रोती रही।

तब भौजी ने कहा, ''लाल दाई, जाइए, तालाब से नहा आइए और देह पर गंगाजल छींट लीजिए। और कर ही क्या सकती हैं। जब जीवित पुरुष के साथ सोने में कोई लाज ही नहीं तो मृत पुरुष से क्या लाज?''

पदुमा उठकर नहाने हेतु विदा हो गई।